还乡文丛

激扬文字

伊 沙 著

暨南大學出版社
JINAN UNIVERSITY PRESS

中国·广州

图书在版编目（CIP）数据

激扬文字／伊沙著.—广州：暨南大学出版社，2015.6
（还乡文丛／余丛主编）
ISBN 978-7-5668-1437-1

Ⅰ.①激…　Ⅱ.①伊…　Ⅲ.①散文集—中国—当代　Ⅳ.①I267

中国版本图书馆 CIP 数据核字（2015）第 115451 号

出版发行：暨南大学出版社

地　　址：中国广州暨南大学
电　　话：总编室（8620）85221601
营销部（8620）85225284　85228291　85228292（邮购）
传　　真：（8620）85221583（办公室）　85223774（营销部）
邮　　编：510630
网　　址：http://www.jnupress.com　http://press.jnu.edu.cn

策划编辑：杜小陆
责任编辑：崔军亚
责任校对：姚晓莉
排　　版：中山市人口手文化传播有限公司
印　　刷：佛山市浩文彩色印刷有限公司

开　　本：850mm×1168mm　1/32
印　　张：10.625
字　　数：205 千
版　　次：2015 年 6 月第 1 版
印　　次：2015 年 6 月第 1 次

定　　价：32.00 元

（暨大版图书如有印装质量问题，请与出版社总编室联系调换）

总　序

苏轼说，此心安处是吾乡。还乡是喜悦的，是恳切的，但也仅仅是一种愿力。

我们捡拾的是内心。如何写？写什么？在此都顺应了内心，那也是精神还乡唯一的去处。

还乡是一个梦，是乡愁，是永无止境的抵达。我们寄望于怀旧、后退，甚至是保守的；我们寄生于乡土、故里，甚至是故步自封的。

不是我们流离失所，而是我们还乡之乡已经沦陷。灵魂向何处安顿，没有精神的还乡，就永远处于流离失所的状态。德国哲学家阿多诺说："对于一个不再有故乡的人来说，写作成为居住之地。"

还乡者在路上，在返程的途中；还乡者是过客、旅人，是不合流俗的边缘人和问津者。在漂泊不定的异乡，还乡是我们的忧伤艺术。对于过去难以释怀，对于现在彷徨四顾，对未来又充满希冀。但是故乡在远方，于我们而言，始终是可望而不可即的。

“还乡文丛”是立意，是重塑，而非局限；是敞开的，融合的，也是繁殖的。哪怕仅仅是文字上的还乡，虽然它无法抵达，但或许能安放我们的心灵。

一方故土，是源头，是离散的地方……却又在等候着还乡者的归来。

余　从

2013 年 10 月 22 日

目　录

卷一

英伦诗旅

一颗沙中看出一个世界，
一朵花里看出一座天堂，
把无限放在你的手掌上，
把永恒在一刹那间收藏。

——［英］ 威廉·布莱克

一

此行缘起非常之早。

2005 年 5 月 25 日——我之所以能够如此准确地记住这一天，是因为它是我记忆中的好日子：在这天中午睡午觉的时候，我一连接到两个电话，全都是好事。其中一个电话是一家海外出版公司的女老总打来的，要一次性收购我的三部长篇小说（其中一部尚在写作之中）；另一个是当时的一位朋友（现在已经不是）打来的，说澳大利亚翻译家西敏接到英国一个诗歌节的信，信中说想邀请我去英国参加他们的活动，西敏正设法与我取得联系。

很快我便收到了西敏本人的邮件，信中说，英国曼彻斯特诗歌节欲邀请我和他参加他们的活动，今年或明年，问我是否可行。我的回答是肯定的。西敏说他今年的工作已经排满了，那就明年吧。结果到了“明年”——2006年却没了消息，东方不亮西方亮，西敏在2006年年底带给我的好消息是来自荷兰鹿特丹国际诗歌节的邀请——这个邀请让我在2007年夏天独自一人成行了。一晃到了2007年年底，英国那边又有了消息，很快正式的邀请函也寄到了，是向我们两人同时发出的，邀请我俩参加在2008年11月7日至9日举行的第20届奥尔德堡国际诗歌节。

拿到邀请信，我才知道是奥尔德堡诗歌节，而不是什么“曼彻斯特诗歌节”，而西敏兄还糊涂着呢！他要再过几个月方才恍然大悟：我们将要参加的诗歌节跟曼彻斯特没关系！至于他脑海里怎么蹦出了一个曼彻斯特，他也讲不清楚。

西敏真是我的福星！

实际情况是：此次英伦之行、2007年荷兰之旅，以及我头一本正式的英译本诗集在英国的出版……所有这些好事的缘起都要归到西敏这里。2003年，我们在中国的西北相遇相识，我送给他新鲜出炉的《伊沙诗选》（青海人民版）。2004年，他选译了其中的十首诗并挂在由他担任编辑的国际诗歌网上——我的上述好事便是由此而起，由西敏所译的这十首诗而起！

二

听说，英国的签证是最难拿到的（比美国还难拿）——当然，这是对持中华人民共和国护照的中国公民而言。那么，我究竟要签几次证才能到达大不列颠及北爱尔兰联合王国呢？

英国驻华大使馆所辖的签证中心位于东直门的东方银座大厦，我在两个月中两赴北京三次进过那座楼，两次正式递交申请材料，一次被拒签，一次获签。那种疙里疙瘩七上八下的感觉一直延续到伦敦希思罗机场五号航站楼的入关处，一位身穿黑色制服的小姐看了我的护照问我：先生，为什么曾遭拒签？我用蹩脚的英语回答：诗歌节要付我 250 英镑，签证官认为这不对。制服小姐让我坐在英国境外的一张椅子上等待，她要去打一个电话——我不知道她是要给英国驻华大使馆打还是给英国诗歌基金会或奥尔德堡诗歌节打，只好老实等待，听天由命。还好，在五分钟漫长的等待过后，制服小姐重新回到了自己的座位上，喊我过来，举起大印，在护照上狠狠地盖了一下，然后说：谢谢！再见！

真不容易——我是说，不论是作为一名中国公民还是一名中国诗人。过去是“这边”不让出，现在是“那边”不让进，东方亮了西方不亮。身为一名中国公民，我该承担别人对我所持护照的傲慢与偏见；作为一名其志也大的中国诗人，我应当承担得更多——对我来说，这毫无问题，早已想通，老子认了！

尽管此行，比我四年前申请赴美遭拒签的那一次想去得多：这是英国历史最悠久的国际性的诗歌节，另外对我个人来说具有突破意义的英译本诗集将在这个节上首发！还有便是：主人的热情让我感动，尤其是到后来，他们执着地提出，如果我最终未能拿到签证而无法成行，他们想让我以网上视频的方式“参加”这届诗歌节，朗诵我的诗！

这近乎悲壮了！

三

五年之中，我最大的变化是成功地减了肥，但在伦敦希思罗机场五号航站楼的出口处，西敏还是一眼便认出我来——他提前两天经过 22 个小时的残酷飞行先到英国就是为了接我！西敏还像五年前那样高，略微老相了点，但却老得很有味道，反倒让五年前留在我记忆中的那个形象显得有点生涩，那一个像博士，这一个像翻译家。西敏大我五岁，是 1961 年生人，他后来有两次十分自然地说自己属牛，说得我直想乐：汉学家很难说是“老外”，他们的一部分意识与思维已经中国化了……

西敏的身后站着诗歌节的女司机，与我握手寒暄，她说经过两天刚跟西敏先生混熟了，但是一听他跟我讲中文，又令她感到很陌生——从那开始的两个多小时里，她的这份陌生感只会加剧。因为从希思罗机场到奥尔德堡的高速公路上，西敏跟我说了一路中文。

译者深知作者心——因为原本就同此一心。一上车西敏便说：“书出来了！”说着便从座位上操起一本给我看——我的第一本在国外正式出版的英译本就在眼前（西敏带着它来接我）！说实在的，我真想亲它两口！西敏说他很喜欢这个封面——布拉达克西书社的主编很喜欢英籍华裔画家盛奇的作品，向我提供了几张让我选定，我选择了目前这张相对平和不事张扬的《红喇叭》，因为觉得与书名《饿死诗人》（定此书名是西敏的主意）很合，可谓是：芸芸众生，饿死诗人！

那似乎是很久以前的事了！

记得是去年这个时候，我在家中翻箱倒柜大动干戈地将自己从 1988 年正式创作以来的数千首诗全都找出来重读了一遍，重点是那些从未发表或出版的篇目，并从中精选出适合翻译的 300 首发给了西敏，西敏与另一位译者陶乃侃（他是中国大陆出去的华裔）最终译成了 120 首，其中 118 首构成了手中的这本书。他俩用半年的时间就译成了，应该算快的；而布拉达克西书社在其网页上将本书的封面连同我的照片和评介文字挂了快一年了，所以让我觉得久。

我手摸着英文版的《饿死诗人》光滑的封面跟西敏说话，仿佛有说不完的话，仿佛任何话题都会让我们兴奋得说个没够！

车内飞扬着中文，车外的天空已经全黑（这里天黑的时间是四点半），再加上又是在全球都一模一样的高速公路上疾驰，让我怀疑是否到了国外，只是迎面而来的车流在黑暗中形成的璀璨的“灯流”，是我在国内没有见到过的……

汽车绕过一大片灯火，女司机说：这便是伊普斯威奇——我马上反应出这是离奥尔德堡最近的较大的城市了，在普通的英国地图上，是没有奥尔德堡的。女司机介绍说：伊普斯威奇的足球队不错，在 1978 年获得过英格兰顶级联赛冠军（那时候还不叫“英超”）。开过伊市之后，她将车停靠路边，用手机发了一个短信，发完后继续开车上路。

车子向前开去，女司机的手机上回过来一条短信——是诗歌节主任内奥米·佳法女士发过来的：她说她简直不相信我即将到达这事儿是真的！来之前，西敏曾在电子邮件中告诉我，我初遭拒签让主办方很是沮丧，再签成功则令他们非常振奋——当时我以为这更多说的是西敏本人的心情，现在全信了！

说到便到了，车子穿过空无一人的小镇，停在白狮酒店门前——我在英国旅游网上已经查到了即将下榻的该酒店，看过它的玉照，所以一点都不觉其陌生，反而还有几分亲切！女司机在说吃晚饭的事，我说我现在最需要的不是晚饭，而是抽一支烟——这本来不是什么难事，但因为我的打火机在首都机场出关安检时被搜走了……

我们仨在酒店门前合影留念，用女司机的手机。就在一百米外的黑暗中，便是北海的涛声——此处有诗，在此不表。

女司机走了，西敏带我走进酒店办理入住手续，他提前两天来，对这里的一切已经相当熟悉。他住 28 号，我住 34 号，我刚在房间放下行李洗了把脸，西敏便来告诉我说：“大老板”打电话来，说马上就到酒店门口，她说她要陪你抽支烟，然后带我们去吃晚饭。

几分钟后，我们便在酒店门口见到了热情洋溢的“大老板”——诗歌节主任内奥米·佳法女士，她竟是一个美人儿！令我想起鹿特丹诗歌节的两位策划：帅哥安科尔和美人曼娜——在这些遥远的地方，天之涯海之角，喜欢我诗的都是一些美丽的人儿，叫我说什么呢？本来嘛！

内奥米为我点燃一支烟——这是我到达英国之后的第一支烟，但却没有抽出滋味，因为忙于寒暄。主人忙于了解我在饮食方面有何忌口、有何讲究，我一句“我又不是穆斯林”的回答让她乐了，听她说诗歌节请到的某诗人这也不吃那也不吃要吃全素，搞得他们有点头疼……

抽完一支烟，内奥米开车带我们去不远处一座叫作“诗人之家”的小楼，几分钟便到了。那里已经聚集了几个诗人，专门聘请的厨娘已经做好了饭。厨娘用汉语“你好”跟我打招呼，说了两种饭菜的名字让我挑选，我只听懂了鸡肉和米饭便要了，她将米饭和鸡肉盛在一个大盘里——这种吃法有点像中国的盖浇饭，鸡肉中加了些橄榄但并无奶油之类的怪味道，所以我还能接受，喝的是意大利牌子的啤酒。

大家围坐在一张长桌边吃饭，有一男一女两位美国诗人，他们是一对夫妻，有一位来自苏格兰的英国男诗人，有一位伊朗裔的英国女诗人，还有这项诗歌节的创办人和老主任，他也是个诗人，刚刚参加完一场朗诵会，诗歌节的节目已经于今日白天开始了……伊朗裔的女诗人咪咪·科哈瓦提听内奥米说我抽烟，便邀请我到门外去抽一支。老太太1944年出生于德黑兰，十几岁便随家庭移居到英国，现住在伦敦，母语波斯语只会说不会写，她受的是完整的英式教育，自然是用英语写作，得过前进诗歌奖，还进过艾略特奖的决选名单。抽着烟，她问我是否认识毕飞宇，我确定她说的是中国作家毕飞宇后，说不认识，但我知道他，上个月在我母校北师大开会时见到过，就在电梯里。她说她在美国见过他，如果我再能见到他的话，替她问候他——那我就在这里替她问候了！

抽完一支烟，我们又回到了屋里，大家聊得很热烈，但困意却不断地朝我袭来，我偷眼看了一下我那在下机之前已经调成格林尼治时间的手表：晚上九点，相当于北京时间凌晨五点——难怪！这本是我睡得最香的时刻！耐着性子又坐了一会，我和西敏便告辞了，老主任亲自开车将我们送回白狮酒店。

上二楼经过西敏所住的28号时我小停了一下，主要是向他发出一个请求：能否将他手中那本英文版的《饿死诗人》借我一夜，让我好好欣赏一下？他手里仅此一本，他作为译者领到的样书已经被他从镇上的邮局寄回澳大利亚去了。他满足了我的请求，将书郑重地交给我。我抱着书欢天喜地地回到了我的34号！

回到房间我却没有立刻睡觉，用酒店供应的咖啡冲的一杯咖啡不会影响到我的睡意，都是这本诗集给闹的！我没法不想起我在14年前所出的那本中文版的《饿死诗人》（那正是我正式出版的第一本诗集)。那一本是从六年的诗中精选而出，这一本是从二十一年的诗中精译而成，我没法不回想自己走过的历程……

后来，我搂着自己的诗集睡着了。

四

第二天一早，正如我在几天前完成的《诗之堡》一诗中所写：

海鸥的叫声唤醒我 / 起床下地扑向窗棂 / 提起窗梁探出头去 / 却见一树乌鸦

我迅速起床，独自一人溜出酒店，大步流星地扑向北海……

沿着海边转了一小时回来，与西敏在酒店的餐厅共进早餐。餐厅里很空，没什么人来吃，更不见一个诗人。由于今日白天诗歌节无活动，我和西敏打算做一天“驴友”，早餐后便出发了。出门后沿着滨海路一直向着镇中心的南面走，我们冒着零星小雨来到奥尔德堡书店，在书架上看了看，还没有我的书。西敏说：布拉达克西书社已经发来几十本到这里。离开时我才注意到店外橱窗里摆放的是威廉·布莱克的精装诗集，格外惹眼，看来我在“细读”单元中选择布莱克的诗真是选对了！这时候，我们正好碰到伊朗裔的女诗人咪咪·科哈瓦提，西敏提议到前面一家挺好的咖啡馆去喝一杯，她说对不起她还有事，她报名参加了诗歌节的“工作坊”，活动在十点钟开始。这个诗歌节的“工作坊”是干什么的，我始终没有搞懂。只记得鹿特丹诗歌节的“工作坊”是“翻译工作坊”，便觉得自己玩不了，“细读”还是他们通过西敏向我转达了期待的意思，我才决定参加的。书店和不远处基金会办公室的橱窗中还挂出了“诗传单”，出席诗歌节的每个诗人都有一首短诗被制作成这样的“传单”，我的是《生逢毛时代》：

我无法选择自己／肚脐眼的模样／并要求它／不要生得这么丑／／我也不想老是／把肚脐眼里的／藏污纳垢翻出来／展览给人看

这完全是他们的选择——我也甚觉满意：它像是一则宣言，满含着一个中国诗人的尊严！既有中国的，又有诗人的！

在温暖如春的咖啡馆里喝了一杯之后，我们俩继续上路，到小镇的各处去转。中午时分，我们刚好走到“诗人之家”吃午餐——奇怪的是，还有米饭，我就又吃了一顿鸡肉米饭。还让我们感到奇怪的是，与早餐时的情景相似，仍然看不见其他诗人！西敏说：难道诗人们都不食人间烟火吗？饭后，我们走回白狮酒店休息。我素有午觉癖，三点钟时，正睡得香，西敏来敲我的门，说：“这个英国，四点半天就黑了，我们利用天黑前的时间再去转一转吧！”

这一次我们向北走，走了一段路，便看见海滩上摆放着一个黑乎乎的玩意，有人在其近前拍照留念，西敏说：那是已故的英国著名作曲家本杰明·布里顿的纪念钢雕。哦！我一下想起来了，来之前我在网上搜奥尔德堡的信息时搜到过此人：他于 1948 年创办了奥尔德堡音乐节，如今已经 61 届了，是世界顶级的音乐节之一，古典音乐的发烧友懂得，奥尔德堡音乐节是他们要收藏的版本。布里顿还是个同性恋者，于 1968 年在本地去世。哦！一个举办了 61 届的国际音乐节和一个举办了 20 届的国际诗歌节，恰好组成了一对翅膀，让这个地图上没有的小镇飞向了世界……

钢雕像贝壳，又像留声机的喇叭，用镂空的手法留下了布里顿的一句话——西敏给我翻译了，说得很牛 B，可惜我忘了。

在钢雕前互拍了两张照，我们便离开了那里，向着远处一座美丽的村庄进发。走到半路，感觉天色渐暗，天边已是黄昏景色，怕天黑走不回来，便从另一条乡间小路折返回去……

六点钟，在“诗人之家”吃晚餐时总算见到了两位诗人：一位老先生、一位长得有点男孩子气的姑娘。老先生听说我从北京飞来，便说自己十天前还在北京。我问他是否受邀去参加某项诗歌活动，他说不是，他是作为游客自己去玩的。他问我对北京熟悉吗，西敏说我毕业于北京师范大学。他说北京的楼盖得太西方化了——我没有这种感觉，也就没说什么。

饭后我们一起去参加诗歌节的活动。也没什么开幕式，各项活动就此全面展开，有一个听起来挺有意思的“家庭朗诵”在我们吃饭的时候已经开始了，我们便去了七点多钟在皮特·皮尔斯画廊举行的“细读”活动，主讲人叫克里夫·杰姆斯，是出生于澳大利亚的英国诗人，算是西敏的老乡。画廊里来了四十多名观众，从十分正式的穿着上看，倒像是他们要登台似的——我觉得这一点十分可爱！杰姆斯在讲一首诗——与我想象中完全不同的是，他竟然把“细读”搞得十分幽默，画廊里不时响起观众的笑声……十五分钟的“细读”很快便结束了。

退场时有人走到我面前来打招呼，用汉语叫着我的名字，我定睛一看，是一张亚洲面孔的中年人（画廊里也就我们两张亚洲面孔）。他一定是看了诗歌节的几种宣传资料，才知道我的。他自我介绍说他叫孟元勃，是个画家，是德国出生的华裔，现在住在爱丁堡，他太太是位英国女诗人，他是专程陪太太来听诗的，我们寒暄一番，便道再见。

退场后我们随着人流来到同一条街上的银禧厅——这个能够容纳三百人的厅是需要买票入场的，每张票价 14 英镑。我和西敏作为受邀者都发有胸牌，凭胸牌可以免票进入诗歌节的各个活动场地。我想起来之前诗歌节的组织者曾发给我一张节目表，问我希望观摩哪些节目，为的是最大限度地将座位留给买票入场的观众。我和西敏在靠后较高的座位上落座，眼见整个大厅很快便坐满了。

此处的主持人是诗歌节主任内奥米女士，她介绍了今晚前半场朗诵的两位诗人——正好是昨晚刚到时在“诗人之家”见到过的两位：苏格兰诗人格瑞·卡姆布瑞格和伊朗裔的咪咪·科哈瓦提。接着便是两位相继登台朗诵，每人 25 分钟。由于没有大屏幕出字幕，我比去年夏天在鹿特丹时更像个聋子，只能纯看人家的表演了，到后来竟然酣然入睡！直到中场休息方才醒来，邻座上的西敏很知道照顾我，说别听下半场了，回酒店休息。离开前，我们跟“主人”内奥米打了个招呼，我趁机将我从中国带来的礼物送给她——是一个十分精巧的秦代铜车马的模型，她问我可以打开吗？我说当然可以了。打开看过之后她显出很喜欢的样子，说她很爱骑马……

离开时我和西敏还在门厅的“诗人墙”前留了影，那上面贴满了所有受邀者的照片。

走在回白狮酒店的夜路上，路灯下西敏点评道：苏格兰诗人的朗诵有口音；咪咪的诗太甜了，写的是爱情，用的是古波斯的一种传统诗体，还是押韵的……

回到房间我便睡了——看来时差还没有完全倒过来。

五

又是海鸥的叫声将我唤醒，又是窗外晨曦中湿漉漉的景色——但我深深地知道，今天不似昨日，因为今天是我的朗诵日。

11 月 8 日——从三四个月前我在诗歌基金会的官方网站上看到节目表的那一天起，这个日子就在我心里种下了，那时候签证还没影儿呢！我后来愈挫愈奋地再次去申请签证，就是为了今天！

早餐时的情景也和昨天不同：人很多，有多位诗人在此就餐。其中一位很招人，诗人们都纷纷起身过去跟他打招呼。我觉得他有点面熟，想起《诗报》上有他的专访，此人可是今年英国诗坛乃至世界诗坛的“明星”——T.S.艾略特诗歌奖与前进诗歌奖的双奖获得者（而且这两项重要的诗歌奖他都不是首次拿），名叫格奥格·斯兹尔特斯，我记得中国的媒体上也有关于他的报道……

早餐后，我和西敏到诗歌节办公室报账领钱。我的往返机票是由主办方提供的电子客票，不过钱，我报的是西安至北京的往返路费和签证费，除此我还领到了 250 英镑的劳务费——正是在邀请函上写明的这 250 英镑，叫我差点来不了！签证官认为这构成了一种非法雇佣关系，是他自己忽略了诗歌基金会乃非营利组织。

领了钱，我们便去同一条街上那家挺好的咖啡馆“喝一杯”。然后到银禧厅去听十点多钟开始的朗诵——今天和昨日不同，星期六，全天都有活动。节目表上密密麻麻排得满满的，是三天诗歌节里最重要的一天，我们将在今晚朗诵的人中最后一个出场——由此便可看出主办方对我们这个节目所寄予的希望。经过银禧厅一侧的停车场，见一辆有点眼熟的小车的门开着，透过窗玻璃正看见诗歌节的内奥米主任正在车内念稿子——她一定是在为今天的主持做着准备，看见我们，示意一下，继续准备……

果然还是内奥米主持，她介绍了上半场出场的两位诗人。首先出场的是一位叫作提法妮·阿特金松的高挑美女，从小册子上的简介上看：她 1972 年出生于柏林，生在军人家庭，1993 年后移居到威尔士，在威尔士大学任职。她 2006 年出版的处女集为她赢得了杰伍德·奥尔德堡第一本诗集奖——每年一届的此奖的颁发也是本诗歌节的一项内容。她开始朗诵，每首诗前需要讲很多话，努力把观众逗乐，观众也都乐了。她在一首诗中忽然喊出一声“fuck”，令我感到十分突兀，西敏的现场小声评点是：不自然。第二个出场的是爱尔兰诗人丹尼斯·奥·德瑞斯考尔，他生于1954年，已经出版过八本诗集，我感觉他像是一个实力诗人，果然，西敏也喜欢他，说他的诗写得比较好，加上爱尔兰人讲的英语很好听，朗诵起来有优势。

中场休息我收获颇丰：内奥米提了两袋共12本英译本的《饿死诗人》给我——那是布拉达克西书社转给我的样书；我看到英语世界颇具权威性的《现代译诗》杂志上刊登了我五首诗作，便自己掏了9英镑买下一本；我从大厅边门去洗手间的时候，发现男洗手间里贴满了“诗传单”，叫人边小便边读诗，我的《生逢毛时代》被贴在男洗手间的门上；在门厅的小卖部，西敏买了一杯橘汁给我，画家孟元勃过来跟我们交谈，并将其太太介绍给我们认识……

下半场的朗诵者是昨晚在“诗人之家”见过的去过北京的老先生，基金会出的《诗报》和诗歌节印的小册子上都没有他的采访或介绍，西敏说他是顶替另外一位老诗人来的——那位老诗人临时因健康原因而无法到会。与昨晚所见迥异，出现在台上的老先生一下子变得话多而幽默，还是西方诗人的老一套玩法，在读每首诗之前都要插科打诨地说上很多话，都是一些故作幽默取悦观众的废话，诗倒未必是幽默的……由于全能听懂，西敏的反感比我更甚，他质疑道：难道观众真的喜欢这种诗吗？一个老男人喜欢上了一个小女人，诸如此类的人生烦恼……

终于结束了。

西敏建议：不要去“诗人之家”吃那一成不变的鸡肉米饭了，回白狮酒店去吃。我坚决赞同，说最好吃点带有本地特色的东西。结果我们都点了鱼——百分之百都是从北海里打捞起来的新鲜鱼，只是做法不同而已。我的那份配有薯条、扁豆、沙拉酱，味道相当好。我们还要了本地盛产的苹果酒，想不到的是，这种酒竟然很厉害，只喝了一小瓶，我已经面红耳赤地有了几分醉意……这是我在此次英伦之行中吃得最满意的一顿饭！饭后是我结的账，两个人带小费，40 英镑，贵是贵了点，但是很值。饭后，西敏要去听一位英国诗人同时也是英—法语的翻译家的一个关于翻译的讲座，我说我什么也不听了（反正听也听不懂），回去好好睡一觉，然后为晚上的节目好好准备一番……

回到 34 号，我一觉睡到四点钟，起来后沐浴、更衣，将晚上要朗诵的诗的中文部分一一找出来——今晚要朗诵的篇目是这么定下来的：我来之前选了 20 首，交给西敏定，让他从英译文的好坏以及读者的接受考虑。他经过一天一夜的考虑，刚才在与我共进午餐时，一口气给我报出了十首诗名，连顺序都排定了……我将原文找齐后，又逐首默念了一遍，一切搞定之后，我给西敏所住的 28 号打电话，他在，邀我过去坐坐。

在这座濒临北海始建于 1563 年的古老的小酒店里，我们住得很舒适。如果说我的房间像春天般温暖，那么西敏的房间则像夏天般火热——原因是这里的暖气片是可以调节的，他将温度调至最高，调到了可以穿衬衣的温度。他毕竟是从南半球的澳大利亚飞来的，那里正是盛夏酷暑，日最高温 40 多摄氏度……

我问他午后那个关于翻译的讲座如何，他说令人失望，又是插科打诨，一点实在的内容都没有。之后，我们便聊起晚上我们自己的节目，我发现他也是在做准备，便说：我念错了都没关系，主要是把情绪传达给观众就可以了，关键在你，你可以读得慢一点，让他们把诗的内容听清楚。他说没问题。

六点钟我们去“诗人之家”吃晚饭，午餐吃得好，我什么都不想吃，只要了一小瓶意大利啤酒。餐桌边坐着三位年轻的女诗人，显得气氛都不一样。其中一位就是吃素的那个，她是今年杰伍德·奥尔德堡第一本诗集奖得主。吃素者总是爱宣讲吃素的好处，她吃的可真是“大素”：鸡蛋、牛奶也不进，但却喝酒，还说自己特能吃辣，显然不是皈依了佛教。我跟她讲了“食不过午”的好处，她听得很是专心，估计回去就照办。她人很瘦，头上戴了一朵小黄花。

七点钟我们到达了银禧厅，先到舞台上卖书处转了一圈，发现我的诗集已经码了两堆在那里，然后照规矩坐在了头一排，与今晚的另外两位朗诵者坐在一起。出版我诗集的布拉达克西书社的人终于出现了，当面交给我 400 英镑的前期稿酬，并让我在一个接收单据上签下自己的名字……内奥米很可爱，她过来刚要跟我说什么，一看到我们正在接洽钱的事，便一声惊呼："哦，钱！"然后马上回避。办完手续，布拉达克西书社的人说：去年诗歌节，在他们那里首发了诗集的一位黎巴嫩老诗人很会朗诵，大受观众的欢迎。我明白他的意思，心说：您就瞧好吧！

今晚第一个上台朗诵的是坐在我左边的英国男诗人，他同时还是英—法语的翻译家——西敏午餐后就是去听他的讲座。从简历上看，他得过前进诗歌奖，还是英国一家著名文学刊物的编辑，但我感觉他并不是一个真正自信的诗人。内奥米在台上介绍他和另一位美国女诗人时，他老冲那个美国女诗人看，还扮鬼脸，好像他承受不起主持人的溢美之词似的。上台之后，他做的第一件事是从西服内兜里取出一个扁扁的金属酒盒，拧开盖子，喝上一口，然后将酒盒搁在放水杯的桌子上，清清嗓子开始说话，照例是每首诗前都要说上很长的一串故作幽默的废话，然后开始念诗，西敏说又是老男人爱上小女人的烦恼。我刚想到，他肯定不会忘记酒盒这道具——果不其然，他自己找过去了，再喝上一点酒，接着瞎侃、念诗，其实他的诗一点都不幽默，就靠这点小动作和诗前的玩笑，逗观众一乐罢了。他在另一方面倒是挺霸道的，那就是对时间的侵占，到最后我看了一下表：他超时了十五分钟。下台时他自然不会忘记带走他的道具——那个酒盒一定陪他到过很多朗诵会……

第二个上台朗诵的是坐在西敏右边的美国女诗人芭芭拉·哈姆贝——她是我抵达当晚在"诗人之家"见过的那对美国夫妻诗人

中的女方。从简历上看，她出生于新奥尔良，却是在火奴鲁鲁长大，现任教于佛罗里达州立大学，她的诗人丈夫叫作大卫·科比。我感觉她女人味不足，有点中性，是个典型的女知识分子，叫人不由得敬而远之。她那冗长的诗体在本届诗歌节上有一定的代表性，尤其是她的最后一首诗：几百行，写的还是日常生活——让我不免起疑：这是什么样的诗呀？我想起中国的“第三代”在20世纪80年代写的那种“生活流”——在我看来，这是一种天生“丑陋”的诗体，属于口语写作比较初级的阶段和比较低级的一类。她朗诵完下台坐到座位上之后，隔着西敏，我伸头看了一眼她手中的诗集，想看清楚她这种诗是如何排列的——分行还是不分行？如何分行？但是晚了，她合上了。

中场休息。

半小时的时间我需要做三件事：喝水、抽烟、如厕。考虑到门厅卖饮料的小卖部前的小长队，只好取消第一项——我想，等我上了台，去喝专为朗诵者准备的水吧。上完厕所，我到门外抽烟，见到伊朗裔的咪咪和德国生的提法妮，后者跟一个高大魁梧的中年男人在一起，很是亲昵……

抽完两支烟，我回到场内自己的座位上，将准备朗诵的诗稿和诗集拿出来。这时，孟元勃忽然出现在我面前，用很激动的口吻说：伊沙，这是最好的观众！最可爱的观众！你不感到激动吗？你要为他们朗诵！我说：“我为你和西敏朗诵，只有你俩听得懂中文，我会好好享受这个时刻！”他拍了我一下，就到后面去了。

舞台上的格局变了，增加了两把椅子——那自然是为我和西敏准备的。我俩提前上台就座，都到这会儿了，都到舞台上了，我听见内奥米还在问西敏：伊沙喜欢朗诵吗？西敏的回答自然是肯定的。内奥米听罢很高兴。

时间到了，全场顷刻间便安静下来。

六

我想另起一节来写我们的朗诵。

既是出于心理上的需要，又符合文章结构的均衡。

主持人内奥米再度上台，专门介绍我，她的话与她在《现代译诗》杂志上所写的一篇短文中的话大同小异——文中是这么写的："我们于 2004 年首度发现他那惊世骇俗的作品（在"国际诗歌网"上），感到非常震惊，立即被他那出乎文化意料的诗作给迷住了。四年之中，在向布拉达克西书社做出一个成功的推介之后，奥尔德堡将举行伊沙在英国的首次朗诵——并且他将在他的澳大利亚翻译家西敏的陪同下——发布他在中国境外的首部英文出版物。"

在内奥米作介绍的时候，坐在椅子上的我得暇望了一眼台下黑压压的观众——孟元勃所说的"最好的"、"最可爱"的观众！该厅能坐下三百人，其中二百五十人是买票入场的普通观众，今晚三位诗人朗诵的票价是 14 英镑，现在他们满怀好奇满含期待地望着我——望着诗歌节二十年来所请到的第一位中国诗人，也是第一位汉语诗人……

接着是西敏讲话，他首先讲到了我诗集的翻译，特别感谢另外一位远在澳洲的译者陶乃侃先生。他还讲到了我的签证问题，台下的观众笑了——对他们来说，包括英联邦和欧共体国家的公民而言，签证也能成为问题？确实是可笑的！

然后朗诵便开始了。

朗诵形式包含了内奥米、西敏和我三人的意见：西敏先用英语报出诗名——譬如《车过黄河》“Crossing the Yellow River”；然后再说上一两句导读语——譬如：黄河是中国人心目中的“母亲河”，相当于泰晤士河之于英国人；再然后，便是我的中文母语朗诵；最后是西敏的英语译文朗诵。以此类推。

西敏很会选诗排序，让《车过黄河》打头无疑是高招，这既是诗集中我最早的一首诗，也是我最具标志性的一首诗（此时此刻我无从知道，就在同一天晚上，在遥远的祖国，该诗入选了深圳《晶报》评选的“30 年 30 首诗”，后来又被影响更大的新浪网读书频道评定为改革三十年十大“流行诗歌”），事实上这首诗在 2004 年昆明举行的“中国—北欧诗歌周”的朗诵中已在异国同行面前经受住了检验，瑞典著名诗人斯蒂格嘎嘎的笑声犹在耳际！这一次，当我读完中文原作的时候，只听台下观众中喊出了一声汉语的“好”——很像是京剧观众的吆喝声，那一定是孟元勃喊出的，台下的观众都笑了——轮到他们真正地为诗而发笑，是在西敏朗诵英译文的时候，在《车过黄河》的尾声，他们这一笑，我心里已经有底了。

紧接着上《结结巴巴》也是很对的——这首曾在去年鹿特丹国际诗歌节的开幕朗诵中大放异彩，也是我最有把握的一首，今晚的情况是：我朗诵中文的时候，观众就笑了，因为结巴，仿佛RAP。西敏朗诵英文的时候，他们就笑得更厉害了，搞得我也偷偷想乐，因为西敏对结巴的翻译和模拟都很到位，朗诵起来比我更结巴！

第三首《假肢工厂》：如果我的记忆没错的话，此前我从未在公开场合朗诵过该诗，是西敏把它选进来的，效果竟出奇地好，观众的情绪完全跟着诗句在走，在该有反应的地方全有反应。我想在他们看来：这也许是一首标准的"现代诗"，写的是异化内容，用的是荒诞手法，充满现实感，又具有超现实的味道。

第四首《星期天》的情况与上一首类似：从未朗诵过，是我自己将它选进来的——当时我看到诗歌基金会的官方网站上介绍我的时候选的是它，果然，现在它被印在诗歌节专印的小册子上，观众手里边有，可以对照着听。效果又是出奇地好，因为观众有文化——在对梵高、高更了解的深入程度上，非国内的读者所能比，还有一点：他们不会掩饰自己的喜欢！

趁西敏朗诵英译文的时候，我喝了一杯水，因为在朗诵到上一首诗的结尾处时，感觉喉咙有点干，声音有点涩。我这次的嗓音状况不如去年在鹿特丹的时候，因为来之前去太原参加《语文报》的社庆活动时，一不小心感冒了，到英国才刚刚好。还有就是，此次是和朋友在一起，说话多，费嗓子。

第五首《1972年的元宵节》是我自己精心挑选出来的，这是我作品中少有的一首玩意象与意境的超现实的“纯诗”——我想把这样的一首诗选进来，会取得意外的效果，也能向异国的同行们展示自己的功力。此诗写得静，也赢得了静！

第六首《等待戈多》是注定要赢得欢笑声的：取自于西方的文化典故，又作了一番富有中国特色的恶谑。结尾处观众爆笑。我读之前，有个插曲：我忽然找不到这首诗的原文了——其实下午在酒店的房间里做准备时我就没找着，竟然忽略了，我急出了汗，端着青海人民出版社出版的《伊沙诗选》走到麦克风前，在开读前的最后一秒钟，才翻到印有此诗的那一页！

第七首《中国人的清明节》是我本来就选了的，是我对中国人文化传统和生活方式的一种展示与阐释。我不是文化符号贩子，我写的中国文化与当下有关，与日常有关，与吃喝拉撒有关，既不粉饰美化，也不故作姿态地做出一番浅陋的批判——我想这是一个真正的中国诗人起码应有的尊严！

说起第八首《自杀的小孩》，我首先应该感谢我优秀的译者西敏。2004年——那是我们认识的第二年，他最先翻译的我的十首诗中就有这一首，作为“国际诗歌网”的编辑，他在一篇评介我的文章中还特别评到了这首诗，让我在多次重读中发现我自己对它认识不够——现在看来，这是一首被我自己忽略掉的力作！此时此刻，观众的反应先是震惊，后是爆笑，可谓“又惊又喜”——我更看重的是他们的惊！内奥米所说的“惊世骇俗”的“惊”！

对于第九首《诞生的秘密》，下午我在西敏的房间小坐时曾有过犹豫，我问西敏：不会有小孩在场吧？前两场好像没见着（但在基金会的网站上有孩子们在场的照片），因为这一首写到了孩子，但并不适合孩子听——

小时候我问父亲 / “爸爸 / 我是怎么来的” / 父亲回答说 / “我吐了一口痰” / 我记住了他的话 / 记住了这个有关 / 诞生的秘密 // 后来是儿子问我 / “爸爸 / 我是怎么来的” / 我也回答说 / “我吐了一口痰” / 我想起父亲的话 / 想起当年的他 / 不曾糊弄我 // 可是我的儿子 / 没有当年的我 / 那么朴实 / 听完我的解释 / 他立刻跳了起来 / 大着嗓门嚷嚷 / “我们老师说了 / 不许随地吐痰！”

台下的观众笑疯了。与他们前面听到的那些庸俗浅薄的性玩笑相比，此诗可是太高级了，直指“生命的真相”——对了，西敏就是这么译的。

在读最后一首之前，我抬腕看了一下表：快到30分钟了——也就是说，我们略有超时，但我们毕竟是双语朗诵，容量折半，大家定会谅解！西敏的选诗之妙还体现在这最后一首《交流》上：

在奈舍的湖畔公园里 / 黑头巾包不住她的美丽 / 一位荡秋千的阿拉伯妇女 // 我走近她的时候 / 她开口和我

说话 / 用的是英语 / 我听岔了 / 以为她是在催我远离 / 催一个无事可能 / 生非的男人 / 尽快远离 // 我正在迟疑 / 却又听明白了 / 她的后两句 / 她是在问我 / 荡不荡秋千 / 意思是她可以 / 让给我玩 // 我真想走上前去 / 搭把手 / 加点力 / 把这位荡秋千的 / 阿拉伯妇女 / 荡得更高一些啊 // 但想了想 / 又决定放弃

此诗首先感动的是正在读它的我！我确实是个“有话要说”的诗人——以上便是我对今日之世界想说的要紧话！当中国的知识分子、诗人们接二连三地撰文倡导所谓“中国经验”的时候，我已在“世界意识”的写作实践中走到了远处与高处，这就是我的特点：不理论，埋头写，出文本！我甚至有点感谢毛泽东，他教育我们那代人要关心国家大事和世界大事——这种教育所产生的影响被我用在这儿了……

当西敏朗诵完它的英译文之后，全场爆发出经久不息的掌声，这掌声将我俩送到了台下，在掌声中我向观众（我承认：他们是“最好的”、“最可爱的”观众）鞠了三次躬——是一种不落幕的谢幕，我感觉自己都有点快像日本人了，这长时间的掌声才渐渐停止。

内奥米说：非常精彩！以前的中国诗我读不懂……主人的满意是重要的：观众满意了，主人自然就满意了。

孟元勃说：你的诗好，他翻译得也很好……同时精通中英文（还有德文）的他是全场唯一一位有资格对西敏和陶乃侃的翻译工作作出评价的人。

美国诗人大卫·科比在五米开外，先是冲我做了个伸出双手到处放枪的动作，然后再朝我伸出大拇指——不需要语言，我已经明白了：他是在说《自杀的小孩》好！

观众们拥到台上卖书处去买我的诗集……等我从洗手间出来，被两个手拿诗集的青年观众堵在洗手间门口签名——结果那里变成我的签名地点，一口气签了十几个。感谢第一名观众教会我签名的最佳方法：先签一个与书上作者名相一致的 YISHA，再签一个汉字的“伊沙”，他们觉得汉字很好看……看着他们心满意足地离开，我也感到很高兴！回到场内，又遇到两位中年妇女索要签名，后面又跟了十几个……

签完名，我感到自己很需要抽一支烟，就跑到正门外去抽，在那里我目睹了观众退场的动人场面，看见一个年逾九旬的老太太坐在轮椅中。我一次次为老年观众拉门，他们发现是我——刚才台上朗诵的那名中国诗人，面露惊喜之色，要求与我合影……

做一名诗人的幸福感像北海一样汹涌澎湃。

在走回酒店的路上，还有观众在向我俩道贺，其中一位在赞美我们的同时还不忘批评今晚朗诵的某个诗人，看来“最好的”、“最可爱的”观众也是有好恶并且要表达出来的……此举加强了我近年以来的一大悟性：我追求做得好，是因为厌恶做得差……

回到房间我更加平静。对于今晚甚至不做回味。一切都是预料中的。西敏将我的自信总结为经验积累——此话并未触及本质：

我知道“深通人性”、“直指人心”的好诗长得是什么样子！从今以后就更知道了！

七

又是新的一天。

今天上午到中午，我和西敏还各有一个节目，需要连续作战。

西敏说：早餐应该多吃一点。

早餐时，诗歌节的专用摄影家皮特来找我们，说是要给我拍照。我早就注意到他的存在了——事实是：从我到达的那天晚上，他就盯上我了，端着他的大炮筒，在多个场合抓拍我的镜头，连我在银禧厅外抽烟的样子都没有放过。听西敏讲，他是英国有名的摄影家。我感觉他那白发飘飘风度翩翩的样子，更像一个指挥家。

早餐后，我们仨一起去到海滩上布里顿的纪念钢雕前去拍照。

十点钟，等我们来到镇中心的电影院，正好接上西敏的讲座。讲座被安排在电影院二楼温暖的小厅里，来了四十多个观众，都是花了7英镑买票入场的。西敏讲座的题目叫《诗在中国》，公开印在小册子里的节目表上——也就是说，这些观众都是冲着中国诗来的。为了给我的“亲密战友”提供精神上的支持，我坐在头一排，开讲前西敏问我：伊沙，你能把“关关雎鸠”那首诗当众背诵一遍么？我说没问题，随口背了一遍。看来，他要从古代的传统讲起。到底是昆士兰大学的职业教师，西敏滔滔不绝讲得非常专业，观众也听得很入迷。中间，孟元勃貌似抬杠的插话也搅活了气氛。半个小时很快过去了，西敏很明智地给观众留了提问的时间。看着观众那么认真地就中国诗的问题向他提问，我作为中国诗人一时感慨万千：一个澳大利亚人不远万里来到英国，向英国的观众宣讲中国的诗歌，这是一种什么精神？这是一种高尚的国际主义精神！我还是那句话：汉学家不完全是“老外”，至少有一半是中国人，他们像爱着好吃的中餐一样爱着中国的文化！爱着中国的诗歌！

讲座结束后，一个谢顶的记者要采访我们，要对我俩做个录音采访。他向我提出的一个问题有点挑战性：昨晚朗诵的《结结巴巴》那首诗是否有讽刺残疾人的嫌疑？我的回答是：我写作当时没有这样的企图，现在读了也不觉得有。我还举了一个例子：我的一首诗（《阳痿患者的回忆》）因被认为有讥讽犹太人的嫌疑，那家发表它译文的澳大利亚英文刊物从此封杀了我的所有作品(某个一贯正确的中国知识分子诗人得悉此事十分委琐地说：我们就不会犯这种错误)，事实上，我非但没有讥讽犹太人，我还在批判希特勒法西斯对其身心的戕害！我说健全的社会应该对艺术家的创作给予更高的道德宽容度——我回答时没有造出这个词，现在给丫补上：西方文明病——特装B！

距“细读”还有一段时间，我和西敏离开电影院，来到镇中心那家热闹的咖啡馆准备“喝一杯”。到了咖啡馆门口，从里面出来的顾客还不忘称赞我俩昨晚的表演。其中一位中年妇女问西敏为什么诗集中不印上我的中文原作，她并不懂中文却要看原作，西敏觉得她的意见有点奇怪，但还是给她写了“国际诗歌网”的网址，告诉她那上边我的诗是双语对照的。我记得我这本诗集最早说的是出成双语的，后因排版软件转换麻烦而放弃了。在此过程中，西敏给我的意见甚合我心：就是尽量多地收诗，让英语世界的读者充分了解你。我老婆也是不赞成出双语的，觉得在经济上亏欠了读者，挺厚的诗集挺高的价码，但只有一半可以读懂。我不知道刚才那位读者有多大程度的代表性，但她的意见是值得认真对待的，如果今后再出的话。

这家咖啡馆的生意真是太好了，里头人满为患没了座，我俩只好在门外的露天咖啡座上喝咖啡。在北海吹来的寒风中喝着热咖啡的感觉，我已在《诗之堡》一诗中写过了，在此不赘。

“细读”节目是在皮特·皮尔斯画廊举行的，我们提前赶到那里。在那边主持节目的是诗歌节的副主任，他对我很友好，对我来说他可是在诗歌节发给我的两封邀请函上签字落名的重要人物。我在前面的文字中不厌其烦地提及“朗诵”、“讲座”的门票价格，我知道一些读到本文的中国读者，会对 300 人的朗诵会和 40 人的讲座撇撇嘴，做不屑一顾状，仗着自己是在一个有着 14 亿人口的国家里——那我想就此提出一个问题：如果我们收费，考虑到人均消费水平的差距，不说收 14 英镑，就收 14 块人民币（讲座收7块人民币），还会有几人来听？这里老收观众的钱，我这个中国诗人有点不落忍（因为不习惯），所以听说“细读”节目免票时，我一下变得很高兴，反而想更加认真地去讲，作为对观众的回报。

组织者将我要“细读”的诗印成传单散发到观众的手中——那是威廉·布莱克《天真的预言》的英语原文，宗白华先生的中译文如下：

一颗沙中看出一个世界，/一朵花里看出一座天堂，/把无限放在你的手掌上，/把永恒在一刹那间收藏。

副主任主持节目，宣布开始。我和西敏同时上台，各拿厚厚的一叠资料，我一看他资料的首页心中便暗笑了——那是我上个月写给他的一封信，全信如下：

西敏兄：

这里是这段时间以来，我在网上搜集到的布莱克的相关资料。

我想“细读”这个节目可分以下几个步骤进行：

1. 请你先用英文朗诵布莱克这首诗的原文（前四句），我再朗诵中译文的几种版本。

2. 我来做讲解，请你来翻译。

3. 最后，请你再朗诵一遍原文。

我的讲解部分会涉及以下几点：

1. 布莱克的这首诗在中国大受欢迎的情况，我会提到资料中上海地铁对它的展示。

2. 布莱克为什么会在中国的同行与读者中受到如此巨大的喜爱？一首 130 多行的诗为什么会被翻译者与读者留下四句来传播？在这里我会从两个方面分析：（东方）诗学、佛学。

3. 这首诗与我有什么关系？我的笔名“伊沙”是从祖父起的名字“一砂”谐音而来的，在我诞生的“文革”那年，祖父一定没有读过布莱克，但他一定知道“一砂一世界”的佛语。

4. 总结起来：一个基督教文化背景的近现代浪漫主义（并带有神秘主义色彩）的诗人，却用现代诗歌的形式说出了佛语，这真是太有意思了，它说明：文学艺术与宗教的相通性，不同宗教文化之间的相通性，东西方文化之间的相通性。这个结果当然更能反证出布莱克的杰出，是一位世界级的大诗人，因为他像佛陀一样说出了真理。

情况大致如此。

至于讲解方式，我会沿用自己讲课和说话的方式：深入浅出，绝不引经据典，翻译起来不会太难。这些资料，你浏览一下即可，不必细究。

祝好！

伊沙

2008 年 10 月 6 日

信末的日期提醒我：此信正值我首次申请签证遭拒签再次申请尚未去的那段时间，尚不知最终能否成行，却有着如此认真细致的准备，一瞬间，我有点被自己的执着所感动……

但此刻却没工夫感动。我要给观众讲布莱克。

此信也是提纲。我就照着早就想好的思路在讲。

讲一段，西敏译一段。

有一段讲多了，西敏就打断我，惹得观众发笑。

观众真是太好了，我每讲一段，他们脸上都有掩饰不住的兴奋表情。

我注意到美国诗人夫妻双双到了，坐在观众中——他们真好！

一刻钟的时间转眼就到了，该讲的差不多都讲了，唯一的遗憾是没有时间请西敏领着全场观众将《天真的预言》齐诵一遍——那是我们事先想好的绝妙尾声！那会是个多么动人的场面！可惜未能实现！

“细读”结束后，皮特又在现场给我和西敏拍了一些照片。然后，女司机用车将我们带到“诗人之家”吃午饭。

这天中午，“诗人之家”很热闹，餐桌边坐满了诗人，已经没有了座位。我端了一盘鸡肉米饭，坐到隔壁客厅的沙发边用餐，其间，爱尔兰诗人丹尼斯和美国女诗人芭芭拉先后坐过来称赞我的诗，后者用到了“力量”一词，可惜我有限的英语不能与之作深入的交谈，而西敏正在与别的诗人交流……

我的毛病是一吃饱饭就晕，便不辞而别地回白狮酒店睡午觉去了。下午还有三位诗人的朗诵，我已没有精力去听了……

八

告别从晚上开始。

其实下午就有人走了，那个有点男孩气的青年女诗人已经提前返回伦敦去了。

八点钟，“诗人之家”有个闭幕晚宴，我和西敏准点到场，发现里面已经人声鼎沸济济一堂。几乎所有的诗人与诗歌节的工作人员都聚在这里。正式邀请来的诗人都坐在餐桌边，有点正襟危坐，还在讨论着什么，工作人员和一些有点陌生的面孔都在隔壁的客厅里，沙发上、地板上坐得东倒西歪非常随便——我选择了这一边。

有红酒、啤酒和蛋挞、布丁之类非常好吃的甜点，我取来一些。皮特的太太是两位厨娘之一，她是葡萄牙裔，正宗的蛋挞便是她的杰作——她特别提醒我要享用她的杰作，我告诉她我已经吃下两块了，她听了非常高兴。

有位中年妇女，也是诗歌节的工作人员，特别喜欢我的诗——不仅仅因为她告诉了我，我在气氛中也明显地感觉到了……我说不出更多的话，便主动提出与之合影留念。

副主任，还有皮特，大声叫着我的名字——也没什么事儿、什么话，就这么叫上一声，表示一下：我们是哥们儿！奥运会一办，搞得人人都会说汉语的“你好”——发音则千奇百怪，要多怪有多怪，笑破我肚皮！

那几张陌生的面孔十分年轻，像是“80后”——我猜测他们是“新声音”那个单元请来的诗人们。诗歌节正式邀请的22位诗人年龄都不小，1966年的我在男诗人中要算第二小的。于是便给年轻的诗人们另辟了一个单元，可惜我无暇去听他们的朗诵。其中有一个女孩和一个男孩特有意思——

那个女孩会说极少的中文（肯定比我会说的英语还要少），但她却在顽强地说着（真值得我学习），一个词想半天才能蹦出来，她给我写名字时，我发现她芳名中间有个VAN，就问她：“你是荷兰人吗？”她说：“我爸爸是荷兰人，妈妈是英国人。”她告诉我：在中国诗人中，她喜欢韩东，她在2006年的鹿特丹诗歌节上听过韩东朗诵。我告诉她：“韩东是我的朋友。”后来，我们一起到门外去抽了一支烟，还有另外一个女孩，我们边抽烟边聊天。一个长得像中年金斯堡的男孩过来了，非要将一瓶喝了一半的意大利啤酒塞给我要我喝，盛情难却，我就喝了，然后我俩用英语好一通狂聊。我感觉他的发音有点怪，不大规范，但是却说得很溜，到后来，他竟然对我的英语水平大加赞赏，说我应该说得更多一点。抽完烟，我们几个又回到屋子里去，聊得更加热烈，我告诉他：“你长得像金斯堡。”小哥们儿听罢，做出特愤怒、特绝望的表情说：“我长得像垃圾！”——这哥们儿是在诗歌节上所见到的诗人中最像诗人的一个，人的状态很high。我很想知道的是：这些年轻的诗人们在写什么？从小册子上看那 22 位“正式代表”的简历，职业几乎全是教授或大学教师，一方面说明大学是能养诗人的地方，另一方面就存在着一大问题：他们是我这种对教授和学院充满警惕与自我批判的人么？还是以为知识多就有优越感并为此而沾沾自喜的“知识分子”？我还有一个发现：他们中很多都是移民（尽管是用英语写作），这是个很有意思的现象。

上述各种交流活动，都是伴着美妙的音乐进行的——这音乐出自西敏的吉他弹奏和苏格兰诗人格瑞·卡姆布瑞格的多种乐器的吹奏，后者是个吹奏能手，正如我在《诗之堡》诗中所写的：“苏格兰高地来的诗人 / 未穿裙子 / 擅长吹奏 / 他像变戏法一般 / 变出了随身带来的所有乐器 / 逐个吹奏它们 / 都能吹出风笛的味道 / 将所有的曲子 / 都吹成了天籁般的《一路平安》/ 吹得落花有意流水无情 / 吹得感时花溅泪恨别鸟惊心 / 吹得执手相看泪眼竟无语凝噎 / 把离情吹成了爱情 / 把爱情吹成了伤情……”——这种特别小资的沙龙场景，如果移植到中国去，就会显得很酸很装 B，但是在这里，一切都显得那么自然、那么美好，叫人心旌荡漾，陶醉其中而无法自拔！真是什么土地长什么东西！

每个人对于别人对他的态度都是敏感的，但有时候却未必正确，我刚想到：这个格瑞可能不喜欢我的诗，从第一晚的见面开始，他就没有跟我说过任何话……西敏却告诉我，格瑞买了我的诗集，他想请我签个名……话音未落，格瑞已经拿着诗集过来了，看来这是一个非常内向的诗人，吹奏是他与大家在交流！

诗歌节的老主任也坐过来与我交谈，我向这位奥尔德堡诗歌节的创办者请教了两个问题：一、奥尔德堡诗歌节是不是英国历史最久的？他回答说是，他说伦敦还有一项比较久的诗歌节，但是双年一届的。二、我是不是奥尔德堡诗歌节邀请来的第一位中国诗人？他回答说是，他说他们以前还邀请过东欧的诗人。我笑了，看来中国和东欧是一类的。

后来，我去上洗手间时，看见内奥米正在门厅与人交谈，便决定用自己的方式与她告别——我的方式是不提“告别”二字，过去跟他们再热乎一阵子，照几张合影，然后兀自隐退……内奥米，希望你能意识到：这是一个哑巴在跟你告别！希望有一天，你能读懂我留在送你的诗集扉页上的那一行漂亮的中文题字：有缘千里来相会！

走到门口，借着路灯的光亮，我抬腕看了一下手表：十点多了……再见，“诗人之家”！

第二天吃早餐时，已经看不到任何诗人了，我和西敏吃得很慢。十一点，会有人来送我们去距此最近的萨克斯门德哈姆镇的火车站，搭乘开往伦敦的火车。我想买一只船模带走，带回西安去装饰我的新家，但卖船模的那家店十点半才开，所以在早餐以后我们还有时间再去看一眼美丽得像梦一样的奥尔德堡小镇。我俩在周一早晨空无一人的街上漫无目的地转着，无意之中竟走到了基金会的办公室，透过玻璃窗看见他们坐了一圈正在开会（估计是总结会吧），我们只好进去再向主人道一次别——一步跨入温暖的屋子，竟然踩响了一片掌声——他们全体起立为我俩鼓掌，于是便寒暄一番，再次道别，离开时透过玻璃窗，他们还在挥手……

西敏说："我们有点太受欢迎了！"

我说："是啊，搞得我有点不好意思了。"

西敏说："本来已经告过别的。昨晚，我十一点才回来，路上已经没有人了……"

我说："你肯定告别得很充分，我知道你们西方人的告别是很仪式化、很烦琐的。"

西敏说："咱们怎么转着转着就转到了这里？没说要来啊！"

我说："这就是命！命中该来！包括刚才我们走到银禧厅的背后，看了一眼曲终人散后空旷的大厅……"

这是此次英伦之行中我第一次说到命，第二次说起时已在伦敦——那是在伦敦三日中唯一一段与诗有关的旅程：诗歌节的另外一位女司机在最后送我们上火车的时候，送给西敏一册非常详细的伦敦地图——正是在那册地图上，西敏查到了布莱克的墓地，他说："我们的诗之旅应该在那里结束。"正好我也是一个喜欢仪式的人，于是便去了——

这是一个冬阳暖暖的上午，我们先步行走到头天曾来过的圣保罗大教堂，在其附近有一片看似普通的公墓——一身黑色装束的上班族赶着匆匆忙忙的脚步从中间的小径上穿过，我们走进去，最终来到一高一矮相对孤立的两个墓碑前，其中高大的墓碑是小说家丹尼尔·笛福（《鲁滨孙漂流记》的作者）的，矮小的墓碑则属于诗人威廉·布莱克。布莱克的墓碑上写着：此处躺着一个人的骨头和灵魂。我们没有带花，我将一支点燃的香烟放在布莱克的墓碑顶上，等它燃尽……

后来，我们在旁边的长椅上坐了一会儿，我再一次说起命："这就是命，让我们'细读'过的布莱克来结束我们的诗歌旅行。"我还说道："金斯堡肯定来过这里，身为美国人，他到英国很容易，来英国必先到伦敦，不会不来拜谒他私自认定的诗歌导师……"

我话音未落，墓园里一个巨大的橡树枝上忽然飞起了一大群我叫不出名字的鸟，在我们头顶盘旋了一圈，向着伦敦少有的晴空深处飞去了……

我说："我们感动了布莱克，他显灵了！"

西敏没有直说，但他肯定也认同我的说法，他说：在他做"诗在中国"讲座的时候，他提到了一本书，书中介绍了一百种敲钟的方法，他在讲敲钟的方法与诗歌写作的关系时，窗外传来教堂的钟声，观众发出惊奇之声……我想起这个细节来了，当时我还不知道他们为何作此反应。

2008 年 11–12 月

桥

——第50届斯特鲁加国际诗歌节诗文志

那一天早晨，从梦中醒来
啊朋友再见吧再见吧再见吧
一天早晨从梦中醒来
侵略者闯进我家乡
啊朋友再见吧再见吧再见吧
游击队啊快带我走吧
我实在不能再忍受
如果我在战斗中牺牲
你一定把我来埋葬

——前南斯拉夫电影《桥》主题曲

我平生所见的最小的机场是哪一个？在2011年8月24日中午之前，我会告诉你是中国东北部的海拉尔机场，在此之后，我只能告诉你是马其顿共和国的斯科普里国际机场：停机坪上除了从伊斯坦布尔飞来的我们所乘坐的土耳其航空的班机，只停有两架水上飞机……没有空中走廊，没有摆渡车，我拖着行李穿过空旷的停机坪，走向中国县城火车站般的候机楼，心中拔凉拔凉的……

庙虽小门槛却不低。入关时我们就遇到了麻烦——准确点说是两位中国诗人遇到了麻烦。同机抵达的其他国家的诗人都过了关，连排在我们后头的那位日本青年诗人都先我们而过，我们却遇到了麻烦：人虽放过去了，护照却没有还给我们，还是走不了。严力猜测是我名字的问题：笔名与本名的出入造成了误会。那么，他又是为了什么呢？也许我们永远都猜不出他们的理由，正如他们永远拒绝向我们做任何解释。我只是嗅到了一股不对的气味，在北京马其顿大使馆办签证时就嗅到过。感觉比两个小时还要漫长的 20 分钟之后，两本中华人民共和国护照才交回到我们手上。

大概是心情被搞坏了之故，在从机场到诗歌节举办地斯特鲁加三小时的车程中，我并未觉得窗外景致有多美：感觉田野上的红砖农舍简陋得太像中国农民盖的简易楼了，而山景哪有秦岭美？心情是被人搞坏的，解铃还须系铃人，只有人才能令其阴转晴——这个人是诗歌节派来接我们的司机，在中途休息时，他特别仗义地帮严力换钱——将美元换成这里的第纳尔，让我俩有钱可花，在干渴难耐中买到了可口可乐。这个司机用英语说：“跟中国一比，马其顿就是一座小山村。”

从位于北部的首都斯科普里机场驱车抵达位于南部边陲（与阿尔巴尼亚比邻）的诗歌节举办地斯特鲁加需要三个小时。车中十余位各国诗人，是我首先看到前方地平线忽然变成蓝色的，于是大叫一声："到了！"出国前我也算做足了功课，知道这个地球上历史最为悠久的诗歌节是在欧洲最深处的奥赫里德湖畔小城斯特鲁加举行的，见到湖不就是到了吗？湖在前方，我发现连周围别的景致也跟着好了起来——严力说这不仅是心情好了，是大湖改变了周边的环境。

车入小城，几个诗人提前下车，几个诗人被车拉走，我和严力住的是以城中之河命名的四星级的德林酒店——这是诗人在此所享受到的最高待遇了，但是且慢，在前台办理入住手续时我们的心情又被搞了一下：我和严力被安排在一个房间——这在中国很正常，但在国外不正常——问之，答曰：诗歌节就是这么安排的。只好先入住再说，严力后来说："如果不是你，换成别的谁，我就刷卡自己开一个房间了。"

到我俩所住的401房放下行李，距酒店的自助晚餐开饭还有一个多小时，我俩便走出酒店四处转转。先去了湖滨，发现到处都是游泳和晒太阳的人，带了泳裤的严力问我带没带泳裤，我说没有，他说："那你需要买一条了。"城中有几处诗歌节的广告牌，德林河的一座桥（这座桥就叫"诗桥"）上工人们正在紧张地工作，搭建舞台……我在诗歌节官方网站上看过往届的照片，告诉严力我们会在这里朗诵，老严开始兴奋起来……

第二天——即25日白天的第一项活动就是在"诗歌公园"植树，不是所有到会者都植，只有每届的"金花冠奖"得主才有资格栽下一棵树，今年的得主是马其顿本国老诗人马泰·马特夫斯基，老人家在众人瞩目中栽下了一棵树……这项活动，还有第三天上午在酒店会议室举行的为聂鲁达和布罗茨基补发“金花冠”的仪式，以及诗歌节历史图片展，给我带来了第一首诗的灵感……

在这个星球上 / 不是所有国家 / 都有一座诗城 / 不是所有城市 / 都有“诗歌公园” / 严力，你我来到斯特鲁加 / 当我们一步踏进这里 / 首先撞见的是同胞、前辈绿原先生 /1998 年栽下的树 / 它因为长得矮小而被我们撞见 / 然后我们再去看那些长得高大的树 / 你找到了奥登、布罗茨基、希内、休斯 / 我找到了聂鲁达、桑戈尔、阿米亥、达维什 / 并非所有栽下树的诗人都已故去 / 有六位在世者和我们一起步入公园 / 我们和 1992 年得主匈牙利诗人尤哈斯 / 在他当年栽种的树下合影 / 陪同他前来的他的儿子 / 一直在念叨其父进入了某年 / 诺贝尔奖前五名的最后决选 / 整个活动中我们一直在找一个人 / 找他当年种下的树 / 他没有得过诺贝尔奖 / 只是你的朋友我的偶像 / 并且丝毫不比上述人等写得差 / 后来的三天里我们又三次来到这座公园 / 但是我们还是没有找到 / 此人名叫艾伦·金斯堡 / 有陈列室里的老照片为证 /1986 年，他乘机前来领取了当届金花冠 / 但却没有栽下一棵树 / “他为何不栽这棵树呢？” / 别人栽下的树拒不回答

——《树》

严力显然是游泳爱好者，他看了一下日程表说：“下午没有活动，可以用来游泳。”于是买我的泳裤成了当务之急，德林河畔到处都是卖游泳用品的小摊，奥赫里德湖滨也是。没想到，买条泳裤竟买出一首诗……

德林河畔 / 小摊林立 / 我们上午瞅准的摊位 / 出售彪马牌泳裤 / 我们上午遇到的摊主 // 是个十分友善的老头 / 他问我们：“中国人？” / 我们回答：“是。” / “北京还是台湾？” / “上海” / “西安” // 下午 / 等我们从银行里 / 换了足够多的第纳尔 / 去买那条泳裤时 / 老头年轻了三十岁 / 换成了他的儿子 / 说：“上午在这儿的 / 是我父亲” / 还主动告诉我们：/ “我是穆斯林 / 我父亲是土耳其裔 / 我母亲是阿尔巴尼亚裔” // 哦，穆斯林 / 我很想告诉他 / 我妻子也是穆斯林 / 是中国的回族 / 这是一句并不复杂的英语 / 但我终于还是没有说出口

——《障碍》

鸡尾酒会于晚餐时间在德林酒店的露台上举行，一块挺大的告示牌上用马其顿语和英语写着一句很煽情的话：“这是享受诗歌的时间。”——这段时间正好经历了从天亮到天黑的过程，华灯初上。这是那种典型的欧洲式的鸡尾酒会，端着酒随便走，想吃

东西桌上有，我四下观察，发现热烈攀谈者有之，冷眼旁观者亦有之，我和严力在一起，站在中间地带，并不主动去跟人搭讪，但对来者热情有加。主动过来与我们交谈的有：唯一的俄国诗人，他竟然是第七次来到斯特鲁加，此次要替已故的俄裔美籍诗人布罗茨基领取补发的“金花冠奖”；斯洛文尼亚诗人，他说如果我们能够自出路费，他可以邀请我们参加每年一度的斯洛文尼亚作家节；墨西哥女诗人李娜（我给她译的中文名）刚刚到达，便出现在这里，她对我们讲述着此行的艰难曲折：先从墨西哥某个城市飞到首都墨西哥城，再从墨西哥城飞到保加利亚（马其顿邻国），再从保加利亚飞到奥地利维也纳，再从维也纳飞到斯科普里，脚都坐肿了，好在有她可爱的小侄女随行相伴。李娜热情如火，很受欢迎，她发给众人的诗集中的第一首诗附有十多种外语译文，日语、韩语都有了，尚缺中文，她的意思是：中国诗人，你们看着办吧？

盛大的开幕式于晚上9点举行，我和老严站在德林河岸观众中间看完了它的大部分，拍了很多照片，但我的诗却是来自于听觉……

国家剧院的女报幕员 / 宣布：“开幕式开始！”// 马其顿共和国 / 激昂雄壮的国歌高奏 // 女文化部长致辞：/ “这里是诗歌的首都！”//“诗歌也许不会改变世界 / 但它是打破人际隔阂 / 增进彼此了解的一条纽带……”//

男女主持人合诵马其顿已故诗人 / 康斯坦丁·米拉迪诺夫名作《望南方》：//“假如我有一双翅膀 / 我将振翅飞翔 / 到祖国的海岸和故土 / 望我奥赫里德，望我斯特鲁加……”//“吹响我的心笛 / 啊！让太阳落山，让我死去”// 国家交响乐团在演奏 // 男高音在高歌 //（河流奔腾）水声不息 // 炮声响起（焰火升空）// 晚九点三十分 / 唱诵《古兰经》的晚祷声 / 忽然想起 // 来自距桥最近的清真寺 // 多声部各行其道 / 交响于璀璨的夜空

——《声音》

26 日上午在酒店会议室举行了为 1972 年“金花冠奖”得主聂鲁达和 1991 年“金花冠奖”得主布罗茨基补发金花冠的仪式，分别由智利驻马其顿大使和唯一到会的俄国诗人代领。接下来是听众对六位健在并且到会的“金花冠奖”得主提问，老人话多，都很啰嗦，抓住麦克风就不松手，鲜有有趣的。好像只有去年得主保加利亚老诗人莱弗科夫的回答好玩一点，当观众问：“金花冠奖给你带来了什么？”他回答说：“让我这一年来一直处于敏感之中。”响起一片笑声……我来之前做了功课，知道希腊与马其顿有国名之争，保加利亚拒不承认马其顿语的存在，后来我在一条船上向一位马其顿女诗人请教过这个问题，她说保加利亚语与马其顿语基本相通。在此之后，是一位不知是何身份的马其顿人做了 1998 年“金花冠奖”得主、中国已故诗人绿原的主题演讲，泛泛之

论，并且很短，其中说到“他是东西方文化交流的桥梁”，我想以绿老的翻译成就当得起，但说到“他的诗对中国青年诗人产生了巨大的影响”，引起了严力和我私下的异议，严力说他从未读过绿原的诗，我说我读过，但没有受过其丝毫影响。

报到时我们没有领到本届诗歌节的官方诗选，我还为此抱怨说：“这一点还是咱中国人做得好，本月上旬我刚参加过青海湖国际诗歌节，报到时就领了一大堆书。”话音未落，我就被教育了——迟归迟，人家这边是由志愿者推着车子直接送到房间来，而且书之精美，非咱能及。为了此次“五十大庆”，书出了很多种，但只有其中一本为与会诗人所盼，并常带于手边，成为彼此认识的“诗歌护照”——那就是本届诗歌节的官方诗选《来自五大洲的诗》，收有诗歌节正式邀请的所有诗人的照片、英语和马其顿语对照的简历，两到三首诗，第一首是英语或法语与马其顿语的对照，第二、三首是马其顿语。我入选了三首，分别是《车过黄河》、《结结巴巴》、《独裁者》。创作于 1991 年的《独裁者》大家不熟，照录于此：

尼古拉·齐奥塞斯库 / 当年我们欢迎过他 / 面带中国孩子 / 特有的矜持与微笑 / 在人丛中跳　摇着花 / 当年他笑　朝我们挥手 / 俯身亲吻了我们中 / 最幸福的一个 / 后来谁都不笑 / 他　一个独裁者 / 被人民所杀 / 我们还欢迎过马科斯 / 我们还欢送过博卡萨 / 一个中国儿童 /

所经历的光荣 / 多么叫人尴尬

——《独裁者》

选择这首诗，我是考虑到此次来到的马其顿属于前南斯拉夫，在20世纪八九十年代东欧剧变后，经历了一场解体，甚至伴随着战火和杀戮。望着台上某些社会主义或前社会主义国家来的“金花冠奖”得主，譬如来自于古巴、阿尔巴尼亚、保加利亚、匈牙利、前南斯拉夫的诗人，他们也都是上年纪的老人了，我很想知道他们在写什么？是否也经历了一场巨变？他们靠什么获得“金花冠奖”？“金花冠奖”始创于我出生的1966年，前两届获奖的都是苏联诗人，前五届获奖的诗人都来自于当时的社会主义国家……

手持《来自五大洲的诗》，阅读每位诗人的简介，就仿佛掌握了他们的底细。我很快便发现了一点破绽：欧洲诗人比较爱写自己得了什么国际诗歌奖（国内奖不写）。似乎每人都得过，来自西班牙的那位“金花冠奖”得主获的最多，有三十多项——由此可见，欧洲有多少“国际诗歌奖”。中国诗人（尤其是本土的）要得一项“国际诗歌奖”，那可就不得了啦，非成为主流媒体上的一条新闻不可（像多多去年获得美国纽斯塔德国际文学奖），但对欧洲诗人，竟然十分普遍，“国际奖神话”不攻自破。我就不相信那位集三十多项国际奖于一身的得主（好像就差诺贝尔奖了）写得有多好，好得超出我的想象，我发现他还在不同时期拥有多项掌握权力的头衔——这就是破绽。

下午没有活动，先睡了个午觉，不长的午觉中，竟然还做了一个梦，叫我两年来正在倾力而为的大作《梦》系列延伸到了南欧：

沈浩波 / 圆脑袋 / 不光 / 长出了 / 发碴 / 问我：/
“西娃 / 是如何发现的？”// 我吃力地想了想 / 答道：/
“不是我发现的 / 她出来混 / 好像比你还早”

——《梦（167）》

起床后，我对严力说：“我做梦了，梦见跟《新诗典》有关的事情。”——我人在这里，《新诗典》的推荐工作却一天未停，我提前写好了9位诗人的推荐语，留给家中的妻子按时发布。这个梦来得比较浅显，很好分析：一个多月前，沈浩波曾在网易微博问过我：毓梓是怎么发现的？我当时如实回答：徐江向我推荐的。

继续游泳。湖滨全是人，有家庭组、情侣组、孩子组，好不热闹。比较刺激眼球的是三点女郎，令我想起小时候，在父母嘴里听到海滩上的三点女郎也是南斯拉夫式修正主义的罪证——即是说别人一直如此这般，即便是在社会主义时期，享受生活和生命也是光明正大的，东南欧斯拉夫语系的人，包括现在古巴人骨子里的东西，他们更强的身体性也令他们的社会主义和我们的味道不同，是性感与浪漫的社会主义。东方人的社会主义则是帝王式宗族式家长式清教徒的，过去的中国、柬埔寨，现在的朝鲜都是如此，好在我们也已经翻过了这一页，变成了我们曾经批判过的修正主义，甚至更加过分，走得更远……在湖滨的躺椅上日光浴时，我的目光老是投向奥赫里德湖的西南岸……

在马其顿 / 在斯特鲁加 / 在奥赫里德湖北岸 / 向西南方向望去 / 大湖尽头的远山 / 就是阿尔巴尼亚 / 那里有我的童年 / 有着不止一代 / 中国孩子 / 露天电影式 / 快乐的童年 / "消灭法西斯 / 自由属于人民！" / "我代表祖国和人民 / 判处你死刑！" / 遥想当年 / 暗号一出 / 我们就接上头了 / 满世界都是 / 我们的革命战友 / 你好！阿尔巴尼亚 / 我的童年没有恐龙 / 但有你这只山鹰

——《远山》

游完泳，吃晚餐，对不起，我的诗兴又来了：

旅居海外半辈子的老严 / 很有经验 / 像个老游击队员 / 将两颗地雷状的方便碗面 / 带到巴尔干 // 到达后第三日的晚餐 / 我已经受不了啦 / 拒绝去酒店餐厅用西餐 / 向其讨要了一颗地雷 / 抱在怀里拉响 // 嘣的一声 / 炸得我涕泗交流 / 炸得我大汗淋漓 / 炸得我七窍全通 / 炸得我飘飘欲仙 // 祖国啊 / 你就是碗面做的地雷 / 我体内的胃 / 我胃里的酶 / 我重新找回的魂儿呀

——《地雷》

从下午六点开始的斯拉夫语国家诗人朗诵会到晚上八点仍未结束，酒店会议室里有空座，我便溜进去听到结束。参加国际诗歌节，甭管听得懂听不懂你一定要好好听，尽量多听，听了必有收获。我听了半小时的感受：同一个语系内部语种的差异比我想象的大得多，还有那个戴眼镜颇有书卷气的中年女主持，在每个诗人朗诵完各自母语的原文之后，由她一人包办马其顿语的译文。她朗诵得全情投入而富有感染力，听了她的朗诵连我都想朗诵了。一张亚洲面孔坐在里头听得兴味盎然，一定令这些斯拉夫语诗人觉得很奇怪……

我在德林宾馆 / 自助餐厅用餐 / 满眼都是来自 / 五大洲的诗人 / 一位中年妇女 / 从天而降 / 来到面前 / 我不禁 / 叫了一声：/ “大姐！” / 是我妻子的大姐 / 如何从中国河南的南阳市 / 来到了马其顿的斯特鲁加 / 我纳闷道：“你怎么来了？” / 她双目圆睁 / 用豫剧的唱腔道：/ “为了俺妹妹 / 俺也得看住你呀！”

——《梦（168）》

我从梦中醒来，睁眼一片黑暗，看我的夜光表是凌晨四点半——在马其顿的午夜中，我每晚必醒，并且都在四点半前后，严力认为这是时差造成的，四点半相当于北京时间上午十点半。

但其实另有原因：四点半附近清真寺的早祷声就会准时响起，我要么闻声而醒，要么提前醒来等着它。严力据此说我与伊斯兰教有缘。也许是吧，娶回族的女人为妻，我血管里还流淌着八分之一哈萨克的血。

早上七点钟，我再度醒来，看见老严醒在床头，若有所等——我想起来了：他此行带了手提电脑，我们在伊斯坦布尔机场等待转机时上网，染上了病毒，写不了中文，他只好用英文写信给妻子，让其小女儿打电话过来，时间在这里的早晨七八点之间，我进入卫生间洗漱时听到电话打进来了，索性洗了个澡，多让他们父女隔空唠唠。等我洗完澡，走出卫生间，看见老严靠在床头，一脸满足地抽着烟，我说："这下完美了？"他说："完美了！"

早餐后，我们俩去了此前未曾到过的小城商业区以外相对僻静的另一片转了转，清真寺很多，路上行人十分友善，市民生活得也不错，人家这种地方很可能是国贫民富，即使富不到哪儿去，幸福指数并不低。我们走到一家医院的院落中坐下，又聊到汉语诗坛上的一些人事、一些掌故、一些闹剧……有一瞬间，我恍若回到了二十年前，每隔一个季度，我都要骑一辆旧单车到距西外两站地的小寨邮局领取严力从纽约通过海邮发来的 50 本《一行》（去晚了还要被邮局罚款），然后再分发给本地或我遇见的诗人。每个季度，我还要向严力组一批国内的诗稿，新老口语诗人们就是通过我这条线登上《一行》的……那个时候我初入"诗坛"，万万不会想到有一天我会和我喜爱和敬重的诗人一起出现在此"世界第一国际诗歌节”上。诗歌给我的馈赠就像这南欧夏日上午和煦的阳光，所有的挫折、委屈、怨气、不平，都被它晒化了……

上午十点钟，全体诗人在酒店门前乘车去了大湖西岸的卡利斯塔圣母修道院参观。按照日程表上所写，要在这座修道院前举行“国际诗歌朗诵”——这是来自五大洲的诗人们登场亮相的时刻，我感到身边的同行们都在摩拳擦掌跃跃欲试。大概是因为室外的阳光太强烈了，朗诵移至最近的一家饭馆内举行。朗诵从十一点开始一直朗诵到两点半，大概进行了一大半，还没有轮到我和严力。也不可能轮上，因为东道主遵循了这么一个顺序：多次出席的老朋友、前南斯拉夫国家（其中包括大量的马其顿诗人）、东南欧斯拉夫语系国家、欧洲其他国家、美洲、大洋洲、中东、远东。远东来了中国、日本、蒙古各两位诗人。日本老太太是诗歌节的老朋友，早早朗诵了，日本年轻诗人是本届诗歌节与联合国教科文组织联办的“斯特鲁加之桥”奖得主，被安排在多处地方朗诵，不在乎这一地。两个蒙古人，一个是旅居马其顿的翻译家，无须朗诵，我看见他仗着自己关系熟去跟主持人说，于是另外那个蒙古诗人也被安排了。如果以国家论，好像就中国没出场，我觉得他们至少先安排一个吧。等得不耐烦的我想起两年前，第二届青海湖国际诗歌节在青海湟源县的庭院中举行的一场朗诵，我也是等得不耐烦，所有外国诗人都排在前面，所有中国诗人都排在后面——这好像是中国人的正常礼仪，但是外国诗人至少是双语甚至还三语朗诵，一人要占两三人的时间，天色已晚，还有些凉，主持人当机立断，草草进行了两三个中国诗人（都是主持人的朋友），随即宣布朗诵会结束，我顿时傻了眼。或许真有大国与小国的分别，但都一样叫我不舒服，不公正只会叫人不舒服。唯一的区别是中国诗人并不像外国诗人这样，几乎人人都喜欢朗诵，视朗诵为荣耀。相当一批中国诗人参加诗歌节或诗会的目的，就是吃好、喝好、玩好，再泡上个“新红颜”啥的。

在附近一家酒店（一部分诗人住在那儿）的露台上站着吃了点东西之后，我跟老严郁闷地随大队人马乘车回到了德林酒店，老严说要抓住最后一次游泳的机会（因为明日要集体出游），于是我们回到酒店就直奔湖滨。老严游泳比我强多了，据他说跟少年时代随父母下放到湖南有关，所以他游得多。我游得少，主要以晒太阳为主，还不能睡着，因为我俩的护照和钱全都在我的随身包里，沙滩上人满为患，我得看住。这一看，就看出了诗：

他背包而来 / 在沙滩上 / 找了把空躺椅 / 正好在我前面 / 他把包放到空椅上 / 将身上的 T 恤脱了 / 露出了他的啤酒肚 / 别看他肚子大头半秃 / 顶多也就四张 / 在此老龄化的诗歌节上 / 该算青年诗人 / 他脱光上身 / 却不下水 / 从包里掏出小本和笔 / 在躺椅上坐下 / 望着湖光山色 / 沉思良久 / 然后奋笔疾书 / 从我的位置 / 正好可以清楚地看到 / 他写的是一些 / 分行的文字 / 不是英文 / 那便是丹麦文了 / （安徒生的文字！） / 写完了 / 从裤兜

里掏出一盒烟 / 是本地产的 WEST/ 取出一支点上 / 美美地抽完 / 然后站起身来 / 再将 T 恤穿上 / 仿佛已经游完泳 / 背上包走了 / 离开时的表情 / 心满意足

——《丹麦诗人》

他俩站在沙滩上 / 望着眼前的大湖 / 一脸茫然 / 手足无措 // 其中一位 / 送给过我 / 他的双语版诗集 / 我的包里有我的 / 便取出两本 / 送给他俩 // 两人如获至宝 / 站在沙滩上 / 读起来 / 阳光将他们的影子 / 照在沙滩上 / 像是四个人在读 // 我让我的蒙古同行 / 在湖滨 / 在陌生的水面前 / 有事可干了 // 他们一前一后 / 结束阅读 / 抬起头 / 望着大湖 / 依旧茫然 // 如果面前绿色的大湖 / 是一片草原呢 / 如果再牵来两匹骏马呢 / 一切都将改变 // 他俩的 O 形腿 / 让我看到马腹 / 温柔的轮廓

——《蒙古诗人》

嘎嘎嘎的笑声破空而来 / 大伙的开心果来了 // 是一位刚果诗人 / 体壮如大鲨鱼奥尼尔 // 但这条刚果河里的大鲨鱼 / 却不会游泳 // 他在几个白诗人的陪伴下 / 慢慢朝湖里走 // 他主要是在法语系的诗人中玩 / 围着法国人转 // 现在这些人 / 全成了他的粉丝 // 法国佬爱红酒 / 每餐饭都要自买一瓶 // 法国佬都是葛朗台 / 绝不会给别人

倒半杯 // 开心果除外 / 因为他会用法语讲笑话 // 开心果对大家也很友善 / 对任何人都充满热情 // 这条大鲨鱼 / 堪称诗歌节的吉祥物 // 此刻他已走到湖的深处 / 湖水就要淹没他的黑头 // 他嘎嘎嘎的笑声更加嘹亮 / 惊飞了湖对岸阿尔巴尼亚的山鹰

——《刚果诗人》

最后一次游泳结束。六点钟，我和老严准时来到酒店门口候车，准备参加下一项活动：去奥赫里德观光。发现大巴已经提前半小时开走了，酒店大堂贴了通知，我们游泳去了没有看到。漏掉了十几个诗人，诗歌节临时调来一个小巴。于是，我们便在夕阳的余晖中抵达了大湖东岸的奥赫里德。这是一座老城，比斯特鲁加大，也繁华一些，据说比首都斯科普里还要繁华。诗人自由活动，我和老严在老城的集市、街道上转来转去，按会方要求的八点钟赶到圣·索菲亚大教堂，得知“金花冠奖”的颁奖礼还需一个小时才能举行，我们就在附近找了家不错的餐馆大吃一顿。酒足饭饱，回到大教堂，已经没座位了，但就在颁奖礼开始前，后排两个观众起身走了，给我们空出了两个座位。我刚一坐下，诗就来了，来自我身边的小女生：

在圣·索菲亚大教堂 / 金花冠奖的颁奖礼上 / 当主持人朗诵 / 米拉迪诺夫名作《望南方》 / 坐在观众中的她 /

也在小声地跟读 // 当她读：/“假如我有一双翅膀 / 我将振翅飞翔 / 到祖国的海岸和故土 / 望我奥赫里德，望我斯特鲁加……”/ 我还在平静地想 / 这首诗估计是她学过的课文 // 当她将声音提高 / 随台上主持人读至该诗的尾声：/“吹响我的心笛 / 啊！让太阳落山，让我死去”/ 我便侧身看着她 / 使劲地看啊 / 美人儿，美人儿 / 你就是一首诗

——《美人儿》

我们进来时见有身材魁梧但面容年轻的保镖，等主持人一介绍才知是马其顿共和国总统格奥尔基·伊万诺夫来了。总统没有讲话，一个该国科学院院长之类头衔的人物发表的讲话无比冗长，叫人恹恹欲睡。据说是该国第一男高音的演唱还不错，这种意大利语的美声在教堂里演唱的效果真是太棒了。我刚才吃下的一大块牛肉汉堡太咸了，让我一直忍受着干渴，到颁奖环节终于忍不住了，私自溜出去，到一家小超市买了一瓶可口可乐，坐在教堂外的长椅上享用起来，这时候我又看到了一首诗：

昨天早餐时 / 我们碰巧坐在一起 / 并且交谈过 / 我问这位年轻的淑女：/“你来到马其顿 / 是否会意识到 / 二十年前 / 这也是你的国家？”/ 她回答说：/“我生于1986年 / 当我记事时 / 已经分开了 / 我不会有这个意识 /

也许我的父母会有” / 现在，我看见她 / 在圣·索菲亚大教堂外 / 徘徊复徘徊 / 显得格外孤独 / 在这个倚老卖老的诗歌节上 / 越年轻似乎就越弱势越孤独 / 此时此地 / 我自作多情地想 / 或许是因为 / 我这个陌生人的冒昧一问 / 她现在已有了故国的感怀 / 看看这老城 / 看看这老街 / 这里曾经是她的国家 / 看看这男人 / 看看这女人 / 他们曾是她的同胞啊

——《克罗地亚诗人》

早退还有一个好处，我目睹了总统携夫人的提前离场，也就四个保镖跟着，走了一段石子路，进了一辆黑色轿车，在四周群众众目睽睽之下，这一块也没戒严……然后诗人的大队人马出来了。虽是在夜色中，路灯下，但我还是一眼便认出了老严，在这个地方，像我们这种亚洲面孔，非常稀少，很好辨认，在斯特鲁加曾有几个小孩追着我俩说话，一群小美女要跟我们合影。我们随着诗人的大队向前，又将刚才来的那条老街再走一遍，去乘坐返回斯特鲁加的大巴。墨西哥女诗人李娜从身后追上我们，对严力说：“没有听到你的朗诵，我很不开心。”李娜今天白天朗诵过了，她在朗诵前说：“我跑了那么远的路，却只朗诵这么短的一首诗。”她的那首诗写得很好，译成了十多种外文，还缺中文，严力回国后译了，我也再译一版，过过翻译瘾：

我生活在如此之大的国度 / 一切事物都遥不可及 / 教育 / 食品 / 住房 // 我的祖国如此辽阔 / 公平正义不足以覆盖国土

——[墨西哥] 李娜·则让（伊沙、老G译）《伟大祖国》

这下李娜该高兴了，她此次遇到两位中国诗人，她的得意之作便收获了两个不同的中文译本，路再远也值了。等候大巴时，那个年纪较轻的蒙古诗人用结结巴巴的英语跟我开起了玩笑，说刚才在路上碰到一位马其顿妇女拉扯着三个孩子，正在四下找我……老严对他开的这个玩笑很不以为然，我倒无所谓，我估计这个玩笑是从蒙古草原上移植到此的，所以才显得生硬。

回到酒店房间我先用严力带来的手提电脑上网。电脑出问题时我一般都去酒店的媒体中心，后两天没问题了，上起网来很方便，主要是去我的网易微博“新世纪诗典”，看看今天推荐的是谁，再发送一些我和严力拍的诗歌节活动的照片——这是国际诗歌节首次以微博形式向国内做图片转播，让国内同行在第一时间了解到这边的情况。时代在发展，诗歌在前进，很多事情都跟过去不一样了，而大部分国内诗人的做派还像过去一样老土，参加国际诗歌节既想让人知道又怕让人知道，搞得鬼鬼祟祟的，不偷都像贼……李娜刚才的话多少刺激了我们：在这里不出场朗诵是要被人同情的啊！临睡前，我和严力同时在看日程表上明天的安排，看看我们还有没有登场亮相的可能，可怜天下诗人心！

28日一早，大概是我们都意识到了，这是诗歌节在斯特鲁加活动的最后一天，便决定早餐后再去重温一下这座小城相对繁华的河岸一带，刚从酒店的后门出去，就在花园里遇到了一个人——一首诗：

> "中国人?" / 她问我们 / "是。" / 我们回答 // "我爱你们的国家" / 她脱口而出 / "那是个伟大 / 而美丽的国度 / 三十年前在北京 / 我在中央人民广播电台 / 国际部工作 / 做西班牙语播音员 / 我最美丽的青春 / 是在你们美丽的国家 / 度过的……" // "我也爱你的国家 / 尽管我从未去过阿根廷 / 但是我爱博尔赫斯 / 但是我爱马拉多纳……" /——这段话用英语说 / 并不复杂 / 但是 / 我又一次没有说出口
>
> ——《阿根廷诗人》

在斯特鲁加街道上又碰到一位友好的市民，一位老者："中国人?""是。""北京还是台湾?""北京。""好！中国是个伟大的国家。"严力说："他们现在看我们，有点像过去看日本人。"严力又说："他们现在看我们，眼睛里终于有嫉妒的成分了！"——后一个"他们"指的是诗会上的各国诗人，1985年就开始旅居美国的老严观察起来肯定比我有经验。

十点钟，全体诗人在酒店门口乘车，大部分人选择去码头乘

船，游览奥赫里德湖，前往圣·瑙姆修道院参观，少部分人（估计是诗歌节的常客）选择不游湖，乘车从陆路直接去修道院。乘坐大巴前往码头的路上，我又拾到了诗：

一个小动物 / 死在公路边 / 仔细看 / 黄鼠狼 // 我陡生 / 复仇快感 / 四十年前 / 我养的一窝 / 小鸡娃 / 一夜之间 / 一只不剩 / 就是被这 / 可恶的黄鼠狼 / 一窝端 // 但是一瞬间 / 我便放弃了 / 仇恨的念头 / 那是抬眼看 / 天空湛蓝 / 阳光灿烂 / 大地辽远 / 公路笔直 / 仿佛画卷 // 死者仿佛 / 卷轴上 / 一滴浊泪

——《一念之间》

上了轮渡，我们选择上二层晒太阳，三天的游泳已经让我俩的肤色很有度假感了，再巩固一下。前排坐着一男一女两位马其顿诗人，开朗而健谈，等于给我们充当了导游。尤其是那个男的，是个已经移居瑞典的文物商人，历史知识非常丰富，并且十分热爱中国，因为他在瑞典曾经有位中国情人，是位上海姑娘。其间还有一位保加利亚老诗人过来坐了一会儿，女诗人介绍说，老头还是一位家喻户晓的童话作家，她小时候读他的书，现在她女儿在读他的书，他的作品以想象力丰富而著称。一语又道出了保马两种语言的相通性。大湖美丽，据说是欧洲最深的湖，而我一直很关注位于我们右侧的阿尔巴尼亚沿岸，岸上的群山……

半山坡上的修道院，坐落于湖光山色之间，在此修道，或许真能修成。一个唱诗班正在院落中排练，圣歌的歌声特别有气氛。我和老严忙于参观、拍照，一转眼大队诗人不见了，原来他们全都悄悄下山来到一座绿得惊心的公园，寻桌而坐，等待就餐。侍者拿着红葡萄酒和白葡萄酒任你挑选，菜肴和食物摆放在园子正中的大长桌上任你取用。比利时诗人杰曼主动过来和我们坐在一桌，边吃边聊，两年前我们在第二届青海湖国际诗歌节上见过面，他主持的原点出版社出版了中英文双语对照版的《中国诗歌前浪》(海岸主编)，严力和我都是入选作者，他与大陆、台湾的许多著名诗人都有交往，热爱中国……

酒诗赛开始了。诗歌节主席发邀请函时附了一个表格，接受邀请者都要填写，其中一项是：你是否参加酒诗赛？我当时打的是对勾，并在提供作品时加入了一首与酒有关的诗。我看女主持手里拿着两页纸的表格，就请严力帮我看看有没有我的名字，一看有，我就向她表示我愿意参加朗诵，并看着她在我的名字下画了一道横线。我的名字在第一页表格的中段，但是朗诵了好多人还是轮不到我，有的诗人不在现场（估计是餐后到小河里泛舟去了），连喊三遍名字不见上场，给主持人带来了尴尬，但还是叫不着我。一个花枝招展的英国女诗人，是诗歌节的另一颗开心果，被叫上去了说："这首酒诗忘了带来，在斯特鲁加的酒店里。"下去，准备了一会儿，又上来了，唱了一首老掉牙的英文歌，《音乐之声》里的。不断有人临时报名参加朗诵，一报立即上，就是不叫我。我又嗅到了昨天的那种气氛，那女主持就是叫到斯基或维奇这种名字亲，大卫和约翰也算亲戚，跟中国诗人有仇似的，难道是因为我们名字太短她看不见？我都看到一个男的在对她耳语——估计是说：时间差不多了，准备结束。我都对自己说：怎么莫名其妙又没戏了！这时候，突然叫我了——我没有亲耳听见，是严力在叫我上场，于是我在平生最有客场气氛的一个大客场登场了，真是太不容易了！在一个将朗诵搞得神秘莫测的诗歌节上，在一个有人回回不落有人一次机会都难得的诗歌节上，在一个将偌大中国当作远东之远的诗歌节上，一个不远万里从人类文明史上迄今为止最伟大的诗都长安飞到上海再从上海飞到伊斯坦布尔再从斯科普里乘车来到斯特鲁加的中国诗人终于他娘的出场了！我命令自己沉着，上台走慢点，朗诵读慢点，我先用英语说了句："各位好！我读中文。"——就开始了：

一个酒鬼 / 在呕吐　在城市 / 傍晚的霞光中呕吐 / 在护城河的一座桥上 / 大吐不止　那模样 / 像是在放声歌唱 / 他吐出了他吃下的 / 还吐出了他的胆汁 / 我在下班回家的路上 / 驻足　目击了这一幕 / 忽然非常感动 / 我想每一个人都有其独特的 / 对生活的感恩方式

——《感恩的酒鬼》（1996）

我命令自己拿出最高的朗诵水平来呈现中文之美，在一堆崩豆似的语言丛中，真的，在我看来，拼音语言适合说RAP，汉语适合读诗。在此得之不易的场合中，诗太短了，让我觉得不过瘾，但我可以告慰自己的是，我尽了全部的努力来确保朗诵的质量。我刚站在麦克风前，那个年轻的蒙古诗人就大叫我的名字，我说“我读中文”，他又吆喝了一声，挺哥们儿的。我朗诵的时候，除了听到最近的一张桌子上有一个人在喋喋不休地说话（我很想知道他是谁），全场一片安静（比别人朗诵时安静多了），最终我听到了还算热烈的掌声。我回到我的桌边，一位罗马尼亚女诗人跑过来说：“中文太好听了！”她很想要我手里的那页诗，刚好是中英文对照的，我就送给她了，然后互留邮箱。我记得严力早年写过一大组《酒故事》，还出过一本中英文对照的集子，他没有报名参加这个酒诗赛，我动员他临时报名朗诵两个片段，因为感到机会得来真是难于上青天！老严拒绝了。坐在我们这一桌的杰曼就是临时报名朗诵的，无关酒，是关于一个汉字的诗（他真的很爱中国），读完后一片掌声。

等到一个男的出场宣布酒诗赛的获胜者，我才发现我是倒数第四个出场朗诵的——好悬啊！明明我在名单第一页的中间，为什么给扔到了最后？除去临时报名的，可不就是最后嘛！一个特爱给美女拍照的立陶宛诗人获胜了，奖品是一桶本地产的葡萄酒。我当然不会自作多情地想获奖，尤其是在客场气氛如此浓郁之地，我想的是，获奖或未获奖的酒诗，都不会有《感恩的酒鬼》出色，即便按照他们的标准——上帝的标准。

回程中，起风了，奥赫里德湖像大海。严力告诉我他观察到那个日本青年诗人又一个细节，等于送给了我一首诗：

> 前天夜里 / 他穿风衣 / 走出酒店 / 双臂伸展 / 像只蝙蝠 / 扑进黑暗 // 昨天正午 / 奥赫里德湖畔 / 他将随身包 / 放在地上 / 端起相机 / 咔嚓一下 // 今日黄昏 / 就在刚才 / 轮渡离岸 / 他孑然一身 / 对着青山招手道：/ “撒扬娜拉！”
>
> ——《日本诗人》

起初我们以为这是一个装逼犯（就像我在鹿特丹和青海湖两次遇到的那个日本诗人），后来发现人家是真内向，活得很自我，犯不着跟别人玩。我俩还联想起顾城，不免为这小哥儿们的明天捏一把汗。

晚餐竟然有炒米饭，我一口气吃了两大盘，我的胃早就在思念祖国思念我的长安了。老严只喝热汤，不敢吃饭，因为他一回来就开始泻肚，晚上的闭幕式也不准备参加了。吃饭时，日本老太太告诉我们，闭幕式在桥那边的那个酒吧举行。我独自一人过桥时看见大队诗人正在往回走，怨声载道，怨气冲天。孤独的德国诗人对我直做鬼脸，问我：“中国的诗歌节会如此吗？”我肯定地回答：“不会。”原来，闭幕式的地点又临时改在“诗桥”上举行了，而这里的舞台还未搭起来。我看见好多诗人都穿起了民族服装，手中握着诗集，我心里很感动：他们从世界各地跑到这里来，最大的要求就是朗诵自己的诗！我决定跟他们一起等，结果又等了一小时，闭幕式才开始。首先还是颁奖礼，“金花冠奖”又重新颁发了一次，然后是“米拉迪诺夫兄弟奖”——即马其顿一年一度颁发的国家诗歌奖，然后是与联合国教科文组织联办的专为青年诗人的第一本诗集设立的“UNESCO- 斯特鲁加之桥奖”——为此联合国的官员来了，桥附近有保镖，还有便衣，就站在诗人中间。听诗人们私下说，此番“五十大庆”得到了联合国教科文组织的资助。少许诗人被请上台去就座，是哪些国家的诗人呢？伊拉克、苏丹、科索沃……对不起，我的诗又来了：

有个穿花衬衣的 / 中年男诗人 / 围着斯特鲁加市长转 / 围着诗歌节主席转 / 跟大多诗人都认识 / 像个交际男 / 朗诵用法语 / 花衬衣三天不换 / 惹人讨厌 // 有个黑头发的 / 青年女诗人 / 确实是美女 / 姗姗来迟 / 一帮老少爷们儿 / 苍蝇一样飞过去 / 感觉人人都想泡她 / 像朵交际花 // 可是 / 当我突然得知 / 他们来自科索沃 / 所有感受都变了 / 所有信息都被重新解读 // 哦！他们的朗诵都有着真实的沉痛

——《科索沃诗人》

我还注意到，除去三十多个马其顿本国诗人，所有被邀请的国家都没有超过两人，只有科索沃来了三个诗人，另外一个青年男诗人的朗诵也是沉痛的，朗诵一完，一位马其顿中年女诗人立刻过来对他表示关爱……在这里，每个诗人都是国家代码，绝大部分诗人，我压根儿记不住名字，我只记得他（她）来自哪个国家，于是他（她）的所作所为便与所属的国家联系在一起。我知道，世人眼中暴发户的中国，是万万不会被请到主席台上去的，我应该为此而感到庆幸，为祖国和自身而感到高兴！如此这般被请到台上去的诗人舒服吗？他（她）的不舒服就是所谓“承担”吧？中国诗人什么时候曾被请上台去过呢？哦，那些“流亡诗人”，老“承担”这个对于自尊心较强的个体来说也是不容易的，他们是否明白，他们是在利用自己的祖国，而祖国也在帮他们……我先在河岸的观众中看了一会儿，又来到桥上诗人中间。诗人们都站在桥上台下等着朗诵，包括那些七老八十的“金花冠奖”得主们。这时候，发生了一个插曲：加纳诗人大模大样走上台去，坐在一把空椅上，打开他的手提电脑看起来……也不知道是工作人员通知他上台的呢，还是他自己上去的——据我判断是后者，这是一个抗议的行动。这个行动感染了我，说老实话，我很想在这个灯火通明的大舞台上向德林河两岸虔诚的观众朗诵我的诗，展示好听的汉语，但如果让我这么干站着等上两三个钟头，还是算了吧！再说我现在最该做的是回到酒店去看看老严身体如何……想到这里，我掉头而去。

好汉也怕三泡稀。回到房间，房间黑着，老严昏睡在床。他已服下自带的黄连素，我赶紧将我带的诺氟沙星拿出来，氟哌酸对我是一贯灵，诺氟沙星是氟哌酸的最新一代，老严说他从未吃过，那就会更灵。老严旅居国外26年，对西餐比我适应得多，怎么就吃得闹肚子呢？问题就在适应，他食量没我大，但吃得比我广，所有奶制品我是不沾的，老严各种奶酪都能吃，我怀疑问题就出在这里。药吃下去，人不再泻，睡觉前，老严精神好多了。从阳台可以听到“诗桥”上的朗诵一直在进行，怎么一些朗诵过的家伙又在朗诵？丹麦另一个玩形式主义的诗人——我一耳朵就听出是他！而一直没有出场的中国杰出诗人严力，却没有任何人来通知：今晚该你朗诵了……这个混乱不堪的诗歌节如何成了“世界第一诗歌节”？我真是闹不懂。

第二天从早餐开始，就不断有诗人来告诉严力：昨晚台上的主持人在叫你朗诵……老严乐了：“所有诗人都知道严力没有朗诵——这个广告做的，好像玩了一个行为艺术。”——我为老严高兴：大家知道严力的分量，在期待着他的朗诵！他没有出场朗诵便成了一个事件！没有人说叫了我，那就是没叫，我在酒诗赛上的出场就算朗诵过了……对我们真是吝啬啊！但对有些人又何以那么慷慨？至此，我《感恩的酒鬼》遂成了汉语在第50届斯特鲁加国际诗歌节上唯一的发声！

我们按照会方说的八点半到酒店门口等车，便提前办理退房手续，又被添了一把恶心：前台经理拿出一张194欧元的小票让严力付款，说严力是诗歌节正式邀请的，我是严力带来的，所以要为我付这笔钱……这一瞬间，我猛然想起在此得过“金花冠奖”的瑞典诗人托马斯·特朗斯特罗姆《果戈理》一诗的最后一句：“离开这国家！”幸好我所有的文件（包括邀请函复印件）全都在随身包里，马上拿出来给他看，他极不情愿地看了，又打了一个电话，这才没事了，连句道歉都没有。但是麻烦接踵而至，说好八点半去机场的车七点钟已经走掉了，昨晚他们贴了通知，老严病了，我没注意看。老严找诗歌节主席交涉，主席却半天找不来车，最终一个在大堂等活儿的出租司机等到了载我们去机场的活儿。来之前便有朋友警告过我：到此前社会主义国家，你会碰到与你去过的那几个老牌资本主义国家不一样的意外——真是高人指点，这下我全信了。诗歌节主席最后跟我和老严分别握手、拥抱，他英语不好，一切尽在不言中。

和我们同车去斯科普里机场的还有两位女诗人：一位来自捷克、一位来自荷兰，都是70后，都是大美女，住在另一家酒店，提起这个诗歌节，都是牢骚满腹，怨气冲天。捷克女诗人等了大半晚上，也没有等到朗诵，等她索性回酒店睡觉去了，主持人却在台上叫她的名字。荷兰女诗人被安排在“诗歌公园”种树时朗诵了，也照样有意见，她说那个被邀请上台的苏丹诗人也很有意见，说回去要办一本杂志，将这个诗歌节的种种不是全写出来，我说我不用先办杂志，回去就写。有两位美人相伴，一路上很愉快，还有一个好玩的司机，让我收获了诗：

他叫“×××××斯基”/他是司机//他英语比我还差/几乎不会/俄语稍好一些/学习自社会主义的/南斯拉夫时期/刚好捷克的美女诗人/既懂俄语又懂英语/便做了他的翻译//这是个纯爷们儿/两个美女一上车/他就变得无比亢奋/话语多多/没词也说/让两位中国男诗人/也跟着沾了光/譬如横穿首都斯科普里/没有美女在车/他不会这么做//他是最好的导游/车在盘山公路上行驶/每到一个山头/他都要告诉我们/现在的海拔高度/用手指将阿拉伯数字/写在车的前窗玻璃上//车在途中休息时/我们一起抽了根烟/严力送他一盒中南海/他非要搞清楚“中南海”/三个字究竟是什么意思/我脱口而出：“毛泽东的房子”/又说：“毛和铁托是朋友”//这一下打开了他的话匣子/车子向前行进/他双手同时离开方向盘/做出了一个砍去双臂的动作/说南斯拉夫一分为七/小成现在这个样子/让他很伤心/让他一点自豪感都没有了//哦！给人民自由、民主、独立的世界啊/忘记了人民还需要一个强大国家的自豪感/亲爱的斯基！为了给你自豪感/我特意提到了马其顿国脚/在国际米兰踢球的潘德夫/并在这首诗里/把你称作“南斯拉夫司机”/而非“马其顿司机”

——《南斯拉夫司机》

这一路上，这位司机，让那个诗歌节在我心中变小了。但离开这个国家的愿望还很强烈，一路上我都怕赶不上我们的班机，那样我们又会有麻烦，因为签证多一天都不给，我们必须在今天离境……正常出境时又会有麻烦吗？好在这两个担心多余了。在机场巴掌大的候机室里，我们又见到了早上七点出发、已经在此等候两个多小时的日本诗人、蒙古诗人，还有土耳其翻译家——他来时在奔赴斯特鲁加的中巴上，跟老严聊了一路，他到过中国黄山的一个诗歌节，与老严在那次认识了，就因为不住在中心酒店，矮了三分似的，见着我们就躲，现在还躲躲闪闪……这个诗歌节需要全面反思！登机前，老严给我要了一杯热咖啡，他自己泻肚不敢喝刺激性饮料却给我要了一杯，他说："我感觉你需要喝一杯。"——没错！他一定看出了我走出海关的一脸紧张，我将那一小杯意大利浓缩咖啡一饮而尽，在此为老严赋诗一首：

严力，我们是一样的 / 都属马，相差一轮 / 都是路遥知马力的好马 / 两代人中的劳动模范 / 咱俩出版的书加起来 / 足有一百本 // 严力，我们又是不同的 / 对生活我得过且过 / 任何事你一丝不苟 / 如果是我一个人 / 踏遍商店去找热水器的事 / 是不会干的 // 严力，我们还是一样的 / 觉得自己写得比谁都好 / 不卑不亢 / 庄敬自强 / 安能摧眉折腰事权贵 / 哪怕明知会吃亏

——《中国诗人》

严力也让那个诗歌节在我心中变小了。与老严这样伟大的朋友、我命中有缘的贵人共同旅行一周，哪怕去的是无人的荒岛也是很好的收获，就是那句俗话：去的地方不重要，关键要看跟什么人。飞机起飞后，我没有看舷窗外的山河，全身上下如释重负，前方的土耳其在我心中陡然成为一个多元开放、现代时尚的大国……

一小时后，飞机降落在伊斯坦布尔国际机场的跑道上。和来时一样，我们要在机场的国际区等候 7 个小时，然后转乘去上海的飞机。在来时的 7 个小时里，我们已经逛遍了这里的免税店，为亲人看好了礼物，所以，下了飞机第一件事，就是进商店买东西……这大概耗掉了一个小时，然后我们准备去入境口旁边的一个咖啡馆坐一坐，那里还可以上网，可以耗掉更多的时间。一步踏进咖啡馆，我一下愣住了：两位以色列诗人就坐在正对门口的座位上，一个老头和一个老太太，看起来真像是一对老夫妻……我马上向他们扮出灿烂的笑脸，尽量灿烂，正对着我的老太太以微笑回报我，然后，我们就走进去了，在有电源插座的墙边找了两个空位，落座。刚才猛然见到这二位，我为什么愣住了呢？因为我对他俩的上一个印象还是五天前到达时从斯科普里机场到斯特鲁加的中巴上，中途下车休息时，我请老太太先走，她冲我微笑了一下……整个诗歌节期间，他俩像人间蒸发了一样！我没有听到他们的朗诵，甚至没有看到他们的身影！哦，我前面说错了一个事实，不光科索沃诗人，以色列诗人也邀请了三位，除他俩外的另一位诗人却是十分活跃，是个中年男子，我至少见他朗诵过两次，每次都不忘声明：“我是来自以色列的阿拉伯语诗人”——从形象看也是阿拉伯裔，那么这两位就是以色列的希伯来语诗人了，从形象看显然是犹太裔，前者活跃异常，后者人间蒸发……这真是国际诗歌节特有的文化啊！也是当今世界文明的窗口！我写诗：

你们坐在咖啡馆里的样子 / 真像是梵高名画 / 《吃土豆的人》 // 在政治正确的诗歌节上 / 清真寺林立的斯特鲁加 / 你们消失到哪里去了？ // 整日待在酒店房间里 / 读诗、写作、祈祷、赎罪 / 只有这里是最安全的？ // 哦！犹太诗人在马其顿 / 像两面移动的哭墙 / 民族性格与节日焰火的反差 // 又像是受审的罪犯 / 那么谁又是审判官 / 每天升起的太阳无处不在的空气 // 哦！在伊斯坦布尔机场的咖啡馆 / 请接受一个中国同行无邪的微笑 / 他的心中没有这些正确的垃圾

——《犹太诗人》

这两位犹太诗人就像一面古老的铜镜，照彻了诗歌节上的种种现象：因有阿拉伯多国诗人在，他俩只好低调至无；因有科索沃和前南诸国诗人，塞尔维亚诗人就颓掉了；苏联加盟共和国的

诗人与那唯一的俄国诗人绝对不玩（尽管他们都懂俄语）；美国驻马其顿大使馆是赞助单位之一，但美国诗人一个都不来，恐怕绝非偶然；英格兰、苏格兰、威尔士同属大英帝国，但绝不一伙；德国唯一的诗人比较孤独，好在他老婆对他崇拜有加；古巴诗人苦大仇深，比较受人照顾；前殖民地与其宗主国之间难以割舍的关系，以法语系、西语系最为典型……那么，中国呢？一个世人眼中的暴发户，意识形态又与人不同，我俩不可能因国籍而受待见，若要求荣，只好自己作了，严力不应该说自己来自上海，而应该说自己来自纽约，事实上他有一半时间住在纽约，可扮作苦大仇深，诈称“流亡诗人”。那么我呢？应该冒充中国作协负责人，这个诗歌节过去一直是向中国作协发邀请的，我国也多次派出作家代表团前来参加，这边重视得不得了，大使馆派人来，新华社驻外分社来报道……我来之前做功课，将这些过往的历史了解得倍儿清楚。现在，我想动员英语一级棒的老纽约客严力陪我过去跟两位犹太诗人聊聊，我列举了一大理由，而且是我的希伯来语译本五年前在以色列出版过，我说：“我为我的诗进入圣经的语言而自豪。”严力说：“你该为最聪明的民族选择了你的诗而骄傲。”于是我们决定过去聊聊，但是再一看，他俩已经不见了，只留下两个空空的座位……

2011 年 9 月追记于中国长安

城春草木深

——第二届澳门文学节散记

"热爱你的祖国，祖国就会照顾你"

——贾梅士诗句（镌刻在澳门通往中国内地的关闸的门楣上）

由于西安到澳门没有直航，我需要先飞到珠海，然后从陆上通关。从珠海拱北海关进入澳门时，竟然过了两道关卡，颇为耗时，令我心有别扭……三日后，内地作家与澳门本土作家的座谈会，海报上印着《边缘内外》，节目单上却写着《边界内外》——"到底是边缘还是边界呢？"主持人——一位澳门老作家说："依我看应该是'边界'，'边缘'谈不上内外，只有'边界'有内外，不过大家还是想谈'边缘'谈'边缘'，想谈'边界'谈'边界'吧……"结果，那个大榕树下的黄昏，不论是澳门作家还是内地作家都不约而同地谈"边缘"，我未能免俗，在发言中也是大谈"主流"与"边缘"的关系，而我心中却有着两道明晃晃的有点刺目的"边界"……

美丽的大海边。漂亮的科技馆。"隽文不朽——第二届澳门文学节”在此开幕。开幕式上有中国南粤特色的舞狮表演，但环顾四周观众，还是金发碧眼者居多，来自世界各地的作家、翻译家、出版商云集到此，我心有纳闷：既然盛况空前，并且如此国际化，为何不叫“澳门国际文学节”？六天下来，我自释然：那是没有必要的，因为“澳门”二字本来就带有“国际”色彩，这里距世界比边界那边更近，五百年前就成为世界的一分子……

来自六个国家或地区的七位作家，在主席台上就座（我有幸忝列其中），在通晓三文四语（英文、葡文、中文、粤语）的美丽的女主持人的主持下，自由讨论一个专题：全球化影响下的作家视野。最令我有感触的是那个光头的东帝汶作家，他说：“全球化与东帝汶没什么关系。我们刚独立，不担心民族性会在全球化大潮中丧失。”——当时，我的眼前浮现出一组西方记者拍摄的“黑镜头”：在雅加达街头，成群结队的印度尼西亚暴民正手提砍刀追杀一位东帝汶少年，最终将其追到死胡同，当街砍下其头……恍惚间，我觉得，这位光头作家就是这位少年长大后的模样！

每天，当来自世界各地的作家们跨过大海，目光掠过海岸上一座座巨无霸般的赌场，奔赴大中学校去给孩子们神侃文学……无论如何，这都像是一个春天的童话。

在圣若瑟大学，我说我是一名来自古长安的诗人，并为师生朗诵《最后的长安人》；在澳门大学中文系，我直言批评大学生们写的诗“像裹小脚的现代少女”，我并不为我的直率而后悔；在培正中学，讲座结束后，一位修长的男生一直追到离去的车边，问我诗歌与散文的最大区别……

我再一次领悟到这种西方式文学节的精髓在于为人民服务——便以更大的热情和负责的态度投入其中。我欣然地发现我比其他来自中国内地的嘉宾更适应于这种给你使命也给你自由的文学节，比起那些体制化的小说家和自由散漫的诗人。

文学节交给你的是一段暂住澳门的美好时光，这很像我参加过的荷兰鹿特丹诗歌节——那一次，我是在活动之余去了别的城市（阿姆斯特丹、海牙）甚至别的国家（比利时）旅行；这一次我是一得空闲便徒步行走于澳门的大街小巷，像一名普通的游客，甚至像本城的居民……

大街是一座城市的脉搏，小巷是一座城市的毛细血管（在不大的澳门尤其如此）——你只有像血液一样流过去，才敢说自己触及了它的身体。

而什么是澳门的灵魂？大三巴吗？——这座城市最大的标志物是否就是它的灵魂？此前我很怀疑一堵墙（又非耶路撒冷的哭墙）——一截残垣断壁怎可成为一座城市的灵魂，如今我来这里，才知道它的地下有名堂：那几十位殉教身死——被日本天皇像耶稣一样钉死在十字架上的圣徒的遗骸，是否就是澳门的灵魂？

我没有登上大炮台去瞻仰，我发现我不大爱看炮台，不论是八年前在旅顺，还是今年初在台湾，不论那座炮台是朝向大海还是调转过来朝向大陆……

我来到世界上最大的赌场——威尼斯人。那里有一个金黄的地球仪和金碧辉煌的环境，那里有比威尼斯城更干净的流水和更绚烂的黄昏的天空——我初见那封闭的虚假的天空时先有片刻的神往，继而便是无以名状的压抑……在威尼斯人，我看见的人全像假人、蜡人，他们的脸上全无笑容，仿佛钞票上的人脸；在威尼斯人，我想起了庞德名作《地铁里》“人潮人海中面影的幽灵闪现/雨天里湿漉漉黑黝黝的枯枝上绽放出花瓣”——似乎也可叫作《赌场中》。

我不赌。一来觉得自个儿无端的好运气向来不多，得省着点儿用；二来觉得这个世界就是一座超级赌场，整个人生便是赌局，大事小情全都在下注，已经够累了！我非赌徒——或许，我是更大的赌徒也未可知？

与曾留居澳门的葡萄牙历史上最伟大的诗人贾梅士的塑像合影，同行的小说家为我掌镜，我说：“我给你也拍一张吧。”小说家想了想回答说：“我就算了，我……不是诗人。”

在那棵树枝上长满绿叶的大榕树下，在与澳门本土作家们座谈时，来自内地的剧作家说：“澳门的皮鞋真好，在这儿能买到最好的意大利皮鞋。”我把头低了下去：能不能不说这个？一个中国特色的社会主义作家能否不向资本主义作家们做此汇报：我是如何补上物质这一课的？能否不在诗歌节的车子接你去讲座时，你正奔波在买皮鞋的路上？

在所有来自世界各地的嘉宾中，最懂礼节的是一位来自台湾的女诗人，令我等感慨万千：“那才是我们中国人该有的样子！”

来自法国的中年男作家——文学节上唯一葡语系之外的外国作家，写的是战争，谈的是战争，我有点怀疑：他比我大不了几岁，却专写他不可能经历的二战。在餐桌上我问他：“朝鲜半岛会不会打起来?”他回答：“这要看中国。”

来自巴西的女歌手，人与歌声像月光一样忧郁——我回来之后才在文学节的报道中看到：她并非来自巴西，而是来自克罗地亚，于是她在我的记忆中幻化成忧郁女神，前年我去过马其顿——哦，为什么所有前南国家的人民都让我有“国破山河在，城春草木深”之感?

此刻的澳门，城春草木深。木棉花满城开放——“那人间的画板上 / 调制不出的红啊 / 热烈的忧伤 / 性感的寂寞”（拙句）——无不说明此处是南粤大地的一部分，还有那更为精美的粤菜，无处不在的粤语。当地朋友告诉我：澳门人从未有过对其自身身份的怀疑，他们从来都自认：“我是中国人!”

七天六夜，我住在一家五星级酒店的十楼，从我房间的窗子望出去，是这座城市的背面：左边是一座正在施工中的大楼，右边是一片低矮、陈旧的简易小楼。有一天，当我从窗口望出去时正看见其中一座小楼顶上，一个衣着朴素身材窈窕的少女在擦玻璃，她的动作上上下下极富韵律感……远处，高耸入云的正是形似鸟笼的老葡京赌场……这幅画面，便是最后定格在我心中的澳门。

文学节的海报上画着一个拉手风琴的少年，拉出了一页页稿纸；文学节的现场真有一个拉手风琴的小伙子，踩着极高的高跷，向路人发放节目单，路人匆匆而过，懒得伸手去接，他吃力地弯下腰来，却并未散出去一张……此情此景，便是这个春天定格在我心中的文学。

中国当代诗歌：从“全球化”说开去

请允许我将“文学”化小为“诗歌”来谈，是基于这样一个把握十足的预见：在这种研讨会上，不论专家还是作家，在发言中谈到的“文学”一般都会特指“小说”，因为在一般人看来小说才是中国当代文学的主流——这来自于五四新文学运动对于中国古典文学传统秩序的矫枉过正，也来自于1949年以后新中国文艺的政策方针对于“大众化”的极端强调，当然，也和中国当下以市场份额为基准的商业气氛对于文学的冲击脱不了干系——基于此，“诗歌”往往处于被遗忘或忽略的境地，甚至比带有实用性和功利性的“载道”散文更不易被人提及。

我是诗人，应该负起责任——哪怕是制止这不合理的现象在这一次会上的重演。

在此，必须做个界定：我这里所讲的“中国当代诗歌”既包括中国当代诗人（包括港澳台地区）的本土写作，也包括旅居海外的中国诗人的写作，甚至包括已经加入他国国籍的汉语诗人的写作——所以，准确地说，我在此所谈的应该叫做“当代汉语诗歌”

更为合适。我想指出的一点是：在这个问题上，中国本土的诗歌舆论基本持有宽容和健康的心态，几乎无人会认为美国公民北岛、新西兰公民杨炼、荷兰公民多多等不是“中国诗人”。或许，一个文学家的身上原本就有着“双重国籍”，一个是社会化的，一个是文学化的。一个以“全球化”命名的“世界大同”的时代来临之际，国家的烙印开始变淡……

现在，我们就来说说“全球化”。

将“全球化”这个“庞然大物”与“诗歌”这个“小器”拉在一起谈——从文字表面来看，似乎有点荒诞，甚至有点滑稽。有人因此而拒绝这样的思考和讨论，更有甚者会诗人脾气一要说：“这是伪问题！”——他（她）碰巧说对了，问题也许是伪的，现实却绝对是真的——“中国当代诗歌”就像所有大大小小的事物一样已经无可辩驳地置身于“全球化”的大现实中！

不是所有的中国当代诗人都愿意参加到这样的思考和讨论中来，但几乎所有的诗人都不得不接受这个异常强大的现实，甚至于享受着它所带来的种种好处。

不知道这是否与那段“阶级斗争年年讲、月月讲、天天讲”的“非常岁月”有关，直到现在人们还热衷制造“二元对立”，即便感性十足的诗人也概莫能外，面对愈演愈烈的“全球化”大潮，有人欢呼雀跃，高叫“福到了”；有人忧心忡忡，惊呼“狼来了”。

那么，对于发展中的“中国当代诗歌”来说，这所谓“全球化”究竟是“福到了”还是“狼来了”呢？有人宣称，网络拯救了中国当代诗歌——如此煽情的话语指的是怎样的一种现实？

众所周知，“中国当代诗歌”与“中国当代小说”还有其他文体的最大不同和本质区别就在于它发生现场的民间性和非体制化，始发于《今天》的自办民刊的传统，从 20 世纪 70 年代末一直持续到 90 年代末，并在世纪之交与正在迅速普及的网络相遇，在网上建立一个诗歌论坛所需要的费用要大大低于办一本民刊，而容量却要大得多，从此中国当代诗歌走进了一个因为提早到来而显得十分奢侈可以堪称伟大的“‘自由发表’时期”——这便是为什么有人要用“拯救”来说它。再后来，随着博客（blog）的出现，一些在 20 世纪 80 年代崭露头角后在 20 世纪 90 年代纷纷下海去做生意的诗人在完成了他们个人的原始积累以后开始恢复写作——尽管他们今日的写作已经很难对中国当代诗歌给出实质性的贡献，但却带来了资金，搞热了气氛，制造出一派虚假的繁荣，给外界一个错觉——诗歌在回暖！连自称“对互联网了解不多”的谢冕先生都承认“网络给了诗人机会”。

于是乎，一个看起来十分荒诞可笑的场景出现了：高喊“狼来了”的这拨人，是吃着狼肉、喝着狼血、寝着狼皮在喊的，比此典故中那个撒谎的孩子还要“可爱”！而那些以为是“福到了”的人——究竟是什么样的“福”找到了他们呢？是诗歌的福分吗？近年来，在中国诗歌的坛子上，活跃着一批“交流狂”，整天飞来飞去地开会，我称其为“会虫子”（马雅可夫斯基早有诗云：开会迷），其中一位“代表人物”对我说：“这一年下来光会都开不完！”另一位则公然对媒体讲：“今年真是玩疯了！”大家想想看：小说界是更加体制化更有组织性的一个领域，但他们现在开的会却远远没有诗歌界多，加上小说写作（尤其是长篇小说）需要大量的整块时间，小说家们对这种游山玩水的会必须有选择，否则作品出不来。事实上，即便是最平庸的小说家也都该算是一个合格的劳动者，他们在劳作，所以在当代中国，小说家瞧不起诗人也是有道理的。那么，是不是所有的诗人都在开这样那样的会兼作公费旅游呢？有些诗歌网站（譬如“诗生活论坛”）上有诗讯专栏，其中各种会讯占据很大的一部分，你把参会者的名单综合分析一下不难发现，他们其实是一小撮人，是一些职业的开会者：由现在几乎无诗的著名诗人、几无文章的著名批评家，文学杂志主编、诗编，各大学掌管新诗中心的教授、博士，专门办会的诗歌活动家，以诗人面目出现的出资人等组成。而最滑稽的是，整天忙于在这种会上发言的人还要批评整天在网上发表新作的人“太浮躁”！所以说，“全球化”时代所带来的愈加频繁的交流机会并不一定是诗歌的福分到了，而是养育出了新一轮的寄生虫！

即便衍生出了上述“毒瘤”，但以“全球化”为大背景的日常生活网络化带给“中国当代诗歌”的好处也是有目共睹的，它甚至根本性地改变了一个诗人的存在方式。比方说过去，一位作者写了诗——哪怕是写出了很好的诗，这还不算完，你要让读者读到这些诗（通常这是一位诗人为其诗负责的正常表现）的话，就还需要做好另一件事——为谋求发表而做投稿工作。于是一个作者就需要充当双重角色：写诗的“诗人”和投稿的“公关者”。但是其中有些人显然无法做好或者不屑于做那第二重角色，于是第一重角色也就做不大了。现在好了，你完全可以只把第一重角色做好了，写出好诗来朝网上（论坛或博客）一贴，立刻就有人读，阅读的环节在第一时间即可实现，读者中还包括纸质媒体的诗歌编辑。网络刚兴起的前几年，我注意到一个“老诗人新成名”的奇特现象，所谓“老”指的像我这个年纪甚至比我还大点的20世纪60年代初、中期出生的诗人，照理说他们本来应该在20世纪90年代在所谓的“诗坛”崭露头角，却不得不跨越世纪，为什么呢？我经过了解和分析发现：在网络时代以前，他们中的大多数正是做不好向编辑老爷毕恭毕敬地投稿的“公关先生”或“公关小姐”的人——他们因为做不好这诗外的“第二重角色”，所以也就做不成这诗内的“第一重角色”——诗人！有人说，是网络救了这拨人——指的就是这种情况。

除了发表和展示，诗里诗外的信息也是重要的。我记得19年前当我从这所学校（北京师范大学）毕业准备返回原籍西安去工作的时候，我的恩师蓝棣之先生曾对我说过一句话，大意是：搞学问最好留在北京，搞创作到哪儿都一样——叫我如何理解这句出自恩师的宽心话呢？有很重要的一点我没有理解错——他指的是信息。信息对于搞学问的重要性势必要大于搞创作的，但搞创作的就不需要信息吗？搞创作的真的到哪儿都一样吗？幸亏我具备这样的常识：中国较为纯正的现代主义诗歌起源于当年作为批判材料印制的“黄皮书”——这就是那一代的先驱者为什么绝大多数都是北京人的根本原因，由此可见，在一个信息闭塞的环境中，信息的重要性已达致命的程度，越闭塞就越重要。因此我回到西安以后，丝毫不敢懈怠，身为一名外省诗人，需要随时了解北京的动向，如果有机会到北京或是在西安见到北京来的诗人，那就只有瞪大眼睛伸长脖子听对方讲的份儿，连名家逸事或男女绯闻都得听他们讲——因为人家讲的最权威！那时候，北京信息的权威性并不单单意味着它来自“中国的高层”，还因为所有来自于世界各地的信息都会首先到达这里甚至也只到达这里，北京成了了解世界的“窗口”。我记得那些年我特别珍视一些有限的在海外发表作品的机会，发表只是一方面，更为重要的是，当你经常性地收到刊有你作品的某本印制精美的刊物时，就等于建立起了一个新的信息平台，那是在北京之外了解世界的“窗口”。这种闭塞的状况一直到世纪之交才有所改变，到了新世纪的某一天，我再去北京的时候便愈加发现，他们掌握的信息，我已经掌握了(还掌握得比他们准)；而我已掌握的信息，他们却未必掌握（甚至一无所知)。这像是一夜之间所产生的巨大变化，为什么呢？个中原因简单得有点庸俗：互联网开始普及了。所以我想指出：是网络实现了外省与北京、大中小城市甚至于农村在文化信息上的基本平等和机会均等。有一件我亲身经历的事，尤其能够说明网络化前后的状况对比，20 世纪 90 年代中期，国外某汉学家飞到北京，向他最先接触到的一圈北京诗人打听我的联系方式，他们居然连我居住的城市都给他指错了。十年以后，这位汉学家在中文网站上问诗爱者，这才打听到我的电子邮箱并跟我联系上。我应邀出席世界著名的荷兰鹿特丹国际诗歌节的事也很有网络时代的特点。在此之前，我的十首诗作被澳大利亚翻译家西敏译成英文并发布在他担任编辑的由鹿特丹国际诗歌节基金会办的“国际诗歌网”上，诗歌节的决策者看到了觉得好，就决定邀请我去参加，向西敏要了我的邮箱就向我直接发了一封邀请函。如此再正常不过的国际化的程序竟在事后引出了土鳖式的质疑和是非，说穿了，现代中国人的思维方式还不习惯于这种“正常”和机会均等。因为在我之前，参加过鹿特丹诗歌节的中国本土诗人似乎都有那么一位推荐人（或者是旅居海外的中国名诗人或者是著名的汉学家），而我既然背后无人，那就有点来路不正。因为他们早已习惯的方式是这样的：在 20 世纪 90 年代，五位北京诗人请一位某国来的汉学家吃饭，席间，其中一位对他大言不惭地介绍道：“中国最好的五位诗人全都在这儿了！”——曾经，中国本土诗人“走向世界”的机会就埋伏在这种北京式的饭局上或使馆区的文化活动中，这是北京诗人的“地缘优势”。

现如今，“全球化”是各类研讨会的一大时髦论题。

纵览这些会议的论文集或发言纪要，我有一个发现：只要是文学界的研讨会，尤其是论及诗歌的研讨会，“全球化”的大话题最后都要化小或具体为“翻译”的小话题，这让口头上对“全球化”的反对与声讨之词显得十分虚假，为什么要一边骂着“全球化”，一边又在探讨有关“翻译”的具体问题（哪怕是在宣布“翻译”的不可为）呢？说明心里还是渴望交流的，甚至带着“冲出亚洲，走向世界”（“全球化”在中国的先声）的焦虑！

那么，请允许我也沿着这条约定俗成的思路来谈一谈作家诗人们如此关心的“翻译”问题。

在20世纪90年代初期，我就曾指出过，这是一代书生的写作，抄写着西方现代派的讲义，等待从现代主义的课堂上毕业。用我最新的话说：我们其实从来都没有遇到过现代意义上的知识分子，我们也不曾遇到传统意义上的士大夫，我们不过是遇到了一代毫无真心诚意的书呆子罢了。比方说一提到“翻译”，中国的当代诗人们会集体性地想到一条在业界非常流行的“大师语录”——即美国诗人罗伯特·弗罗斯特（Robert Frost）说过的“诗就是翻译中丢掉的东西”。与此同时还会用T. S. 艾略特（T. S. Eliot）等人诸如“诗歌不可译”之类的话来加以佐证——用“大师语录”互证，在中国当代的诗歌界不但可以而且相当具有说服力。所以在中国当代诗人这里，“翻译”的问题早有定论，是“不可为之”的。对其中绝大部分的诗人来说，原本就很少能够得到作品被翻译的机遇——即很少能够接触到翻译这项工作，所以便更愿意相信这个“定论”的合情合理合法性，与此同时，由于缺少在翻译中获得的内在经验，这个“定论”便失去了被修正的可能性。在此，我愿用自己十分有限的经验所引发的思考来与弗罗斯特的这句“定论”较一下真。为了探讨问题（而不是为了揭人老底），我无法回避弗罗斯特是英语诗人的事实——这是一个不可忽视的立场和出发点，在我看来，一个英语诗人对翻译的否定犹不可信，因为在这件事上他们的心态是十分可疑的——那是因为操持着一种世界通用的大语种（产生于该语种的辉煌的文学体系也有推动力）而带来的强势心理在作怪，在中国以汉语写作的诗人们对此翻译否定论照单全收奉若定论才是滑稽可笑的。打个不甚恰当的比方，英语诗人对于自己作品翻译成其他语种的不在乎（好像瑞典语除外，原因不言自明，艾略特还是受益者），就像中国的汉语诗人对于自己的作品翻译成维吾尔语或其他少数民族语言的不在乎一样——刚好我有这样的经验：在中国的新疆，存在着很少的一些不懂汉语而以维吾尔语写作的作家和诗人，他们的作品都是拿到土耳其去出版的（那里的读者能够读懂）。有一个欣赏我的诗并通晓汉维两种语言的朋友，将我的诗作译成维吾尔语拿给他们看并得到了他们的喜欢——这件事让我在得知的当晚十分开心，开怀畅饮，但很快就抛到了脑后，甚至想不起来告诉除我之外的第二个人。可是，每当我的作品被译成英语的时候，情况却不是这样，它所带来的兴奋会持续不短的时间，我也愿意让更多的人知道。

现在就让我们一起来面对这句话："诗就是翻译中丢掉的东西。"毫无疑问，翻译这项工作最大的风险与挑战就在于，它是把一个已经完成的作品全权交付给作者之外的另一个人，并指望他（或她）在另外一种语言中从零开始将它重建起来并竭尽所能使之接近于原作的风貌——所谓“翻译”便是这样的一场语言转换的游戏。要说“丢掉”，所有的东西都“丢掉”了，然后再看那个翻译者能否将它们一一寻找回来，而用于寻找的“线索”必须由作者本人来提供。于是，这又是一场由作者和翻译者共同参与的还原游戏。我也曾十分认真地思考过，在翻译中容易“丢掉的东西”或者说不易找回的东西是什么？自找的答案是：语感、口气、节奏……而不容易“丢掉的东西”或者说容易找回的东西又是什么？自找的答案是：词语、思路、事实……相较而言，似乎“软件”更容易“丢掉”，而“硬件”不容易“丢掉”，也就是说，以“硬件”见长喜欢玩“硬功”的诗人受损率相对较低，算是沾光了；而以“软件”见长喜欢玩“轻功”的诗人受损率相对较高，算是吃亏了。

我曾有过这样一个经历：2002年，我和另外三位中国诗人应邀出席在瑞典南部小城奈舍举行的第16届奈舍国际诗歌节。我在诗歌节上先后朗诵了十首诗作，很受各国同行和当地观众的欢迎。有一个情况只有我自己知道：这十首诗作只有一半是从我的汉语原文译成瑞典语的，另一半则是从我提供给组委会的英语译文转译成瑞典语的——这让我在朗诵之前很是狼狈，因为我压根就没把这后一半的原文带过去（我带去的那本诗集里正好没有这五首），怎么办呢？我拿什么朗诵呢？我记得同去的一位中国诗人还开玩笑说：“你就背诵几首李白的诗吧，反正他们也不懂汉语。”我知道这是在开玩笑，当时启动的“紧急预案”是：将我瑞典语的译者之一斯德哥尔摩大学的夏谷教授拉过来，让他从瑞典语译文逐句给我讲出中文的意思，花了整整一个中午的时间，才将我的那五首诗的汉语原文弄出来，而且还很不准确（也怪我对自己的作品并不熟悉——骨子里不是个自恋的诗人）。我就这样应付了我的朗诵，但意想不到的是，我的诗却大受欢迎，而且是这五首由英语译文转译过来的诗似乎更受欢迎，我记得夏谷教授声情并茂地朗诵我的《创新真难》那首诗的瑞典译文时，全场笑了个前仰后合。其中坐在第一排的一位白发苍苍的老先生，竟然笑出了眼泪，他掏出一块雪白的手绢擦眼泪的情景一直留在我的心中。这一次的经历让我意识到我的英语译者——美国诗人、汉学家、翻译家梅丹理先生的翻译是多么出色，稍微了解一点翻译常识的人都知道，“转译”是一大忌，诗歌的“转译”更是大忌中的大忌，那等于磨损率陡增了一倍！在如此之高的磨损率面前，我的诗的一大特色——幽默感竟然如此完好地保留了下来，并且在对幽默天生敏感的异国观众那里激起了比在自己的祖国更为热烈的反响（有人在事后告诉我：北欧人其实并不幽默）。正是这件事，让我不再无条件地信奉弗罗斯特语录给出的那个“定论”，经过两道翻译，连幽默感都没有“丢掉”，那保留下来的东西一定更多。台湾女诗人叶觅觅在其文章中如此描述我在鹿特丹国际诗歌节上的表现：“Shota 和伊沙的诗都很受观众欢迎，几乎每首都可以让大家发笑，可是那笑点又是非常不一样的：给 Shota 的笑声较轻盈，给伊沙的笑声则较深沉……”——难道这不是我想要的和我的诗该有的正常效果吗？反倒在不苟言笑正襟危坐的同胞面前，这个效果不可能最大限度地发挥出来。我甚至想到，我的写作就是要加强那在翻译中不容易“丢掉”的东西：加强“硬件”建设，修炼自己的“硬功”。口语诗中的某一支或某几支都过于强调“软件”和“轻功”了，翻过去就成了思想苍白毫无内容的咿呀学语——这种诗还是留在母语内部自我消化满足自恋吧！

我相信积极开明但又不急功近利地对待翻译，只会给自己的写作本身带来好的影响。我听到过一种听起来有悖于翻译常理的说法，说汉学家杜博妮翻译的英语译本比北岛的原诗还要好。明明北岛是大家公认的某个时代最杰出的中国诗人，但还是有不少人愿意将其在世界上所得到的承认归结为在翻译这个环节上的好运气——这就是典型的心态问题。我很早就触及这个问题：“有人如此分析北岛在国际文坛上声名卓著并成为诺贝尔文学奖热门候选人的文本因素：即其诗在被翻译成其他语种的文字时抗磨损性强。但我以为这不是偶然得来的幸运，是由北岛牙雕般精密的语言所决定的——他如此精良的技艺，综观中国诗坛，至今无人能出其右。”——在此需要指明的是，所谓“抗磨损性强”不是别人的话而是我自己的发明，而“牙雕般精密的语言”则不完全是我的话，在更早以前黄翔就有过相似的表达（尽管他是在批评北岛的诗）。我想说的是，如果你渴望“冲出亚洲，走向世界”，渴望“全球化”所带来的种种好处，渴望在对外交流中让你的诗找到它应该获得的读者，比较在乎翻译这件事的话，你就该在写作中提高自己语言的“抗磨损性”，加强“硬件”建设，修炼自己“硬功”，而不是消极地拜托给运气——指望碰上一个翻译大师；但如果你对这一切真的毫不在乎，那就闷头写你的吧，也不必对此大放悲声。

从“全球化”的大问题一直谈到了“诗歌翻译”的小问题，现在我想重返到那个大问题上来结束我冗长的发言。我以为“全球化”这个时髦的话题在目前的中国实在是没有多少讨论的必要性，因为所有反对它的人都没有多少真诚度，几重“特色”如此深重的中国还要反对“全球化”吗？近现代历史上一次又一次地错过了全球发展大潮并与之背道而驰的中国还要再反对一次21世纪的“全球化”吗？这事儿是不是有点辛酸有点荒诞啊？但好在国民对此充满热情（他们才最相信自己的身体），国家正在与时俱进（不可能老是以自虐为乐吧），留下一小撮嚼烂舌头的小文人，徒有构成多元话语维护生态平衡显示民主进程的必要性。说老实话，当代一些抛头露面的“公共知识分子”的话语水平已经明显低于国家话语和百姓话语，这才是新一轮的奇耻大辱！这些穿着一身从欧美的跳蚤市场上买来的二手名牌并不忘向国人炫耀的“复古派”，你愿意和他们讨论问题吗？回答当然是否定的。王国维跳水以后，我还没有见过第二个。

“待到太阳等不及了，我们才怒放”

——布考斯基译史小记

我被委以信任，因诗歌的
兴衰发展
至少我被委以的信任，是因它
衰亡的部分

——查尔斯·布考斯基

一

我与至今尚未谋面的美籍华裔人文学者刘耀中先生建立通信联系是在 20 世纪 90 年代初，起先是他在严力主编的在纽约出版的《一行》诗刊上读到我的诗作后写信给我，他在信中称我为“中国的金斯堡”，令我青春的虚荣心得到巨大满足，写作上也倍受鼓舞。他在后来的信中总要夹寄一份他发表于海外中文报刊，介绍西方文学、哲学大师的文章复印件。他系统介绍的这些大师有我了解的，有我并不十分了解的，甚至还有我压根儿不知道的。最吸引我的还是他在评述这些大师时所动用的系统知识和丰富材料，是我在一般国内学者那里读不到的。刘耀中先生当时已是退休的年龄，而我才大学毕业走进社会不久，我们靠通信建立起来的私人友谊真有点“忘年交”的味道在里头。介绍艾伦·金斯堡的那篇文章，是他在我的请求之下写的。他在该篇文章的结尾处还写道：“去年西安青年诗人伊沙来信说，他很感谢我寄给他的那部一九八九年出版的巴利迈尔斯著的金斯堡传记，他希望我写一些关于‘被打垮的一代’的扫描及对金斯堡一生的介绍和评价，承蒙器重，特写此文以答谢！”

刘先生在信中提到的那部名叫 *Ginsberg*：*A Biography*（Simon and Schuster Press）的金斯堡传记，是他在 1994 年寄赠我的。这部英文原版书寄达之后激发的是我妻子老 G 将它译为中文的兴趣与冲动。当时国内的出版社似乎正处于刚刚懂得必须掏钱购买版权而又普遍买不起的阶段，出版几乎无望——正是在这种形势下，老 G 开始翻译这本书。我的前同窗、当年在大学校园里活跃一时的前女诗人深知金斯堡对我来说意味着什么，她把自己的打算说出来，很像是情话：“大不了我就当翻上一堆资料吧——供你私人使用的资料。”老 G 的翻译工作自那年秋天开始，一直持续到第二年春节过后，因怀孕而告停。我由此得到了占全书四分之一的一堆中文资料，私下熟读，获益匪浅。我在反复阅读这堆“私人资料”时发现了妻子的翻译才能，尤其体现在译诗方面：“圣洁的母亲，现在您在慈爱中微笑，您的世界重生。在蒲公英点缀的田野里，孩子们裸着身体奔跑 / 他们在草地尽头的李子树林里野餐，小木屋中，一个白发黑人讲着他的水桶的秘密……”——这是老G所译的金斯堡名篇《卡第绪》中的片断，我发现比之漓江版的单行本多了些诗味和灵气，写过诗的人译诗和没写过诗的人到底不一样……当时我只想到了这些。

二

第二年——即1995年，在刘耀中先生的一封来信中，他夹寄了一篇介绍美国诗人Charles Bukowski（查尔斯·布考斯基）的文章。这是我此前一无所知的一位诗人，但这篇文章却叫我没法不激动，因为文中所引他诗的片断，也因为他极富传奇色彩的生平和他的人生态度，甚至包括他在美国文化中的际遇和地位。我的直觉告诉我，这是一位注定要和我有点关系的诗人，正如我在1986年初读金斯堡时的直觉一样。在我的急切要求下，刘耀中先生很快寄来了一本布考斯基出版于1981年的原版诗集*Play the Piano Drunk Like a Percussion Instrument Until the Fingers Begin to Bleed a Bit*（Black Sparrow Press）——这本宝贵的书是他在加州格伦底尔城的一家旧书店里购得并转送于我的，书的扉页上还留有上一位读者的阅读心得，他（或她）用英文写道：“我能说什么呢？大师……生日快乐1983。”

老G在看完这本原版诗集后对我说的话与当年顾城的姐姐在看到《今天》时对顾城说的话有点相似，她说：“他写你这种诗。”——正是这句话使我急切地想把布考斯基的诗变成中文，与妻子合译布考斯基的建议也正是由我在当时提出的。说干就干，那年7、8两月，我们共同翻译出布氏诗作24首，其中23首后来陆续刊发于《西藏文学》、《女友》、《倾斜》、《中国诗歌》、《诗参考》、《葵》、台湾《创世纪》、《双子星》、香港《前哨》、美国《新大陆》等十余家海内外中文刊物——其中既有期发量两百万份的大众读物，也有非正式发行每期印数只有几百册的同仁诗刊——这便是布氏诗作在中文世界里的最早现身。也正是自那年起，我在中国当代的诗人圈中开始听到有人谈论布考斯基这个名字（一开始我还误听成诺贝尔奖获得者布罗茨基），并听到越来越多的赞誉之声，我知道由我和妻子老G一起提供的这个译本并没有辱没大师的名字。

这年9月，我去北京出席诗刊社当年度“青春诗会”时，留在西安家中的老G经历了一次早产的危险，我被吓坏了——翻译工作就此告停。接着是我们的儿子在那年冬天如期来临，接着是老G眼里只有她这个“作品”的漫漫七年。

三

七年中，我读到过布考斯基的第二种中文译版——只是一组诗，发表在美国《新大陆》诗刊上，出自台湾旅美诗人秀陶的译笔——我觉得那是典型的台湾译风，他把布考斯基这条老硬汉搞软了，还搞得有点松松垮垮。七年中，诗坛流传的布考斯基一直是我和老G译出的那20来首——我确实感受到了它们的顽强，它们的生命力！

2001年的某一天，青年诗人魔头贝贝将其中的五首诗贴到“唐”论坛上来，据他所说是从某大网站读到并转贴过来的。布氏的诗在网上一出现，立刻激起青年诗人以及诗爱者们的强烈反响，他们的感受一如我在七年前：竟然还有这样一位大师！大师也可以是这样的——说人话讲人事，亲切如风！是网上所贴的五首诗在流传中引起的错误促使我在电脑上重新校对当年所译的这20来首，一边校译一边在“唐”、“诗江湖”、“个”、“或者”、“扬子鳄”等五家当代诗歌网站上同时发布。2002年4~5月，我在写作之余一直在做这件事。6月是如火如荼的世界杯。7月的一天，韩东打来电话，这位好友在6月到来前的一次电话中已经送我两单世界杯的“大买卖”，这一次的电话中又送了我比这两单“大买卖”更值钱的一条信息——那便是楚尘为河北教育出版社策划的“20世纪世界诗歌译丛”。然后是我给前年冬天曾在北京有过一面之缘的楚尘打电话；然后是我把已经译成的24首布考斯基发到他的邮箱里；然后是楚尘简练而肯定的回答。7~10月，我和老G重拾译笔，译完了计划中剩余的76首布氏诗作，除去7月我到北京办护照的一周、在西安参加亚洲诗人大会的一周、8月去瑞典参加奈舍国际诗歌节的半个月——除去这前后加起来的一个月，我和老G几乎每天都有为布考斯基工作的时间，国庆长假也不例外。对我来说，为诗工作有着永远的激情。而对老G来说，在繁琐的每天8小时行政工作之余，到了业余时间还要面对布考斯基老头，她只是为了让自己更多地面对诗歌，她以为更多地面对诗歌就是更多地面对我。加上楚尘——这个韩东眼里的“工作狂”，我知道他为了此书独自去面对了很多我不知道的琐事——因为布考斯基和别的大师有所不同，他毕竟是美国出版界的一块宝，版权不是可以随便奉送的玩意。

四

七年中，我遇到每一个和美国和诗歌有关的人，都要问到查尔斯·布考斯基。2002年8月在瑞典奈舍国际诗歌节上，我问到一位颇具雅皮风度的纽约派老诗人，他笑了，马上举手仰头做出一个喝酒的动作。当我说出“布考斯基是我最喜欢的美国诗人”时，他的笑容变得更加灿烂。布考斯基太有名了，无论喜欢他还是不喜欢他的人，都无法回避他在美国当代诗歌中的巨大存在——每当感念于此，我就对国内翻译界的“引进”标准怀疑之至，终于不再相信。在1995年以前，中国读者为什么会对布考斯基一无所知？那仅仅是因为在被译成中文的任何一部“美国诗选”中都没有他的大名。而在美国，这类“诗选”又出自哪些人的编选？——学院与学会——他们仅仅代表着一个多元文化的一元而已，而布考斯基又正好是被这个元所排斥的，我注意到颁发了那么多届的美国三大诗奖（普利策、国家图书、波林根）长长的获奖名单中竟然没有布考斯基的名字，正像布鲁姆教授开宗明义拒不将金斯堡的作品收入他编选的《西方正典》一样，还人身攻击地说金斯堡是“假惺惺的伪君子”，在美国多元文化的生态环境中，这本属于正常，甚至是非常健康的一种表现。但被一些人搬到中国之后则被当成了一种权威标准——在我们的习惯思维中总觉着必然要有的一个标准！

从学院到学院、从学会到学会、从知识分子到知识分子、从文坛交际家到文坛交际家——在中西文化的交流和对西方文化的“引进”中的确存在着这样一条“暗道”，当这条“暗道”成了“自古华山一条路”时，结果可想而知。中国读者面对的西方“大师”，要么是文学史意义上的，要么就是国际文坛意义上的，诺贝尔获奖者中的大多数当属后一种——而这仅仅是两种。而那些正在发生的、其先锋意义正当其时的并在彼岸的本土文化中活力四射的作家和诗人，总是被这条“暗道”排除在外。以至于后来，这种现象在中国的诗歌界恶化为一些“知识分子诗人”开始借大师之口布道和说事，推行他们信奉的权威标准，借此向诗坛和读者示威并施压，在“暗道”中“与国际接轨”。

也许没有上述背景，我这个惜时如金的“职业诗人”也不会对布考斯基的翻译工作倾注如此之大的热情。仿佛是一种欲望般的巨大冲动——作为诗人，我要自己去看另一位诗人，教授们、学者们、翻译家们——用不着你们可恶的指点了，统统都给我闭嘴！

五

七年中，我怀揣一份美国诗歌的地图，反复阅读着布考斯基。

最终，我给了他“四星半上将”的军衔，而在我眼里，在此之上的“五星上将”也只有华尔特·惠特曼、T.S.艾略特、艾伦·金斯堡三人——如此评判势必会带入一个诗人在文化和历史语境中的作用与影响来考虑，那么回到一个诗人纯粹的写作内部，布考斯基就该被追授他没有得到的那半颗星。也就是说，在我眼里，布考斯基是美国有史以来最杰出的诗人之一。

金斯堡出生于1926年，布考斯基出生于1920年，后者比前者还大六岁。考虑到他们大体上属于一代人以及诗歌走向上的大体相近，我对前辈论家爱将他们放在一块比较的做法基本认同。布考斯基35岁开始写诗时，金斯堡已快爆得大名了。一个是写得晚，出道更晚，另一个则在勇敢地当了一把文化逆子的同时，也旋即成为时代的宠儿。金斯堡是随着一个大时代的到来应运而生的诗人，布考斯基则是一个天生的边缘诗人，与他所经历的任何时代似乎都格格不入。金斯堡一生中大半的时光，都是在世界最著名诗人的优越感中写作的；布考斯基则始终在一种大体不得志的落魄感中写完了自己的一生。《嚎叫》是金斯堡一生的顶峰，也是平生难越的一座高峰，他后来的写作都是在试图超越自己而不得的努力中。布考斯基则属于渐入佳境的一种，极为多产，泥沙俱下，越写越好，貌似不经意，却暗藏智慧，他的巅峰十分自然地出现在他的晚年。

以下所述是我身为诗人更为隐秘的心得：金斯堡是“史诗”书写者、时代的代言人，他最为擅长或者说真正写得好的是《嚎叫》、

《美国》、《卡第绪》这类长诗或类长诗，他的短诗写得并不十分好，他的短诗都写得太“大”——我指的是他还是习惯动用“史诗”的架构和站在高处的语势来写。四川文艺出版社推出的那本《金斯伯格诗选》在得到时尚青年热买的同时，也让真正的诗人十分失望，这一方面有翻译的问题，另一方面则是金斯堡的短诗远不具备让你印象至深的《嚎叫》的水准。而布考斯基则正好相反，他是日常的、边缘的、个体的，他没有也无意建树金斯堡《嚎叫》式的文化里程碑。他对人性的深切关注和对自己人生片断和生活细节信手拈来的好功夫，使他成为短诗高手。他不是传统意义的短诗营建者（讲求精致的那种），恰恰40~80行的中等篇幅是他更能发挥才华的一个空间，他善于把篇幅意义上的“长诗”做“小”——我指的是往人性的细微处去做。在这个篇幅之内，在这个世界上，我尚未见到比他更好的诗人。与布考斯基相比，我以为金斯堡写的是真正知识分子的诗歌，真正社会精英的诗歌——我加个“真正”是为在中国被严重歪曲与异化的两个概念还其本义；而布氏本人则体现为一种真正的平民主义和个人主义，他的作品充满着美国平民生活的强烈质感并将诗中的个性表现推向极端。金斯堡诗歌的先锋性太过依赖于一个大时代的背景，布考斯基则是绵长的，他的先锋性即使对美国对整个西方诗歌而言，也一直绵延至今。

六

正如我不讳言说出跟自己有关的诸多事情的真相，我自然也不讳言说出布考斯基与中国诗歌的关系，从我这儿开始——不是说我和老G翻译了他，而是说他首先作用于我，对我产生了至关重要的影响。

回到1995年，或许有心的朋友还记得：我在前一年出版了我在1988—1993年的六年诗选《饿死诗人》（中国华侨出版社），又在这一年和诗人严力、马非一起推出了一本诗合集《一行乘三》（青海人民出版社），其中收有我在1993—1994年的作品。那些诗与之前相比写得小巧精致，语言被打磨得十分光滑，外在的完美充分暴露了一个内在的危机：我诗歌的空间与身体的扩张相比已经显得太小了，我清楚地意识到我必须重新开始——也正在这时，我读到了布考斯基的英文原作，他诗歌中所携带的极度自由的空间感和来自平民生活底层的粗粝带给我很大的冲击和宝贵的启示。从这年开始，我在略作调整的向度上，又重新写“开”了，布考斯基的影响是明显的：我写《每天的菜市场》——这几乎是我从未有过的角度和发现；在《一年记住一张脸》中，我如实记录下了焚烧亡母遗体的殡葬厂炉前工；《回答母亲》中那种看似漫不经心但却句句致命的对话方式；在《失语的理由》中，我写到家中请来的哑巴漆匠，我和妻子与之构成的一个绝妙场景——我在1995—1998年的四年诗选《我终于理解了你的拒绝》（青海人民出版社）记录下了布考斯基对我的全部影响。事实确系如此：是布氏的作品帮我开启了我诗歌写作的第二阶段。这么说是不是有点大言不惭——我的第一阶段充满着金斯堡式的高亢、激越、紧张，是布考斯基使我冷静、下沉、放松。

与此同时，我也注意到布考斯基对我同辈以及后辈诗人的影响。我把后来的译作在网上发布后，这种影响变得立竿见影。显然，布氏的影响已达中国年轻一代的诗人，已达中国诗歌的生力军，这种影响目前正在升温。可以预料的是，随着他更多的诗被译成中文，这种影响将变得愈加广泛和深入。这种影响的发生与以往最大的不同在于：它不是在文化的压力（文学史上的显赫地位）和某种光环的笼罩（诺贝尔奖及其他）下获得的，诗人们喜欢他——一个酒鬼，一个糟老头——仅仅在于，他的诗实在太棒了！

七

请问我：布考斯基给了你很多，而你给了他什么？

请让我回答：我给了他汉语之内最美妙的语感，使他经过对诗而言最致命的翻译之后，仍然是一位有声音的诗人，尽管这声音不完全属于他自己。具体的情况是：我给他安的这条汉语的舌头，对比他在英语中本来的舌头而言，甚至显得过于精巧了。我的、老 G 的诗歌趣味被加了进去——这实在是没有办法的事，绝对的“信”在翻译中是不可能的。所以，对那些已经涌现出来也必然会更多涌现的想要细数老头汗毛嗅嗅老头狐臭的“布迷”们（他们一定是更为专业的诗人）来说，他们需要小心辨识。

好的诗译者必须为诗人的声音负责——这话说给国内的翻译界，恐怕也是没几个真能听得懂，由此可以见得我们自布考斯基开始的工作注定将构成一种挑战——但我们实在是无意于此。尤其是老G，她的初衷不过是想叫自己抱负不低的老公不至于眼界狭隘。感谢她多年以来一直以布考斯基的标准来看我的诗，不管我达得到达不到，但在终极趣味上还是尽早脱离了在国内的这个“坛子”上与人“打拼”。意义可以不管，但工作仍将继续，我一定要用自己的眼睛去继续认识异国的好汉，老G则抱定不想让自己的生活离诗太远……让我们好好看看——总之，在世界诗歌的“软”与“硬”之间，我们会当仁不让地选择“硬”，身在一个以柔克刚的文化体统中，我们会义不容辞地选择“刚”！

八

时间又过去了九年。九年前的那次出版机会最终还是因整个出版计划的搁浅而失去了，九年中又有一家出版社折腾了一回，但最终还是没有变成现实。九年中我把自己所有积压的作品全都出光了，布考斯基还是没有出来。我没有显得太过焦虑是因为主要心思还是在自己的创作上。九年来，又多出了几种布氏译本，台湾出版了他的多本小说集，布考斯基在中文世界里已经大名鼎鼎，他已经成了泛文艺青年的偶像。去秋某夜，来自美国堪萨斯大学的退休教授杨钟华先生访问西安，就布考斯基这个话题与长安诗歌节诸位同仁做了一夜交流，让我们见识了在我和老G翻译之外的一组布氏晚年作品。那一夜我大受刺激，有一种已经多年没有过的被人打败的感觉，再次重燃起翻译布考斯基的热情，秋冬之间一口气又译出了一百首，并暗自决定将布考斯基的诗歌翻译进行到底。经过这第三轮的翻译，我更加深刻地认识到了这位诗人的分量，现在在我眼中他是 20 世纪后半叶世界诗坛上最杰出的诗人。我们在 16 年前遇到他，并率先将其拉入到中文世界来，是多么有价值的一件事，这个过程再辛苦都是值得的。

更值得欣慰的是：一切都还将进行下去。

2012 年 1 月于长安

恰同学少年

A. 小学篇

我刚从时间长达一年以上的我的第三部“大长篇”《中国往事》的写作中解脱出来，许多儿时、少时的记忆都随这部35万字的自叙传体小说而复活了，但我还是想不明白——为什么我会在读到小学高年级时就知道当时通行的投稿方法：将普通信封的右上角用一把剪刀庄严地剪去，将欲投的稿件封在信封里，连邮票都可以不贴，就可以丢在绿色的邮筒里，寄到你想寄往的报社或杂志社，之所以能有免费的待遇，是因为这些报社或杂志社都替你“邮资总付”过了……

小学五年级也就是十二三岁的时候，我就知道这个！

但我却想不起来了：我在当时是否真的用这种方法投过稿子——如果真的投过的话，那我可太丧心病狂了！太让我失望了！要知道，当年的孩子可不像现在这么“早慧”，我小学四年级才开始写作文，难道才过一年到了五年级就开始向外投稿了吗？

思来想去，我想起了一个人：我小学同级同学于兹全。原本也不在一级，他是一名“留级生”，但不是因为学不好留的级，而是由于身体原因（好像是得了肝炎啥的）。他从上一级留下来，并没有留在我们班，之所以跟我走得近，是因为我俩都是校际学习竞赛的优胜者，一起代表学校去参加区上的比赛。还有一个原因：我们两家住得很近，放学回家还可以互相串门……这名“留级生”不但学习好，而且懂的多。他父亲是一家国营小厂的厂长，是当年从山东流浪到本地的，没有受过多少正规教育，却是个“文学中年”，我正是在他家里头一次见到了《人民文学》杂志（好神圣啊）。有一年，他父亲到北京出差，在天安门广场的人民英雄纪念碑下买到了打印的《今天》，带回来给我们看。那是一次记忆深刻的阅读——我读了那些陌生的诗，觉得有一个叫“芒克”的个别句子写得挺流氓，用了“怀孕”等叫人不好意思的词……于兹全虽说不能算是“天才”，却是绝对的“早慧”，那时候他就知道莎士比亚和“商籁体”了，并认识到鲁迅是深刻的（是他爸教的），我那时就懂得怎样投稿正是这小子教唆的结果。

当年有一件事曾被他严重地惦记过：就是联合国教科文组织在全世界范围内举办了一项有主题（主题是：爱）的儿童诗歌比赛，负责中国赛区选拔活动的是我们小学生人手一份的《中国少年报》。于兹全看了报纸上的启事就想参加，怂恿我也投稿，在我看来：他是疯了！首先，我还没有写过诗，据我所知，他也没有写过诗，却要临时写了去参加世界性的比赛，这是极不严肃的事，而且没有必要啊——你非要参加干什么？我在当时肯定连讽带刺地打击了于兹全，有一个揣在我心中的意思我肯定反复表达过：别给中国的少年儿童丢脸了！在我眼中，诗是很神圣的东西，是很有难度的东西，刚学会写作文的人怎么就敢去写诗呢？

由于在我这里遭到了打击，于兹全也就放弃了，没写自然也没投——这一点我敢肯定，因为当某一日的《中国少年报》上发表了中国赛区的六首获奖作品时，于兹全做出后悔不迭状，连说这6首诗都没有他自己心中的那首“诗”（没有写出来）好，他要写出来投去了准能够被选上。对于他的话，我当然是不信了，但也多多少少被他给教育了：觉得天外有天，但那天也不像自己想象的那么大；人外有人，但这人也不像自己想象的那么强。那登在报上的六首诗我都仔仔细细地研读过了，当时在中国赛区这一关名出得最大的是十三岁的天津女孩田晓菲，她写得似乎比其他人要老练一点，但最后送到联合国一举将唯一一块金质奖章摘下的却是十一岁的武汉男孩刘倩倩，他等于是得了全球儿童的写诗冠军。这种少儿组别的世界冠军在改革开放之初因为稀有还很新鲜，刘倩倩一夜之间便成了新闻人物，我很快就在电视上看见了他：一个羞涩的男孩，操着不太标准的普通话，为大家朗诵他的获奖诗《你别问这是为什么》——这是从安徒生童话脱胎出来的一首诗，非常乖巧，我又通过我的耳朵聆听了一遍，实在没觉得有多好……

从此以后，我很关心这两个同龄人中的成功者：田晓菲不时总有消息，因在其父做编辑的天津新蕾出版社出了一本诗集而一举成了“少女诗人”，十六岁那年就被保送到北京大学西语系了，后来去了美国，现在是哈佛大学著名教授斯蒂芬·欧文的夫人，早已经不写诗了。“世界冠军”刘倩倩则再无消息，我还特意询问过个别消息灵通人士，对方也表示一无所知。

如此说来，我在小学时代就已经在心里头开始文学活动了，心理活动我觉得也算，至少见证了一些事情。

正是因为在小学时代目睹了刘倩倩、田晓菲这些同龄人中早慧者的成功，我便在尚未起步时就觉得自己已经晚了——日后的每一步也老是有种迟到的感觉——这其实是一种很好的感觉：作为一名天才，我生下来就晚了，所以啊，我不用急吼吼地向世人证明自己的早！

B. 中学篇

整个初中时期，我还算比较老实，对于心向往之的文学，虽然没有开写，暗中的阅读却是一直在偷偷进行的（因为父母的反对也渐渐开始了）。

一切似乎都要等到 1983 这一年。

这年我 17 岁，从高一读到高二，这个年纪已经大得跟天才或早慧（中国人对天才现象的理解也就是早慧而已）无关了。仅仅是在放寒假之前，语文老师把市里举办的一项中学生征文活动和一项群众性的影评活动当成作业布置给了大家，我不得不写罢了。开学将这两篇作业交上去，等到这一年的初夏时节，我忽然风光无限地变成了全校的“新闻人物”：在这两项市一级的征文活动中，我双双获得了一等奖。这年夏天，在大剧院中登上舞台领取奖杯的经历是重要的，在同学之中（尤其是在女生面前）的荣耀感是重要的，我无不将其视之为偏爱文学给我带来的好处。

其中一篇获奖文章很快就在陕西人民广播电台的《青年节目》中播出了，朗诵它的是一位名叫“海茵”的著名女播音员（我在很多年后见到过已经德高望重的她），当时我在自己家中当着全家人的面听着自己的作文，忽然酸得有点听不下去了……这其实应该算作我的“处男作”，以有声的形式发表似乎不是我向往中的白纸黑字——但这个遗憾也很快得以弥补：所有的获奖征文被编印成册。

这一年，我正是在去领上述一项征文活动的奖时，真正认识了同去领奖的同级不同班的同学姜雁飞。几乎是与此同时，这个姜雁飞干出了一件轰动全校的事情来：他居然在我们每人都订阅了一份的《语文报》上发表了一首诗！在当时，《语文报》绝对是我辈中学生眼中的“第一大报”，他所发表的那首名叫《太阳礼赞》的小诗尽管只有短短的六行，可它毕竟是一首“诗”啊！在我眼中，“诗”仍然是比一般文章更有难度也更为神圣的东西。我可以肯定地说，姜雁飞发诗事件在全校师生之中对我的刺激最大，我一方面对姜特别羡慕（或许还有一点嫉妒），另一方面却心有不服，我在暗中反复研读了他的那首小诗，并在心里作出了“我也能写”的正确判断。于是，我在父亲单位他的办公室里夜自习时，面对窗外的万家灯火，忽然诗兴大发，遂写出平生第一首诗《夜》，总共13行。写完了，稍事修改，我便将它工工整整地誊抄在一张方格稿纸上，因为父亲的办公桌上正好有一张《陕西日报》，我便抄了地址给投去了——我发现：这时候投稿已经必须要贴邮票了。

这是一件做过即忘的事。但是到了这年秋天的一个大雨滂沱的早晨，上早自习时，坐在我前排的一个男生忽然回过头来，告诉我诗歌发表的消息，说是他父亲先看到我名字前的学校然后招呼他看的，但是他并没有将那张报纸带到学校来。课间休息时，我还溜进老师办公室去找那份报纸，但没有找到，直到下午回到家中，我直接去了父母单位的图书资料室去找那份报纸。因为管理员是一位看着我长大的与我相熟的阿姨，我将报纸带回家中，但没有告诉父母——因为这时候，他们已经明确向我表示过不允许我学文。当天夜里雨还在下，我躺在床上无法睡着，耳听窗外的雨声，忽然有种想哭的感觉，但终于还是没有哭出来，那天夜里，我真正感觉到了世界美好前程远大得来不易……

之后我便利用课余时间偷着来做这件事：借助偶尔降临的灵感，写出一两首所谓的“诗”，然后用稿纸抄好，信封装好，再投出去……恰逢那一段的运气好得有点神，竟然每投必中，百发百中，那年头中学生常读的《语文报》、《少年文史报》、《少年文艺》等报刊都被我不费吹灰之力地一一攻克下来，并把它们变成自己的常发阵地，俨然成了一名“小诗人”。在学校里，我和姜雁飞、于兹全（他已经从我的小学同学变成了中学同学）、徐志民、杨建文等几个写诗的同学还做过一本手抄的诗合集，每个人把自己的习作抄在上头。这本手抄的诗合集连个名字都没有，却成了一个抢手的宝贝，在同学里头传播着，听说有的女生读了我们的诗后还喜欢上了我们中的某某某……

我当年很反感现在却很感谢我的家庭给我所施加的压力以及学校里注重学习以学习为上的风气，令我不敢因为课余的这点秘密创作而对文化课的学习有所放松（更不至于放弃）——我日后才知道，这实在是太重要的一点——也正是这一点把我和当时潜伏在祖国各地中学生中的“小诗人”、“小作家”给区别开了，让我没有因为写作上的这点特长而丧失高考中第的能力，更重要的还在于我为自己打下了让长远的写作受惠的坚实的文化基础！为此我将终生感戴他们！

所以对我来说，中学阶段的所谓“写作”不过是略施小计略展拳脚而已，主要还是随大流地学习。我和所有的同学一起承受着日益临近的高考压力，眼前黑压压的，弦都快绷断了。保送上大学的好事也找到了我们这所历史悠久的重点中学，在传言鼎盛的某个时期也曾让我想入非非——说是复旦大学中文系给了一个文科生的免试名额，说是学校倾向于推荐我——我的学习成绩虽然并不名列前茅，但我有习作发表作文得奖这个“特长”。幸亏我没有太上心，此事后来终于没了下文，听说是被另一个学校动用市教育局的关系给劫走了。最终，保送的事还是跟我们文科生没有关系，被保送的都是理科生，因“特长”而被保送的学生也局限于体育方面的。

当年，我虽没有因为写作上的“特长”而被保送，但也在高考中因为这一“特长”而得到过不小的好处。就在我们参加高考的那一年，《语文报》面向全国的中学生举行了一项名叫“我们这个年龄”的征诗活动，我也参加了并且获了奖。由于这项活动被算作是“国家级的学习竞赛”，按照当年高考的相关规定，其优胜者可以因此而增加20分——正是忽然多出的这20分让我上了重点线并有幸被北师大给录取了，否则的话，我只能去上一所普通院校。

当年，比较突出的保送生是南京梅园中学的王军，他因为写作上的“特长”而被武汉大学录取了——我在《语文报》上读到这则消息时并未感到羡慕和嫉妒，因为这时候我已经收到了北师大中文系的录取通知书，准备东渡黄河再北上到伟大首都上学去了。

C. 大学篇

我是在一进大学给全校诗歌大奖赛投稿时首次起用了“伊沙”这个笔名的。我原本就叫“吴一砂”（“吴文健”是上学时起的学名），我用谐音字将它稍微改造了一下——取笔名的举动对我来说是非同小可的：说明我已经正式开始追求自己的“作家梦”了。

我们年级的辅导员是一个已经内定留校的五年级女生，不知是领受谁的指示，她在系里的“迎新会”上非常突兀地告诉我们这帮一年级新生：“北师大不是培养作家的而是培养教师的。”——这话乍一听似乎有点“此地无银三百两”，其实辅导员所代表的校方是极富经验而有针对性的——也就是说，在当年北师大中文系的学生里头，像我一样怀揣“作家梦”而来的大有人在，甚至是非常普遍的。当时我坐在台下的新生中间，听到她说这句刺耳的话，就像自己心中的秘密被人一眼看穿了似的浑身上下不自在，心中暗想：“屁！你培养什么我管不着，反正老子是当定了这个作家的!”

一切并不像我以为的那么容易，我虽然因在全校诗歌大奖赛中获了奖而在校内崭露头角，很快就取得了做一名“校园诗人”的身份，却连遭退稿的打击——我敢投，所以这个打击便来得猛烈，我在这时所经历的是这样的阵痛：你以中学生的身份投稿时别人把你当孩子，但你以大学生的身份投稿时，别人就把你当成人了。身份变了，你的稿件达不到成人的要求别人自然就会拒绝你。虽然偶有零星的发表，但这个艰难的时期持续得相当不短，头三年好像一直这样。回想起来，这是一个因为十分重要而弥足珍贵的时期，我尝试过多种文体的写作（甚至连儿童小说都写过)，扎扎实实地锤炼着自己。

我在大学的头两年中住在西西楼305宿舍，跟徐江、侯马同室，桑克住在我们斜对门，宋小贤是比我们高一级的，后来又阴差阳错地在后两年中跟徐江、侯马住在了一起。那么多的诗人都出自同一个学校——这似乎又容易构成某种诗人出世的传奇，但实际情况并不这么简单，比如说，侯马和宋小贤上学期间几乎就没写过什么，他俩真正开写都是在大学毕业之后，在中学时代就开始写并且一路写过来的是我和桑克（他也曾在《语文报》举办的那次征诗活动中获过奖），在大学期间开始写的是徐江，当然还有许许多多今天你所不知道的人——反倒是他们在当时表现得更为活跃，领导着文学社和诗社并以“诗人”的名义泡妞啥的。世间的事都是如此。

现在回想起来，我想矫情一下——我想说：回首往事，我没有虚度我的青春！我年轻的生命！我闭上眼睛可以告诉你：哪一年哪一学期我是专门用来写诗的，哪一年哪一学期专门用来写小说，哪一年哪一个学期书读得最多，哪一年哪一学期思想最为开窍，而哪一年——是整整一年我不写不读专门用来恋爱，在恋爱之中玩遍了北京城……

大学时代的 1988 年对我来说就像中学时代的 1983 年那样重要。夏天，我诗如泉涌，忽然写出了《地拉那雪》等一批具有转折意义的诗——它们标志着我已经找到了属于自己的一种口语方式，标志着我在诗歌写作上的“长大成人”。冬天，我在女朋友的宿舍里写出了我的“成名作”《车过黄河》——如果说，此前我还只是一个“校园诗人”的话，那么此诗一写我就是一名真正的“诗人”了，甚至是一名优秀的诗人了！我曾在另外一篇回忆性的文字中说过，我视《车过黄河》这首诗为我真正意义上的大学毕业论文，写出此诗的我就可以从北师大毕业了！也是从这年开始，我的发表境遇有了明显的改善，个别发表的机遇甚至有点“一夜成名”

的效应。比如，1988年10月号的《飞天》杂志，在其大学生读者最为关注的“大学生诗苑”栏目中，以“伊沙诗抄”为总题一次刊发了我《地拉那雪》等10首作品。在当年，《飞天》在大学生中的影响力远远超过《诗刊》，《××诗抄》又完全是名家抑或是烈士才有的待遇。《飞天·大学生诗苑》历史上最隆重的一次发表让我出了一把名。

我开始收到各种各样的来信和约稿，主要是活跃在全国各个大学里的校园诗人。那年年底，我收到了一封寄自哈尔滨师大的来信，写信人叫中岛，他在信中邀请我去哈尔滨玩。也许是直觉对路吧，我竟在回信之中毫不客气地答应了，还邀请徐江、桑克同往，利用寒假便去了。结果是我和中岛这个东北人中少见的小个子、少见的不胜酒力者一见如故成了朋友。我当年就是只爱写而不爱搞什么活动的，对本校文学社、诗社的活动就不怎么参加，但因为中岛爱搞活动（或者说他有此擅长），我竟被他裹胁着做成了一项全国性的文学活动。

此事是我们在哈尔滨的冬天初次见面时就谈到的，我本来以为是酒桌上说说而已，不想开春以后，中岛拎着一个大皮箱到北师大找我来了。他在我宿舍关起门来将皮箱打开，只见里头装着两枚在马路边花钱刻的“公章”——他称之为“戳儿”，把盖章说成是“卡戳儿”，我戏之为用萝卜刻的：一枚是“中华全国高校文学联合会”，另一枚是“中国高校文学编辑部”。于是在这个春天，我们用这两个子虚乌有的“组织”的名义，又勉强说服了在当年很有影响的一家报社和一家杂志社，国家“单位”共同发起召开了“中华全国高校文学联合会第一次代表大会”。我们身无分文，这个会也就这么开起来了，接到会议邀请的代表们在他们各自所在的学校里绝大部分都得到了“公费资助参加”的待遇，少部分自己解决，个别无法解决的，由我们领回宿舍去住。我记得会议召开的当天晚上，我原本只能住七人的宿舍住进了十个人，臭袜子的气味中加入了一些陌生的元素。

我记得主要的一项研讨会是在北师大教七楼的一间大教室里开的，我们还请到了任洪渊、蓝棣之等名师来坐镇。会议由我主持，因为我是秘书长，中岛自然是主席了，在会上红着脸致辞。然后在第二天，所有与会者都到圆明园开了一个朗诵会，大家玩得很开心，最后在大水法的残垣断壁下留了一张合影——前些日子我碰巧将它翻了出来，看着看着竟不免发出一声慨叹，这些当年来自全国各地的大学校园诗人中的佼佼者，没有几个在日后的诗坛上真正地成名成家，绝大多数恐怕早就不写了……那天是3月26日，我们在圆明园里一直玩到了黄昏时分——我们很快便得知：正是在这一天的这一个黄昏，诗人海子在山海关的一截铁路上卧轨自杀了！

这只是一个巧合，但在当时却有人将它隐喻化了——什么意思呢？一个人（代表着老一代人）在这天死去，下一代人在这天集结，意味着诞生……说起来是一个挺残酷的意思，可是这么回事吗？照片上的“新生儿”后来都不知到哪儿去了，现在他们都在哪儿呢？

当年，我在其他学校认识的朋友，除了中岛，还有洪烛。在跟他见面之前，我已经在报刊上有关他的报道中知道了：这位就读于武汉大学中文系的洪烛原来就是我在中学时代就知道的南京梅园中学的王军。他初次到北京来找工作，到我们学校原本是找另一个人的，没想跟我一见如故，此后再来就直接来找我了。洪烛为了找到一份理想的工作，在半年里五次进京，基本上都是睡在我的那张床上。我们比较投机的原因是从文学少年开始的相似经历（当然还有对文学的相同的热爱），另外就是：我俩比其他同龄人更不避俗，注重投稿和发表，文坛意识和行动精神更强一些。而在当时，徐江、桑克还像纯洁的文学处子或理想主义者，只谈大师，不谈俗的。到后来，我们聊得越多，相互之间的了解就越多，我便发现我跟洪烛还是不一样的，比如他说，如果他写出一行诗并马上意识到这一行会令全诗发表不了，他就会把这句删了。而在我看来，这是绝对不可以的，怎么能在写作中考虑发表的事呢？何况那时候，我已经有了发表不了的东西才是真正的好东西的模糊意识了。

踏破铁鞋有觅处，功夫不负有心人。洪烛终于抓住了最后的机会，被分配到中国文联出版公司工作。我和我的女朋友衷心地为他高兴，我们面对的情况是：两个外省人想要留京那是门都没有的事，我们也非常识趣地不做此想，准备朝着西安的方向撤退。那是毕业前的最后几天，一个傍晚，晚饭以后，我们三人坐在北师大西南楼前的藤萝架下，谈起各自今后的文学道路。洪烛说他是要走白道的，我说我是要走黑道的，特别好的是，我们当时并不那么书生意气，没有争论是白道好还是黑道好的问题，只是说比较适合对方。

我的女朋友是这一番话的见证者，很多年过去了她都还清楚地记得。当时我和洪烛的年龄分别是 23 和 22，这番话说得真不是一般的成熟和世故——这大概正是两个老文学少年特有的一份成熟和世故吧？

若干年后在西安，又是我们三人在场，女友成了老婆，忆起这番话来，洪烛说：“我们都走成了！”我听了很高兴，因为洪烛当年都攻打到北京到文联大楼上去了，所以他是一定要走成的；关键是，我也走成了，在外省的黑道上。

我听了更高兴的是，去年春天在北京，我和洪烛见面时，他谈起我的长诗《唐》，认为我是中国当代诗人中少有的“咬破了自己织的茧的蚕”。

2006 年 6～7 月

卷二

严力印象记

这一年里只有风在风尘仆仆

你掸了一年才看见灰底下的日历

——严力

1. 1985年9月，我进北师大中文系就读，买的第一本书就是老木编选的《新诗潮诗集》，正是从该书中我第一次知道“严力”这个名字——但仅仅只是一个名字，他在那本白色的诗集中并不显眼，那本诗集收入的也不是他的力作，最外在的印象也吃亏：“严力”这个名字在诸如“食指、北岛、舒婷、江河、芒克、多多”等洋气的笔名中显得太过平凡。

2. 1987年6月，四年大学过半，重分了一次宿舍，睡在我上铺的钟品同学也写诗。某日他向我推荐了一首诗，是抄在笔记本上的，名字叫《根》，作者严力，全诗如右：“我希望旅游全世界/我正在旅游全世界/我已经旅游了全世界/全世界的每一天都认识我的旅游鞋/但把我的脚从旅游鞋里往外挖掘的/只能是故乡的拖鞋”——钟品不但抄录了此诗，还在诗旁留下了他的一行眉批：“最好的乡愁诗!”当时，我将此诗连读两遍，并在心中认同钟品的判断，因为此前我所读过的“乡愁诗”都是台湾余光中或郑愁予式的，有点甜来有点腻，这一首却写得有点冷来有点酷，偏于智性的，真正的现代诗！钟品的笔记本上，还不止这一首，我一口气读了十来首，不禁大吃一惊！我问钟品这些诗是从哪抄来的，钟品回答道：“《北京青年诗人十六家》，图书馆有。”我很快便在学校图书馆的书架上找到了这本书，细细读过，收获良多。这本书就像是专为严力而编的，他是这十六家中最为独特的一家，而且是最为现代的一家，他比“朦胧诗”的主将们明显走得更远，从此我得遇其诗必读!

3. 1988年平安夜。黑大春等组的“黑洞艺术团”在北大演出，有朗诵，有演唱。我去我中学同学于志全处看望住在那里的流浪歌手张楚，赶上了便去听。作为一名观众，我首次聆听了多多的朗诵，第二次见到了舞台上的芒克。自由朗诵时间，在于志全和张楚的怂恿下，我蹿到台侧去报名，想为大家朗诵写出不久的《车过黄河》，黑大春堵住我说：“对不起，没时间了!”——这个细节很好地预示着我们终将是无缘之人。这天晚上，整台晚会，我听到的最好的一首诗是另外一位诗人朗诵的严力的《还给我》：“请还给我那扇没有装过锁的门 / 哪怕没有房间也请还给我 / 请还给早上叫醒我的那只雄鸡 / 哪怕被你吃掉了也请把骨头还给我……”于、张也这么认为。

4. 1988年最后一天，我想干一件“大事”来结束这一年。有一本在美国纽约编印的精美诗刊《一行》流入我们宿舍，是由诗人贝岭带给另一位写诗的同学蓝轲的。我读过之后发现它是由已经旅居纽约的严力创办并担任主编的——定是出于冥冥之中对于优秀诗人的一份信任，我决定向它投稿，誊抄了二十多首诗，花了一大笔国际邮费，从学校邮电所寄了出去，干完了我所能够想到的“大事”。

5. 1989年3月，“黑洞艺术团”在北医演出，给我校太阳风诗社发了邀请，诗社社长海童带着钟品、桑克、徐江和我等诗社骨干去了，还有因事来京的外地诗友：武汉大学的洪烛、陈勇，哈尔滨师大的中岛。那个春天的夜晚我第一次见到了舞台上下的食指先生，并在日后写下了一篇追记文章。那晚我和徐江在自由朗诵时间冲上台去，抢滩成功，出了风头过了瘾。那天演出结束后在回北师大的路上，在拂面的春风中，我等一行人你一句我一句放声朗诵出的是：“请还给我爱的空间 / 哪怕已经被你用旧了也请还给我 / 请还给我与我兄弟姐妹的关系 / 哪怕只有半年也请还给我 / 请还给我整个地球 / 哪怕已经被你分割成 / 一千个国家 / 一亿个村庄 / 也请还给我”——不用说，那天晚上，严力的《还给我》又成了最受欢迎的一首诗，令我们交口称赞赞不绝口！

6. 1989年9月，大学毕业的我被分在西安外国语学院院刊编辑部上班。某日，是个雨天，父母来看我，见到我后，父亲张口便说：“你的诗在美国发表了。”——我知道，并不赞成我走诗途的父亲此语的重点词不是“诗”和“发表”，而是“美国”—— 世易时移，我已经忘了，想不起这是怎么一回事。父亲说：“是一本叫作《一行》的中文诗刊发表了你两首诗。把刊物寄到了动物所。”“动物所”是父母所在的单位，我大四以后向外投稿时都留这个地址，作为过渡。父母是为了到附近的医院去探望一位刚做过手术的老朋友顺道来看我的，并未将刊物带来，我是在这个周末回到父母家中才看到刊有拙作的《一行》总第 8 期的——在我眼中那是世界上最美丽的诗刊！

7. 1989 年 10 月，我作为新教工和新生一起被拉到陆军学院接受为期一月的军训，接受历史秋后算账的体罚。某日，学校组了个慰问团来，带来了寄到我新地址的新信，其中一封寄自纽约，写信人便是我心仪已久的诗人严力，他的信不算短，但有一句话胜过千言万语：“不出几年，你就会写出来的……”当日黄昏，我独自一人坐在陆军学院大礼堂外白色的台阶上反复读着这封信、这句话，心中一片潮湿！

8. 1990 年 1 月，严力来信邀请我担任《一行》诗刊国内代理（之一），我欣然回信接受。我作为代理的义务是：将每期收到的 50 本左右的刊物散发给国内的实力诗人，每期向《一行》推荐优秀的稿件，由于自身的特点，我主要推荐的是“第三代”以后尚未成名的诗人以及口语风格的作品，扩大了《一行》的视野，通过《一行》成名的年轻一代诗人大多出自我的组稿和推荐。

9. 1991 年 3 月，为纪念《一行》创刊四周年要出一期特大号，严力来信约我写篇纪念文章，我写了《为〈一行〉写作》一文，此文在《一行》上刊发后颇受好评，启发我正式开启了自己的随笔写作。

10. 1992年4月，为纪念《一行》创刊五周年，我与西安诸诗友在陕西农业展览馆办了一个专场朗诵会（还有摇滚演出），有两百余人出席，是本地十年不遇的先锋诗活动，也是国内唯一办成的纪念活动。那次朗诵会的录音带事后被人带到了美国严力手中，严力听后在给我的信中写道："你朗诵的《还给我》比我自己朗诵的更有劲！"

11. 1993年11月，严力去国八年后首次回国，我应其约专程赴北京与之相见。在冬日一片萧瑟的团结湖公园的一个温馨的画廊中，名流云集、谈笑风生，严力摄影展正在那里举行，还发售他的第一部小说集《纽约不是天堂》。我和徐江、侯马到达那里时，严力恰巧不在，稍后他来了，一来便打听哪位是伊沙——我们通过这么多年信，却好像从来没有互赠过照片，这让我们的初次见面搞得有点戏剧化：几米开外站定，相互对望一眼，然后大步向前，四手紧紧相握！令我吃惊的是他的帅，因为此前从未有人提起过他的帅，他自己更是不提。不光帅，人也是风度翩翩，穿的也是有型有款：他穿了一件绿色的西服，有点仿美军军服的样式，在那个年头灰头土脸的同胞中间显得有点扎眼！我们一边寒暄，一边做着相同的动作——掏烟，严力比我动作快，先行掏了出来，是一盒美国烟，牌子叫 New Port，严力说："抽我的——

泡妞!”众人哈哈大笑，气氛顿时轻松了。后来，海童做东在北师大回民食堂请严力吃涮羊肉。我和徐江、侯马还专程去了一趟严力在三里河的家，这个冬天在北京的三次见面，无不相谈甚欢。生活中的严力与我在其诗中、画中、小说中、书信中读到的那个人别无二致，甚至更加可亲可爱。

12. 1994年8月，严力再次回国，带着一个模特儿般高挑靓丽的女孩从上海飞到西安来玩。此次回国的心情表现在他提前寄给我的作品里——在一篇散文中他写了他与一个多年以前在他画展上认识的女孩邂逅的故事，在一幅画作中他画了一个男人双手举着一桢双喜剪纸迎空飞来，刚巧我又从北京的诗友口中听到了类似的一个故事。我请我的同事和朋友陈原在西外招待所预定了一个房间，然后找车去机场接他们，尽管见面后我也发现这模特儿般高挑靓丽的上海女孩郭卫不像是故事中的那一个（首先是年龄不对），但我不管那么多，这是朋友的私事——直到若干年后，我才完全搞清楚：那是严力当面谢我当时只定了一个房间，那时他和郭卫才刚认识，他说西安是他和郭卫的福地——郭卫正是他现在的太太，已经为他生了两个女儿。

13. 正是上述这次在西安的见面，严力交给我一组“诗句系列”，并讲出了一个请我与之“对诗”的想法。那年最后几个月，我集中精力做着这件事，于是便有了如下的“现代对诗”：

严力：再为诗送葬一个世纪 / 也用不完我手中的悼词

伊沙：再把诗拷贝一万遍 / 也用不完我手中的传单

严力：我的同胞终于在他们哭过很久的地方 / 开始造盐
伊沙：欲哭无泪 / 我的同胞将盐大把地撒入水

严力：面临爱情的首次表白 / 你会感到满嘴出汗
伊沙：聆听爱情的首次表白 / 你会感到耳朵转筋

严力：人类是人类的遗迹
伊沙：语言是语言的悼词

严力：我们无法测量 / 太阳离我们脑袋里的地面有多远
伊沙：我们无法测量 / 人体汗毛孔中灰尘的储量

严力：失恋是一种充满了各种维生素的苦恼
伊沙：失恋是冷饮店不出售双色冰激凌的夏天

14. 1995 年，我在风格前卫的《街道》杂志上撰文《严力：与时间共枕》。我在该文中写道："严力同样有着'先驱者'的光荣历史，作为'70 年代北京地下诗群'和后来《今天》的一员，这个'老战士'的'资格'真是够'老'。而且作为当年'星星画会'的代表人物之一，他横跨美术界的'先驱行径'也使他比别的人平添了一份传奇色彩。”“最该被忽略的人，果然被忽略了。严力的‘被忽略’自有其合理性，这反映出他在意识上和艺术上的‘超前’。对于他置身其中的‘朦胧诗’那拨人来说，严力显然是‘过于超前’了。”“而严力的诗几乎从一开始就有着鲜明的智力倾向。我虽不能粗陋地说，严力就是中国后现代主义诗歌的‘始作俑者’，但起码可以肯定地说，严诗中的‘后现代性’也是在中国最早出现的。这种‘后现代性’只能产生于少数几个‘杂种’：在中国诗坛，这种族文化意义上的‘杂种’，严力是第一个。”也是在这一年，严力在吕叶主编的《锋刃》诗刊上撰文《诗人伊沙》。

15. 2000 年 12 月，《一行》在纽约出版了终刊号，从此转成诗歌网站。凡事终有头，越有价值似乎越是如此。《一行》创刊的 1987 年，那是什么年头？国内“两报大展”才发生了半年，所以它有诞生的充分必要！它最重要的时期是在 1989—1992 这四年间，那个时候它几乎成了唯一的中国大陆先锋诗歌的集中发表园地（有人说严力将中国先锋诗引渡到了美国，出口转内销），随着形势好转，气候转暖，它的历史使命也宣告完成。这一年，诗歌网站兴起，诗歌从此进入了一个“自由发表时期”（韩东语）——《一行》在此时终刊，就像它创刊和高峰时那般有意义。

16. 2004 年 4 月，中国昆明—北欧奈舍诗歌周在昆明举行，我和严力应邀参加。时隔十年，再次见面。报道那天，先到的诗人正在宾馆会议室里开准备会，会快开完的时候，听说严力到了（从上海飞来），好几个诗人都去他的房间看他，自然也包括我。

敲开门后，我看到的是一个染成黄头发的严力，十年不见，他依旧很帅，并且多了一抹老男人迷人的沧桑感。那个诗歌周，办得很像西方的诗歌节，为每位正式受邀的诗人安排了专场朗诵。严力的专场朗诵非常成功，是中国诗人中最成功的一个，那些来自于北欧五国的诗人们很喜欢他的诗。不想竟生出了状况，因为强龙压了地头蛇——严力将在同一晚朗诵的一位本地诗人“晾”了，那位爷作为东道主太想出头了，朗诵得又多又长，拿腔拿调，十分用力，结果却适得其反，观众中竟有人发出讥笑之声。当晚，朗诵结束之后，这位诗人冲冠一怒回家去住了，搞得大家十分尴尬：本来大家是在一块玩的，最尴尬的当然是严力，因为他是肇事者。当晚，我们和优秀的瑞典诗人斯蒂格（外国诗人中最受欢迎的一个），还有瑞典华裔诗人李笠在宾馆咖啡厅小聚，说起刚才发生的事，严力摇头叹息道：“嫉妒的力量是很强大的！我早就写过：将嫉妒的霉斑 / 射向别人的面包。”——那一刻，也许最能理解他心情的是我，因为类似的尴尬我已经不止一次地经历过，就像我此次到昆明，就来了个不清不楚不尴不尬。我不是正式受邀的诗人，而是作为某诗刊的代表来的（因为该诗刊的主编愿意为我出机票），所以我没有朗诵权，我只有在一个茶楼举行的自由朗诵时段出场朗诵，结果却大受欢迎。我在朗诵时注意到严力和李笠坐在外国诗人中间与他们一起爆笑，朗诵结束后在返回宾馆的中巴上严力一直在跟我讲述一个想法：拉几个诗好朗诵也好的诗人在中国各地的大学做巡回朗诵……尽管发生了这样那样的小插曲，但我们在十年后的相见却是无比地愉快！离开那天，我们都是早班飞机，一起去的机场，在机场喝了一杯咖啡后便各飞东西。

17. 2005年5月，80后女诗人莫小邪为北京印刷学院策划了一场“让诗歌重返校园”的朗诵会，我和严力都在受邀之列。我从西安飞，他从上海飞，我们前后脚到达北京首都机场，这一次他没染黄发，气色却比一年前更好。我得知他已经有了第二个女儿（这个幸福的男人），一个男人要养活三个女人，在中美之间往返奔波，不容易！我带来一桶西安特产的黄桂稠酒（传说李白当年饮的正是此酒），让他回味长安——那是他美好姻缘的起点，他和太太郭卫都有重游故地的愿望，我也曾口头邀请他们来，严力因怕给我带来麻烦而作罢。朗诵会前，领衔诗人食指来不了了，严力主动帮主办者给他打电话，做着最后的动员，电话中老郭还在犹豫，严力一句“伊沙也来了”，老郭马上改了主意，决定前来，晚来早走，不误吃药。那一刻我很得意，“朦胧诗”那辈人中我就交到了这两个真朋友，交到这两位还有什么不满足的吗？心满意足！当晚盛大的朗诵会由我打头炮，严力压轴。我朗诵完了下来就把手机开了，接到一个电话——是严太太郭卫从上海打来的，问我严力为何关机，我说他在准备上台朗诵，郭卫让我转告他：朗诵完了给北京的母亲打个电话。我当然一五一十地转告了。朗诵会一完，严力便从大兴回北京去和母亲团聚了，我和徐江等人去天津参加南开大学的朗诵会。

18. 2007年12月，诗评家张清华教授主编了一套“诗与思·

当代诗人随笔文丛”，由山东文艺出版社出版发行，其中有我一本《晨钟暮鼓》。这套丛书的创意很有意思：每本书的作者选自己喜爱的一位画家的作品作为书的插页，以取得图文并茂的效果。我选的正是我十分喜爱的严力的画作，历年作品共14幅，诚如我在后记中所说：“感谢我的老友诗人、作家、画家严力先生——按照本丛书别具匠心的构成方式，他该算是我这一本书的另外一位作者：本书所采用的全部油画和雕塑作品都是出自他手。严兄慷慨，拿出他自当年参加星星画会以来的全部画作的幻灯片任由我挑，而一直偏爱和欣赏严力画作（同时欣赏着他的诗歌和小说）的我，终于有了一个公开表达的机会——我从中选出我最喜欢的，也使本书成了一本美丽的书。”

19. 2008年10月，美国俄克拉荷马大学与北京师范大学联办的“‘当代世界文学与中国’国际学术研讨会”在北京举行。我和严力应邀出席，还在京师大厦同住一个房间——其实他没怎么住，到晚上就回家陪老娘去了。某个午后，他吃过饭才来参会，特满足特幸福地说：“吃的是我妈包的饺子！”我请他到我母校我上学时改善伙食的实习餐厅吃顿便饭，席间谈及“盘峰论争”以来“民间”与“知识分子”的对峙，一位在座的女诗人说：“严力大概是没有立场的？”严力表情认真地回答说：“其实是有的。”后来，在当代诗歌分论坛的会场上，一位“知识分子”率先发了通无名火，作为现场唯一“民间”代表的我如此接招：“我没有时间愤怒，因为我只有9分钟。”——9分钟是主持人规定的每位与会者的发言时间，我利用这9分钟念了我事先写好的论文中论及翻译的部分——事后，不止一位与会者将我的发言说成是“舌战群儒”(还说“很有智慧”)，那就算“舌战群儒”好了！严力在发言中引用了一句自己的诗：“世界上最高的山是靠山”——隐有所指，所指明确！我当时就回想起他在饭桌上的话：“其实是有的。”

20. 2009年8月，第二届青海湖国际诗歌节在西宁举行。我去了，几个曾经受惠于《一行》的朋友也去了，我们共同的朋友美国诗人、汉学家梅丹理也去了，可惜严力请而未到，他人在美国赶不回来。我启程前用相机对着自己刚刚搬入的新居拍了一组照片，准备拿给他看——关键是客厅的那几张，他送我的“砖系列”中的一张油画令我新家蓬荜生辉！可惜他没有看到，可惜他没有听到我和秦巴子在房间里的谈话：“到头来，严力成了那代诗人中最好的，他的诗不过时。”

徐江《杂事诗》序

一

金秋十月，在北京的饭局上，当张小波喝红了脸一脸悲壮地宣布要出版徐江的本部长诗，我听罢就像上完洗手间回到自己的座位上那般自觉地来到了“序”的位置上——有些位置天然地属于你：主动请缨，当仁不让。既是出于对朋友的情谊，又是出于对诗歌的道义。

也许在冥冥之中，这篇序早在这一时刻便定下了：1985 年 9 月 5 日上午，在北京师范大学西北楼 305 男生宿舍中，送我前去报到的母亲正在给我铺床，我跟个没事儿人似的闲站一边，这时候，从门口一高一低走进来两个先我到达的人儿，高者为侯马，低者是徐江。我问形似少年的徐江道：“你是哪儿的？”他回答说：“天津的。”当时，我只脱口而出三个字：“左树声！”便赢得了徐江的热烈握手，我俩四只手紧紧相握，就像对上了暗号的特务一般——为今天不知道“左树声”的读者做个注：这厮天津人士，家有兄弟三人，皆为足坛名将，树声排行老二，家乡人称其为

“左二”，时任国家队队长，左右前卫尽可踢，素有“拼命三郎”之美誉，球风硬朗彪悍，是中国球员中罕见的热血男儿。虽为粗人一个，却一不留神地写出一篇掷地有声的好散文《男人就该踢足球》，发《八小时以外》，被《读者文摘》转载，读得我荡气回肠、热血沸腾，心中更加崇拜，说成是“青年时代的偶像”也毫不为过……

哦，二十三年前的第一次握手，是为“拼命三郎”……这实在是意味深长！

是这最初的握手决定了这篇序吗？

我的回答是：是，又不是！

因为我不是在为同窗故人友情作序，而是在为中国当代最杰出的诗人之一的一部扛鼎之作作序——我因此而感到无上光荣！

二

友情，既会成为作序者的情感动力，又会成为作序者的心理障碍——我为哥们儿说的话有人听吗？读者信吗？

我也读过很多这样的序：只谈友情，不谈作品——或者相反：隐去友情，只谈作品——显然，前者阴险狡诈，后者自以为高明，但却让我觉得矫情。

好在我没有任何障碍。

我可以毫不隐讳地明告读者，我与本书作者徐江是何种关系。用“兄弟般的朋友”（同学就不必提了，我们的同学多了）一言以蔽之，非常准确，但却显得干燥。应该用文学的手法——我对数字的记忆力极差，只能记住四个电话号码：我家的座机、我自己的手机、我老婆的手机以及徐江家的座机——就在前几天，我上天涯网去料理我发在那里的诗帖，由于我密码的头三位数是622，徐江所在的天津区号是022——结果，我在622之后一口气将徐江家的座机号码输了进去，自然是登录不成，当即心有感动，喊老婆过来见证，老婆不胜唏嘘道："人生得兄弟若此，真是莫大的幸福！"

所以，我怎么能够将这一切统统隐去，跟徐江装作不认识似的来谈他的诗呢？

我在此郑重建议：那些怕受他人意见干扰的严肃读者，暂且先抛开跳离本序，直接去读《杂事诗》正文，读完正文，再回来读序，不读也可以。

三

在同一出版人所出的诗人侯马《他手记》的发布会上，我当众向他道贺说："侯马，这是你的第四胎了，超生了要罚款的！"

《杂事诗》正好也是徐江的"第四胎"。

他的头三胎分别是：《哀歌》（1994·中国华侨版）、《我斜视》（1999·青海人民版）、《杂事与花火》（2004·澳洲原乡版）——哦，本书出来时已是2009年，你说这违反了"计划生育"的徐江，还是按照他自己的"计划"在"生育"的，掐着点，五年生一胎。

徐江，既然你和老彭已经打定主意不要孩子少受累了，我就把你的诗集当作你的儿子、把你的文集当作你的女儿，如今你已是儿女成群，将来还会子孙满堂！

现在，朋友们是在恭贺你的“第四子”呱呱坠地，我是在为你的这个斤两最重福气最满的大胖小子写着贺词！

罗列徐江的“生育史”，是为回顾他诗的历程，刚巧今年的《诗参考》出来了，在“中国诗人展览馆”一栏中做了“徐江二十年诗歌作品展示”的小专辑，十分宝贵的是：在每一首诗的下边还有“徐江自解”的文字，正好可做“呈堂证供”。

我特别注意到以下供词：

“2002 年我开始了两部大型诗集的写作……”

“从 2002 年开始，我的写作便逐渐进入《杂事诗》与《花火集》两极交织的年代……”

除此之外，还有本书正文之后徐江与侯马对话录《关于〈杂事诗〉：落叶纷飞中的问与答》中的：

> 侯：作为《哀歌》作者的徐江，作为《我斜视》作者的徐江，作为《杂事诗》作者的徐江，发生着深刻而隐秘的生长变化。《哀歌》偏审美观，《我斜视》偏人生观，《杂事诗》偏创作观。
>
> 徐：不同时期的徐江，在自身几种诗歌气质的偏好

上，自然是有变化的，这可能会反映到书名上。《哀歌》偏一点纯诗和现代派的趣味；《我斜视》多了点纽约派奥哈拉的坦然和自嘲；《杂事诗》则有点向古人写“四时杂兴”时的那种从容靠近的意图。

四

上个月，我应邀到英国参加诗歌节，以我的英语水平，在那个猫狗也说英语的国度里，简直像个聋哑人，但在某些时刻我会如听仙乐耳暂明——那是在异国的同行与观众夸我的时刻——就像我读着徐侯对话，眼前忽然为之一亮：

徐：我不喜欢传统的“长诗”。因为那种“长诗”本质上不是诗，只是韵律和分行笼罩之下的另外一种东西。所谓诗歌，我认为一定是要在有限的长度之中，完成掉某种言说过程的。长度超了，兴奋点无限被压后，就成了对诗歌的丑化和对读诗人的折磨。关于这一点，爱伦·坡早有论述，我就不再重复了。我也不是太喜欢那种现代派的长诗，它们太强调作者的结构能力，和在诗行中设置歧义陷阱（隐喻不过是最小的一种陷阱）的能力，明明在整体上言之有物，在局部上却时时会露出语言游戏的下贱样子。古典的长诗是蒙昧、滥情的唠叨，现代派的长诗则是智者把自己和读者锻造成精神病人的囚室。

但进入《杂事诗》之后，我突然发现，后现代之后的“长诗”实际上是可以以一种全新的方式来建构的，既可以保持一首短诗最基本的阅读快感，也可以作为一座巨型建筑的砖石嵌入整体之中。伊沙的《唐》已经这样干了，还有他更早的《史诗2000》。我当年就非常喜欢后者，但当时认为这是仅限于他个人创作的一个选择。不过，既然“碎片式的长诗”已成就了长诗的一条新路，那么长诗在今天为什么不能有别样的新路呢？我愿意在尊重诗歌文体规律的前提下，丰富且拓展它的规律……

我看见了自己的名字！

还有自己作品的名字！

原来，我竟与这部优秀的《杂事诗》早已建立了隐秘的联系！

这是徐江给我面子——从作文的逻辑上讲，好心的朋友都把话递到你的嘴边了，你岂有不接之理？那就接吧！《史诗2000》是我写于1994年的长诗作品，原本是应严力之邀与之《诗句系列》“对诗”，后来我这部分单独成篇交给吕叶主编之大型民刊《锋刃》发了，再后来，我经过筛选收入我1999年出版的诗集《野种之歌》中。在写作这首长诗的1994年，我还写过一篇题为《史诗2000》的文章，来阐述我关于现代长（史）诗的理念：

我珍视手上的这些“碎片”，正是这些“碎片”构成了一种新的“史诗”——那不能融入我们心灵瞬间的历史就不是历史，更不是诗。

而所谓“长诗”——它必须遵从诗的唯一标准，而不是另有“说法”，“长诗”只能到“诗”为止。它不是盛载个人文化野心的大缸，也不是兑了水的假酒，而是更多的大量的酒。请让我简单却更纯洁地说出“长诗”：它之所以被称作“长诗”，只是因为它的“长”。而真正意义上的“史诗”在今天应该视为与长短无关。

正是这些“碎片”使“长诗”略去了那些过渡性和过程性的东西——那似乎是小说和散文的专长，“碎片”使长诗变得纯粹了，使之重获密度和轻灵，再生阅读的快乐。诗不是用来研究的，而是用来阅读的，“长诗”抑或“史诗”亦当如此。

五

如果说徐江受到了我的一点启发，那我受到的是严力的一点启发——如果中国当代的诗人们都能像我和徐江这么君子坦荡荡，那么这鸟诗坛从此将变成美好的人间，至少诗歌研究者因此会得到多少有价值的线索。我说徐江给我面子，因为即便如此，他也完全可以不说出来——有时候善意和坦然也会被无事生非的坏人抓住把柄并加以利用，我就吃过这方面的亏：我在一篇张小波策划的唯恐将自己批得不够狠贬得不能再低的作秀文章中说，自己的成名作《车过黄河》是对韩东《有关大雁塔》的“仿写”，有些人便像狗一样地追着我吠了好多年。其实，这是没有的事啦！要说影响，还不如说它受的是当年热播的电视专题片《河殇》的影响，说白了吧，在1988年，对着黄河撒泡尿，想模仿都没对象！被狗咬急了，我也便暗自发下一个狠：那么好吧，就把赝品与真品同时交给无情的时间！如果这些狗活得够久就会看到结果如何！

这鸟诗坛每到年底总要评出个“十大事件”什么的，评来评去，全是强行炒作的新闻事件（还构不成社会热点），从无真正意义上的诗歌事件。什么是“诗歌事件”？我于2001年在“唐论坛”、“诗江湖”、“诗生活”、“或者”、“扬子鳄”等网站上每月随写随发长诗《唐》，才是发生在诗歌内部的事件。这是一次真正的写作行动，它在诗内诗外的影响是巨大的，带动了新世纪的“巨型长诗热”。徐江之《杂事诗》与伊沙之《唐》就作品而言没有任何关系，只是我的公开行动对年纪相仿的他是一个小小的提醒：人到中年，应该自觉行动——但是我提醒的人多了，怎么不见他们写出这本《杂事诗》？

任何一次创作的动机都是隐秘复杂的，更何况如此之大的一个诗歌行动？无论怎样，在2002年，徐江开始行动了，甩出了第一张《杂事诗》的牌。回想起来，我初见这个诗名之时，觉得是作者为自己的写作所做的一次积极的拓展和扩张——为什么会有如此感受？说明作者在此之前的诗在我的印象中并不那么“杂事”，有“事”但并不“杂”。仰仗对徐江的了解，我甚至大胆地认为：

这是受经典诗歌教育、强调诗歌抒情性的作者内在所发生的一次观念突破从而导致的一个外化结果，从最初的作品看，与以往倒没有天差地别的变化，但努力的方向却十分明显……但是，在徐侯对话录中我读到了这么一段：

侯：我以为杂事诗的命名，首先包含了你对自己创作一次强力的修正或转向。你是一个饱学之士，自称俗人但雅兴深邃，视文化如血脉，多年笔下诗作文人气息浓郁，流变纷繁，气象万千，从诗学角度可简单概括为杂学诗。“杂学而入杂事”，开启了你现代汉诗创作的新阶段。杂事诗的命名其实可能暗含之前你认为“杂事不是诗”或杂事不是你看重的诗之意……

徐：我不知道是什么给你这样的老朋友，造成了我会以为“杂事不是诗”的印象。或许是有一段我迷恋纯诗的狂热劲？其实即使在那段日子里，我推崇的纯诗，依然是一种“言之有物的纯诗”……“言之有物”，对“物”的挑选不取决于作者好恶，而取决于它是否跟“言”存有某种关系。我写万物——这是一种狂妄，万物写我——则是一种谦卑。这一点我当年不可能像今天这样这么明确地说出，但内心却一直存有追求……

读到此处，我心中暗笑道：“老五”（徐江在宿舍排行）嘴硬

(一贯如此）不认账，将“老七”（侯马在宿舍排行）委婉驳回！

“老五”将“老七”驳回了，也就等于将我这个“老大”驳回了。因为在此问题上，我与侯马看法一致，至于事先有无交流？具体的场景我已记不清楚，从理论上推测：肯定是交流过的，我与侯马谈诗，怎么可能不谈及徐江的诗？有时候连张三李四王二麻子都谈到了。即使被驳回，我也会保留我的看法，认为作者不可能在自己心无所动的情况下而只是一味地向外界宣告：杂事即诗！

从道理上讲，一方面，任何论者对作者创作理念的揭示即便再细腻在作者的感受上都是粗暴干涉，但是另一方面，作者的自释就是准确靠谱的吗？我看未必，因为除了意识还有潜意识，如果什么都想得那么一清二楚，也就不是在创作了。

六

我必须诚实地写出在阅读《杂事诗》的七年之中曾经涌上心头的某些疑惑——它或许正是这首巨型长诗所带给我的观念上的冲击？在我看来，不能带给读者观念冲击的诗作不是好诗，至少不那么重要，短诗如此，长诗更是如此。

我记得我写《唐》的时候，前后历时一年有余，短诗写作也并未中断，那年在网上，依然是月底发短诗，但月中还要发 15 节《唐》。徐江却不是这样，当他开始在网上随写随发《杂事诗》后，就不见他发短诗了——也就是说，他的短诗写作停止了。当我意识到的时候有一点震惊，觉得他太孤注一掷了！长诗写作的风险是极高的，万一玩砸了，你又没有短诗撑着，岂不……

当然，很快我便发现，或者说恍然大悟：他不是没了短诗，他天天都在写短诗，只是这些短诗现在全都调拨到《杂事诗》的账下了，既是可以独立成章的短诗，又是这首长诗的组成部分，拿出来是短诗，放进去是长诗，短诗长诗一体化……原来，徐江非但不是孤注一掷，他简直是在搞万全之策，老狐狸，狡猾狡猾的！但我不免又生狐疑：诗神能成全这样两头兼顾一点风险不冒的好事么？短诗长诗一通写了，所有的诗都是一首诗，长诗不成还有短诗……

我在心里质疑着《杂事诗》作为一首“长诗”的结构形式，我的已经四处开花到处发表的《唐》也被人质疑着。那年在北京碰到阿坚，谈起诗来话不多的老哥专门对我说：“伊沙，你《唐》的每节之间并不是连贯的，所以，只能算组诗而不能算长诗。”——老阿坚说这话是很有底气的，因为他手里也攥有一个“庞然大物”《自由宣言》，各章节之间可是相当连贯的，靠什么连贯呢？情节！老阿坚，对不起了！彼时彼刻我没吱声，但在心里笑你土：靠情节制造连贯结构全篇，这不成了小说了吗？如此做法既老掉牙，又“非诗”。

如上质疑与遭质疑，说明的是新世纪之初诗人创作的新气象：所谋乃大者为了实现个人称霸的野心，逆国际潮流而动，纷纷展开军备竞赛，暗中制造着“现代长诗”的核武器，而什么才是“现代长诗”呢？这可是摸着石头过河的写作实践，必然伴随着观念上的种种思考。

阿坚的《自由宣言》靠的是小说化的人物、情节来结构全诗，我之《唐》靠的是原型、取材、主题、情境的一致性来结构全诗，徐氏《杂事诗》靠的是什么呢？总不至于靠的是徐江本人非常鄙夷的“强指”吧？我说它是“长诗”它就是长诗——不是也是！

老实讲，我是在过了很久才发现了其中的奥妙并给出自己一个满意的答案的。

好在读《杂事诗》并不需要时刻惦记“长诗”的理念，我很快被其又“杂”又“事”的短诗所吸引，如沐春风，一晃七年。

七

徐江是个天才，在写作之前就是了。

刚认识我便发现这哥们儿是一“神人”，并且天生一张“好嘴”，但是要让这两方面的天赋在写作中体现出来，他必须经受并穿越经典文学的教育（如果他做了马三立的徒弟只会成为郭德纲的师傅）。由于同窗之故，我俩有幸目睹彼此身为天才冒险来到学院各自在教育之中的窘相，以在英语C班（最差一班）躲在最后一排惶惶不安生怕被老师叫起发言为最。徐江是个爱“记仇”的人，他在《诗参考》“回顾展”的自解中写道：“记得刚开始写诗之初，我身边那些写着‘拟朦胧’或‘生活流’的校园诗人，都对本人诗歌的欧化倾向感到不适，有人索性将本人的诗风称作‘翻译体’……”

啊哈！他说的“有人”正是指我，或者我是“有人”中的第一个。作为知根知底之人，我可以为徐江作证，他在当时对中国当代诗歌乃至中国当代文学没有多少兴趣，所以某个朦胧诗人尤其是第三代诗人在酒桌上听到徐江向你致敬的好话，你可千万不要太当真，杨黎们尤其要注意，徐江敬的可不是你们，人家拜的佛爷可全都是西方大师（那年头还不兴拜李白、杜甫等老祖宗），是老帕、黑塞们。我当年就觉得徐江是这些洋大师遗落在中国的一个外孙，说出来没有我忘了，对不住徐江，后来在“盘峰论争”的笔战中，我把这话制成礼帽直接给“知识分子”戴上了，戴了一个结结实实！徐江“嘴硬”，我嘴也不软（管党生宣言：吃了人也嘴不软），我现在还是这个看法。徐江当年写的是“翻译体”，就是句式比较欧化，在汉语中显得不那么顺溜，是直接从翻译作品中借鉴来的……这种现象在当时并非个别，而是相当普遍，不要说在北京的学院里，诗坛难道不是这样？那些大名鼎鼎的诗人难道不是这样？好在徐江给予自己的经典教育（你不能指望学校）是全面而通透的，他在当时的“翻译体”也是兵分两路的，书面语写得，口语亦写得，甚至他相当喜欢“洋口语”的奥哈拉、帕拉、雅克·普雷维尔等人，在“口语”这个至关重要的命题上，他也没有观念的障碍，这便与我这种在大学后期便开始强调本土化、当下感、后现代性的口语分子有了沟通的可能，为日后大体上的“合流”埋下伏笔。在我们当时的同学中，还有很多被经典教育搞促狭搞弱智的例子，一辈子被卡在“口语不是诗”的瓶颈口，我觉得他们好可怜。

徐江爱“记仇”，我也不健忘，但重翻旧账，却不是为做事后诸葛，以证自己先知先觉全知全能。我只是意在说明：在经历过《杂事诗》前十年不止的方向调整重心转移不断探索反复磨砺之后，到了《杂事诗》，他已经完全写通了、写顺了、写开了、写high了、写狠了、写透了、写牛了！在写作中重现他的“神人”面目，在写作中张开他的一张“好嘴”，在写作中回报天赐！我想将成熟的标准提高一些，然后再说，写出了《杂事诗》的徐江已经彻底熟了，瓜熟蒂落！

观念大师拒绝隐喻，咱就来个明打明的比方（明喻）：对于徐江来说，《杂事诗》犹如他把伸开的手指攥紧成了拳头，然后一记记重拳打出来。与此同时，他的指头还在长粗，他的拳头还在长大，他的力量还在不断增强！

都说男人成熟得晚，但生长期长，对于诗人或作家来讲，这样的成长会延续一生，甚至于死后，他的作品还会自己生长……

强力诗人也是当代诗歌最杰出的批评家之一，沈浩波在其气盖庸坛的雄文《中国诗坛的残忍与光荣》中的评述是十分准确的：

> 诗人徐江将他的《杂事诗》写至巅峰，完全树立了简约、冷凝、即兴而又随时拷问和批判的新的诗歌文体，徐江诗歌写作的意义可能已经远远超越了现在所有人所能给出的最高评价……

八

一次持续了七年的诗歌大行动。

正值当代一位站在前沿的优秀诗人年富力强的黄金时代。

终成一部沉甸甸的诗歌大书！

我想以同行的身份对作者本人说：这是在正确的生命时段，所展开的一次正确的写作，结果也是正确的！

现在，当我先于读者而读完全书，我已经可以回答大家了。这部巨型长诗，靠什么来结构？我从诗中找到的答案是：岁月和一个人的生命时光！

由此，它对“现代长诗”的理念又向前推进了一步，对“现代长诗”的建设贡献巨大。

与此同时，徐江也将西方诗人“为一部诗集而写作”的良好意识引进中国诗坛。在此之前，我们所谓出诗集出的都是诗选罢了，并非是一部从写作之前就做整体规划通盘考虑的“书”——这与诗的长短、书的厚薄无关。2002 年——就是在《杂事诗》的写作元年，我乘去瑞典出席奈舍国际诗歌节之机，与中瑞两国几位诗人一道，乘着小船去波罗的海上的龙马屋岛拜访了已经中风的瑞典大诗人托马斯·特朗斯特罗姆。在他家的卫生间里，我看到了一本大师在 20 世纪 50 年代所出版的处女诗集，很薄却是硬壳精装的，名字叫《十七首诗》，其中还包含一首《序曲》，是一个完整的建构，花费了诗人多年在黑暗中写作的时光与心血，每一句每一个词都是时间与生命的结晶。遥想当年，此薄薄的小书一出，瑞典乃至欧洲诗坛为之轰动，一代新风开了，瑞典诗歌从此进入了一个特朗斯特罗姆的时代。

是的，需要把时间和生命融入诗行中去，不论你是四年写作十七首，还是一年写作一百首。

这又可以涉及那个暧昧之“慢”的时髦话题，说者无心，跟者轻浮，那可不是速度与数量的问题哟，而是时间与生命的问题。你没有时间、生命与诗歌相融合的明确意识，“慢”有何用？懒汉而已！

诗歌不是“与时俱进”（“诗歌在前进”是句外行的屁话），而是与时俱在，与时共生，与命共存，与血相融！

《杂事诗》正是这样的产物！当我看到那几首关于非典的诗时非常感动——甚至有着当年大疫蔓延危机四伏时所没有的感动！那正是时间演化为历史带给生命的馈赠！于是，《杂事诗》又具有了史诗的品格，是一部用现代诗体所撰写的中国人的心灵史！

对于一般不愿意纠缠于诗歌观念的普通读者而言，你们尽可以抛开这一切，去欣赏本书中随处可见的精致短诗。

因情因诗，我成话痨，请读者原谅我的饶舌！

最后还有几句要紧话，已经来不及展开论证了——就留到以后的文章中去吧！

徐江是中国当代最懂诗的人之一，不但是位杰出的诗人，而且是位“有效”的诗学家（我把理论家、批评家“让”出去），如此之人不超过三个——不论证！

徐江是一个善良的好人，做他的朋友可以深得其益，做他的敌人可以免遭报复，他因其大智更因其至真至善终可成一代宗师，不想当都不成——不论证！

至于他被“丑化”、“矮化”、“妖魔化”的那些个劳什子，以及他所受到的太多不公正的待遇（甚至比我这个“恶人”还要多），我在此一并清算了事：每个人都有坚持与捍卫自己的权利，但不是每个人都有坚持与捍卫自己的必要！咱徐爷太有必要——不论证！

诗待我厚，我想以诗以及与诗有关的文字走完这不平凡的一年，作为忠诚的回报。在写作本序的五天时间里，我跟徐江通过两次电话，第一个电话是说一部大型诗选的编务，第二个电话是我向他提出了一个问题：“《杂事诗》完成了没有？”

“没有，我要写作一生，将来出不同时期的版本，就像惠特曼的《草叶集》。”他平静地回答说。

2008 年岁末于长安

侯马《他手记》阅读手记

1. 秋夜微凉，在西安古城墙下一个别有风味的露天茶社里，大红灯笼高高挂，我与本城两位老伙计秦巴子、李震，招待从四川来开会的诗人何小竹饮茶、吃酒。饮的是俗不可耐的普洱茶、吃的是名叫“女儿红”的黄酒、佐的是叫人想起孔乙己的茴香豆。席间，我们谈到了诸多话题，其中有个话题是因北京的诗人侯马而起——因在这一日的白天，我收到了侯马寄赠的最新诗著《他手记》，便不由得发一番感慨，于是激起了在座者的共鸣：在中国数得着的诗人之中，侯马所从事的职业该算是最无诗意的，以其在仕途上的越走越远似乎最有抛弃诗歌的理由，但他却顽强地坚持下来，并且坚持得如此之好！

2. 从那天开始，我一直在读《他手记》，可以无耻地说，是在“百忙”之中挤出时间来读的。这一个多月，我确实把自己搞得有点忙：我的首部历史小说，每天要“走”一到两千字；为了对古人的语感保持敏感，每天还要读上两回《水浒传》；为了最终不知能否启程的英伦之行，还要温习一下英语。当然，写诗更是少不了的大事。于是，《他手记》我只能每天读上几页，一路读下来，倒不失为阅读它的最佳方式。

3. 应该从侯马的上一部诗集说起。河北教育出版社所出的那本红彤彤的《精神病院的花园》，系韩东主编之“年代诗丛”第二辑中的一部。老韩的善举令20世纪90年代出道的这一代人中的佼佼者获得了一次走进书店的机会，我有幸也在其中，感受到作者们对这一机会的珍惜，绝大多数都是倾囊而出：十本书中，只有我和蓝蓝是阶段性的选集，其他八位作者则出了他们写诗以来的大选集。尽管侯马此前已经出过一本半诗集（《随便吻一下》和与徐江合著的《哀歌·金别针》），但还是将《精神病院的花园》编成了他的大选集，对他的创作生涯作了一次庄重的总结。我早就说过，出诗集是好事，但也有其残酷的一面，对有些人意味着新的开始，而对有些人则意味着就此终结。以我对这位老同学、老朋友多年的了解，我不相信侯马是出一本诗集就把自己终结掉的那种人，但是两年多没有新作问世的事实，不免让我在心里产生了一丝疑问：这个老侯马，也太看重他的《花园》了吧？这一把歇得是不是有点狠？由于他是个主意太定的人，我就没有提醒他。

4. 2005年8月底，诗人海啸帮我出了一本随笔集《无知者无耻》，并在北京搞了一场以诗歌朗诵为主要内容的发布会。当时我和几个朋友刚结束了辽东行，乘船从大连到天津，再从天津到北京。我在北京的住处还是侯马安排的，但是见到他人却很难。那天他突然出现在会场，让我和其他诸友都不免产生了几分惊喜。

他拿出一个普通的笔记本给我们几个传看，一段一段札记式的文字，已有将近百段之多，尚且没有名字——这便是《他手记》的雏形。那天，我是头一个上台朗诵的，等我朗诵下来，侯马却已走了，说是接到一个紧急任务只好赶回单位去，我想他原本是想朗诵那些新写的札记给大家听的。当时为了朗诵，我将一本发有我几十首新作的诗歌刊物带到了现场，等到会议结束，我却找不到那本刊物了。事后证明，是提前退场的侯马同志偷走的，因为我回到西安不久就接到他一个电话，一张口便大谈那本刊物上的我的诗，说我的诗近来有个愈发明显的倾向：就是把话直接说出来，想说什么说什么。他说他现在这么写，就是为了把话说出来。他的话我当然听得入耳，因为我的大诗观就叫“有话要说”，杨黎因此说我是“有话要说”的诗人，而他是“无话可说”的诗人——如此分法虽然粗暴，但也说明一些问题。看来，侯马也是“有话要说”的诗人，他要用一种更加开放自由的形式，把他的心里话说出来。

5. 接下来的三年，是《他手记》不断繁衍、频频亮相于官民各刊、好评如潮、上榜获奖的三年。直到 2007 年 6 月，我去荷兰之前，侯马在北京国宾酒店的房间中问我：“《他手记》是不是该停了？”我的回答是：“赶紧停下来，就此修改、定稿。”——我从不主动给朋友的写作提出具体的建议，但是有问必答，必以最负责任的态度答之。侯马在《他手记》的后记中如此写道：“这时候，朋友们见面了。十天后，渤海上还会有一条船等待他们。突然他听到了神启：‘死去吧你！’他意识到，《他手记》结束了。这是他从事三年的一项工作。”

6. 在这本由凤凰出版传媒集团江苏文艺出版社出版的精装小书的封面上，在书名《他手记》之后还有点多余地印着“诗集”二字——我猜，这恐怕是本着对读者负责的态度，因为在一般读者看来，诗必分行，不分行者不是诗。所以，必须开宗明义地告诉他们，这是诗集。但我立刻想到：这会对专业人士带来误解，尤其是那些比较懒惰的评论家们，你说“诗集”他们就会理解为这是一些散章的集束并到此为止。殊不知，这是一首完整的长诗，是一部精心完成的巨制。

7. 至于以什么样的名称来说出这部长诗的体例？现存的文学秩序中有一个现成的名词叫“散文诗”，但我更倾向于叫它“诗”——只不过是“不分行的诗”。当年，漓江出版社曾把金斯堡的诗集列入“世界散文诗丛”出版，叫人感觉别扭，你说金斯堡的《嚎叫》、《美国》、《卡第绪》是“诗”呢，还是什么“散文诗”？关于这一点，侯马如是说：“《他手记》首先是对诗的反动，又是对诗本质意义上的捍卫。他尝试这样一种可能，就是用最不像诗的手段呈现最具有诗歌的意义的诗。”

8. 至于为什么要叫《他手记》？为什么是“他”而不是“我”？我想大概是侯马在以往的短诗中已经“我”烦了，索性换一个全新的视角和口吻，让自己跳出来写，还能多少克服一些自恋——人皆自恋，侯马偏重。沈浩波看得准：“作为朋友，我一眼看出，

《他手记》里面的‘他’，有很多就是侯马本人这个‘我’……”在我看来，这种转变视角或人称的做法不甚要紧，有人攻击口语诗老是“我我我”——但问题是，为什么会有那么多的“我”呢？因为这是对在场感的强调，没有“我”的那些诗，既不在场也无个人，用现代的标准该算伪诗。那么，随着人称的转变，自恋的情绪是不是就随之取消了呢？我看不见得，即便是在《他手记》里，我也看出侯马对自己强烈的爱！呵呵！自恋无罪，关键在于：敢不敢全面客观地面对自己？像他人一样审视自己？我妄加猜度：叫《他手记》并确立这样他者的视角和口吻，是出于潜意识里的一丝怯懦和恐惧？

9. 也不是所有的“他”都是“我”。譬如加题（《八十年代》）并且分行的309：“他天才般地 / 用一个抽象的词 / 给人起了一个绰号：/“荒蛮”// 一下子就叫开了 / 写出来不像名字 / 叫起来却 / 内圣外化地顺嘴”——这个“他”，不是侯马，而是本人。我发现，当诗中的“他”变成真正的他者时，温和的侯马遂变得犀利起来：“他去探监，希望副厅级监狱长对等接待；他被杀了，家属要求副厅级侦探办案。一生生活在等级中，一生都在自取其辱。”（015）

10. 更关键的，这种形式打开了侯马，从思路到语言。每个人的写作都受惠并受制于他所习惯的形式，侯马过去短诗中那种温润口语轻抒柔情的调子还是限制了他，了解他本人的朋友都知道：那样的诗只展现了他才子的一面或者说只是写出了他对诗歌艺术的理解，严重点说，属于往“轻”里走的路子。而在《他手记》

中，一个多思、善问、雄辩、深谙世事、深通人性、与时空俱在的强有力的侯马出现了——其实，这正是现实生活中的他。是丰富的唱法拓宽了这位歌手的音域，也令他声音的力度与韧性大为加强。在《他手记》随写随发的过程中，我就意识到了：其中诸多精彩的小节看似难度很大，但对侯马本人却是得来全不费功夫，因为那不过是他思维的仓库中的存货而已。一句话：是“手记体”呈现了侯马较强的理性。

11. 有人正把侯马在诗上的坚持塑造成时代的神话，殊不知，仅靠坚持成不了一个好诗人，外在的敬业远不如内在的懂行来得可靠。譬如说，理性的思考如何能够诗意地呈现？这里头的学问可就大了。在侯马之前很多年，我读过一位知识分子的“不分行”，也爱发问，也爱思考，却全无答案，一方面他是真的没有答案(也从未真的思考)；另一方面，他是在小心翼翼地避免掉入“非诗”的陷阱之中，于是便以追问与思考的假招子在那儿使劲地空转（连语式都是固定的套路)。还有一类，真在思考，亦有答案，一旦写出，却成了随笔杂文的小片段。这是“手记体”的内在两难，侯马处理得殊为成功，无答案者必有发现，有答案者不忘形象诗意地加以呈现，一切终归于诗。也许他写的时候，未必会想得如此清楚，但是他的诗感好，便使之得到了很好的把握。照此说来，侯马的坚持绝不是那么咬牙切齿，因为他的生命离不开诗意滋润，他是本质的诗人。

12. 还有人爱拿侯马的“做人”说事，这简直是对一位实力诗人的最大侮辱！不过是想把侯马拉入他们这些蝇营狗苟的平庸者行列中去罢了。还有人爱拿侯马的“温和”做文章，多数时候带有明确的针对性（无非针对的是我和徐江），譬如将我和徐派去做庸诗榜男主角的同时，将侯推荐到好诗榜那边去，用心可谓良苦！对这些混混儿我顺泼一盆凉水：从交友之道来说，侯马比我和徐江更认实力。

13. 巨型长诗或曰巨制，是中国现代诗在21世纪最大的成熟标志(对比一下20世纪90年代吧，有多少“海子体”的天马行空胡乱抒情一抒到底的无效“大诗”，早已随风而去)，侯马之《他手记》便是一大明证，就笔者目力所及，尚有徐江之《杂事诗》、唐欣之《北京组诗》、沈浩波之《蝴蝶》，当然，还有笔者之《唐》，都属于扛鼎之作。

14. 《他手记》对于侯马而言，还有一个意义，那便是：我发现他在结束“手记体”重返分行诗之后，写得更出色了，比以前的分行短诗出色不说，甚至比《他手记》本身还要出色，比如《进藏手记》。我在这个观念上保守而又顽固：诗是文字分行的艺术，分行是诗的主体和常态，是骡子是马咱们分行了看！

15. 作为老朋友，我多少知道（也能从文本中捕捉到）：《他手记》的写作多少与某种情感生活的困顿有关。我不能苛求侯马的笔更狠地戳向自己，用艺术对生活做个了断；我只能欣赏他的叹息，这在很多时候于心不忍。如此说来，艺术干预不了生活，也只是生活的一声叹息。

16. 我在二十三年前初见侯马时，他还是个顾影自怜的少年，英俊有才，多情善感，那便只好在女性的青睐中艰难地成长了。如今，他人到中年，英俊依旧，事业有成，诗有别才，对女性感恩般的热爱有增无减，并且深入灵魂。恕我直言：这也变成了一种累，他对女性的看法与观念让我无所适从。去年在评价女诗人的无聊话题上我们还曾出现过分歧和争论，看完《他手记》中的多节阐述和对“她”的表现，我的感觉是：四张多的侯马还在继续接受着女性的再教育，并力求做成某些知识女性（我不敢妄言人家是“女性主义者”）眼中的模范男人——这可就太累了呀！存疑。

17. 说实话吧，诗歌这东西，有一些文字的诡诈术与词语的障眼法可以附着其上，有些并无真才实学者可以借此混迹其中，熬成老混名角都不是没有可能。盖因如此，我看一个人的诗，如果从中看不出他（她）全面的文学素养和才能，便对其诗也不予信任。我想说的是——是为一种提醒：在《他手记》的文字之中至少埋伏着两条道路可走：散文和散文化的短篇小说——前者侯马可以轻易玩好，后者稍下功夫也可能玩好。此次持续大半月的阅读，对侯马这个老伙计还是有些前所未有的新感受：感觉他还是文人本色，并且更像是五四那一代的文人，住在北平而不住在上海的一路，西装也穿得长衫也穿得的一路，一半是志摩，一半是废名，此等人物，两袖清风，傲然遗世，立于今日，于酒囊饭袋之中，显得清气逼人！

2008 年 10 月 9～10 日

从写作内部说《蝴蝶》

——致沈浩波的一封信

浩波:

你在10月16日致我的信中写道:“最近两个月一直在写《蝴蝶》第三辑,一共是三节,我本来指望9月能写完,前两节写得很顺利,第三节也就是收官怎么都写不出来,反思一下还是阅历不够,很难有特别重的结尾,但结尾如果不够重,又压不住整首诗,因为前面已经很重了。所以最近两个月很被此事困扰,诗江湖上也懒得发言,不解决自己的写作问题,就很难打起精神来看别人的东西。麻烦。”

这段话被我在第一时间摘出来贴到了“诗江湖”上,目的是让大家了解一下久未在网上露面的你在干什么,一个真正的诗人在想什么。前几天,老秦(巴子)过生日,西安几个朋友聚了一下,席间我们还谈到你在为《蝴蝶》冲刺……

昨天上了一上午课,午后回到家,上网看到你已经完成了,感觉为你松了口气似的。由于很困,便没有点开看。睡了一个挺长的午觉,从下午到晚上,在电脑前继续修改我这个月的诗,利用中间几次休息的时间，读了《蝴蝶》第三辑，感觉很好！今天起得颇早，将自己的诗最终改定发到网上，又从《蝴蝶》的第一辑读到了第三辑——也就是一口气将全诗读完。读完一首好诗自然想说点什么，刚好你10月16日的那封来信我还没有回，我就给你回封信吧。

从你的信说起。估计你关心的还是结尾够不够重的问题，能不能压住整首诗。我就谈谈我读后的感觉：好像没有遇到你说的这一问题，那也就是没问题，甚至于没有感到有一个明显的结尾，也就说明你做得很自然不刻意。我想说，你完成了《蝴蝶》，这是最重要的！路遥有句话说得好："也许它不好，但完成了就是好的！"——我现在比他多写了两部，知道这话的分量！更何况它是好的！你完成了一部好的大诗！

我为什么强调"完成"？我知你前两辑写得也倍儿苦，有一次在谈到一个可能的出版机会时，我说你没有第三辑也可以，前两辑已经足够，你想说的话似已说尽。今天我读后发现，第三辑不可缺少，因为这只蝴蝶还要飞起来，还要飞向天空，看看山川、大地、众生……蝴蝶不能不飞，完成太重要了。

我看到网上已经有朋友在评价哪一辑更好的问题，面对一首完整的长诗我拒绝这样的比较，但我可以提醒朋友：你在第二辑中所表现出的追问与雄辩的能力是你最大的长处，超人一筹的地方。有什么办法呢？你就是这么个人嘛！

我想说，《蝴蝶》是一首在立意上就不同凡响的作品，中国人没有日常的宗教生活，缺乏自我反省与拷问的意识，诗人更是自恋动物，敢于对自己下刀子的几乎没有——从过去的短诗中看，你是敢的，此次将这样的意识凝聚起来变成一个大东西。尽管我认为这样的自剖还不够彻底，但也考虑到如果那样的话，血“乎拉拉”倒是痛快了，但也会流于一根筋姿态化，失之于平衡，所以现在这种“由内及外”的思路是对的。

解决了立意，长诗最大的难题便是结构了——《蝴蝶》为什么“孕期”长并且“难产”呢？我想主要是因为你选择了更有难度的形而上的结构形式——就是在思想中出结构。包括你我在内的口语一脉的诗人，已经在20世纪90年代到新世纪以来的写作中为长诗找到了几种卓然有效的结构形式：譬如“散点集成式”，譬如“火车车厢式”，有效归有效，也确实出了些不错的作品，但毕竟还是难度较低的，它难以克服的缺点是整体性不强，握不成一个拳头。你没有采取这种驾轻就熟的结构形式，铤而走险地选择了形而上的结构，是不怕失败敢于向自己挑战的选择，自然写起来很苦。我也注意到，你在第一辑（也就是整首长诗的局部）用的是同一主题下的“散点集成式”，让自己以往的积累并不白费，真的是聪明的干法，巧取豪夺。

最后是语言，长诗就是“集大成”，起码是集个人之大成，你利用《蝴蝶》开了一场个人语言的博览会，将你在此十年之间语言上精研过的各种套路招式熔为一炉地端了出来。我估计把你当作“下半身”符号的那路“评论家”看了会大跌眼镜立马傻掉：这还是沈浩波吗？熟悉你创作历程的朋友又会觉得这是一种瓜熟蒂落的必然结果！我们可以互相见证：这十年间，我们在电话里、见面时、网上交流中，无数次提到一个将口语拓展、扩张、改造的问题，即有选择地吸纳意象诗、抒情诗语言上的特长，用我的话说是“用口语吃掉它们”，吃掉再消化掉，这也牵扯到我们也多次讨论过的“后现代之后”对以往各种主义的重新激活的文化背景。我以为《蝴蝶》在语言上体现的正是这种尝试和探索的成果，它吸纳了很多抒情诗的语式、意象诗的技巧，但又在主体上保持着口语的鲜活性与流动性……与此相应的便是口语诗人所特有的对生活细节的洞察力和对现实质感的表现力。

这一下，齐活儿！说实话，我在分析《蝴蝶》的时候想到了以往长诗（尤其是新世纪以前）悲壮探索却几无成效的原因，便是在如上三大环节上出了大问题！举重台上三盏指示灯，红上两盏就算失败，《蝴蝶》这一举你是三盏全白，大获成功！

你是否记得，年初我在佛山会议上发言说：“新世纪十年现代汉诗最大的成就标志是长诗的成熟。”当时已把《蝴蝶》算在内了，现在它飞了起来，让我的说法显得更有证据。时间真是个厉害的玩意儿，这十年膝下犹虚者又在蝇营狗苟抢占山头了（这情景多像十年前的知识分子那一堆），你在此时放飞了蝴蝶！这十年，你诗内诗外的人生都堪称辉煌，不需要别人帮你总结。

杰作、经典一类的话，有人喊，我就不喊了。我只从诗内从写作的角度上强调一点：《蝴蝶》是一首真正的长诗（而非以组诗冒充的长诗），是一只真正攥紧了的诗歌的拳头！它既是新世纪十年现代汉诗的一大成果，又将对今后十年的诗歌写作产生不可估量的影响——这是现在就可以预见的。它会很快成为你最大的名作，这也是可以预见的！

轻盈的蝴蝶，凝重地飞翔。

“等待戈多”咖啡馆，你没有等到戈多，但等到了这只蝴蝶！那一天你该喝一杯，将咖啡换成酒，自醉一场，如果忘了现在可以补上。

十年已去，继续长征！

伊　沙

2009年10月29日于西安

秦巴子《纪念》序

我在一万米高空的飞机上请缨，要为诗人秦巴子的新诗集《纪念》作序——迄今为止，这样的请缨发生过两次：一次是前年底为徐江《杂事诗》作序，然后就是这一次——我为见证过其一路行来之历程的老伙计请缨！

领命之后，开始集中阅读这本新诗集的电子版，诗人秦巴子的影像便在我的大脑中变得异常活跃起来，伴随着一幕幕往事像放电影般重现，还是过去年代的那种露天电影……阅读老友便是阅读岁月、阅读人生！

“秦巴子”——我首次见到这个名字是在20世纪80年代末，好像是在《星星》一类的刊物上，首次见到我就记住了。出自陕西人的敏感，我默默念叨着：秦巴子——秦巴山之子。此前已成名的陕西诗人似乎都爱这么起笔名：渭水、商子秦……1989年6月间，心情沉重难支，我在北师大中文系期刊阅览室里读各类文学杂志和诗刊，这是打发毕业前最后一个月的好办法，忘了是在哪种报刊上，又见到了“秦巴子”——是一则简短的会讯：秦巴子作品研讨会成功举行之类的。当时，我脑海中的第一反应是：哟嗬！这个土巴子这么快就给玩大了！然后作出了一个校园诗人的经验判断：这小子一看就是地方作协、文联系统的“重点扶持对象”，官方诗人，今后可以不读——于是乎，“秦巴子”名分下的诗便被我打入了不读的另册。

一个月后，我大学毕业，回到西安，在外语学院做院刊编辑。

对于官方刊物，我不是太关注，从不主动去看，遇着才看一下。有个寒假，去新交的朋友仝晓峰家做客，他拿出一本新出的《诗歌报月刊》，翻到封二的诗人照片说：“陕西出了个秦巴子，最近挺火，诗还不错！”我接过来一看，照片上有个留着匪气的80年代式诗人长发的貌不惊人的家伙。翻到头条，他的诗我看了几眼便扔到一边：又是麦地！什么风从麦地上吹过之类的！那时候，在我怀才不遇愤世嫉俗的阴郁心中，正在将“海子热”中蹿红的诗人排进一份“海子二世”的黑名单中，各省都能找出来一个：北京戈麦（死后才红）、安徽陈先发（最先红起来）、河北大解、甘肃叶舟……我据此将“陕西秦巴子”放了进去！那两年我的诗在官方刊物发不出来，阵地在民刊和海外。有一天我收到一本台湾诗刊，因为上边有我的诗，所以我在阅读其他诗人的诗时也变得认真仔细，其中就有秦巴子的——这小子真是两岸通吃无孔不入啊！我是带着如此嫉妒和反感的情绪来读他的诗的，效果自然好不到哪儿去：他写水，似乎是想在水中捞起哲学，结果提溜出一绺女尸的枯发（我读时留下的印象）。

就在我要将秦巴子钉死在潮流（“麦地狂潮”）写作上的时候，发生了一件事——我读到了一首诗。那时候周末我一般要回东郊父母家过，因与沈奇任职的学院较近，我往往会顺道过去坐一坐，聊一聊。这一天，正是在老沈这个不务正业的工经系副主任的办公室桌面上，我翻开一本新到的《诗神》，读到了一首叫作《中药房》的诗：

日出和日落，要经过路边的中药房 / 欲念被幌子悬置在空中，这高度 / 使世俗的心受伤。美梦如同疾病 / 风把炮制中的药香 / 一直送到人的尽头，时间的尽头 // 药房是一座永远的图书馆 / 众多的名字令人不寒而栗 / 漂浮的头颅如临深渊，思想 / 仿佛蚕蛹，落入药剂师掌中 / 在干旱的年份几乎成为空壳 / 食物、天气、眼泪和词 / 把神经性瘙痒扩散到毫发 / 我们无以名之的痉挛和恐慌 / 在药房的戥子上都有分量 // 人对世界的理解一如中药对于疾病 / 哲学利用了这个关系，在药房深处 / 茂密的罂粟丛里，炼丹、读经 / 通过纷乱的世事重组时间 / 医学在另外的瓶子里，从草根提血 / 从花朵观海，以方剂救世 / 良药苦口。我们一生的把柄 / 在架上的某一只药屉里，或迟或早 / 要被抽出来搭配和调制 / 一朵花医治另外的花 / 一根骨头克服另一根骨头 / 动物的机体，嚎叫出生命的辩证法 // 烘、炮、炒、洗，蒸、煮、泡、

漂 / 医治和救助使事物纯净，贮藏 / 使心性趋向平和。生活简化为吃药 / 人就能从尘土中看到真相 / 而如此多的死亡却在真相之外 / 药房之外。未及消化的早餐和未了的 / 心愿，顷刻之间成为内脏。中药 / 人人可卖，而谁能改变时间的方向？// 上午是药房最忙的时刻 / 坐堂的老人满面沧桑 / 渺茫的世事透过玻璃 / 使候诊的脸受潮。男人伸出胳膊 / 女人把衣摆提到胸部，中药 / 让青春持续到午后，存在就成为书籍 / 我们一生的阅读都是消除痛苦 / 理解即是诊治，中药房最后说出 / 真相：一切活物都有疾病 / 一旦死去皆可入药

我在阅读此诗的时候，脑海里出现了一组剪辑得十分精妙而流畅的蒙太奇镜头，伴随着饱含沧桑感并且中气十足的男中音的画外音……没啥说的，我读到了一首好诗！好诗在上，它的作者是不是署在标题下边的那个“秦巴子”已经不重要了，我对坐在对面的老沈说：“我读到了一首好诗！”——当时，丁当已经彻底离开了陕西，我在心里将秦巴子列为“陕西第一诗人”——陕西这个江湖码头上的老大！估计在潜意识里便有了想结交的意思，但是当时看不到任何相互认识的可能性。

“缘”是一个复杂的字，但对命中有缘之人来说，一切都会来得那么简单那么自然。当时我和几个青年诗人创办了一份同仁诗刊《倾斜》，主要负责人逸子在寄赠刊物时不知从哪儿搞到了秦巴

子的地址，便给他寄了一本去，很快收到了他的一封回信——逸子告诉过我件事，令我对“秦巴子”更有好感。于是，在1992年夏季的一天，我和在陕师大中文系就读的马非一起吃罢午饭穿过不大的西外校园走回我的单身宿舍，远远就看见逸子与一个个子不高三十来岁留着一头长发的男人站在一起，远远望着我们……走到近前，逸子介绍道：“这是秦巴子！”——我这才想起眼前这个人与《诗歌报月刊》封二照片（还有台湾诗刊上的照片）上的那个人确实很像！我将他们领进我13平米的脏乱不堪的小屋（小说家丁小村写过一篇文章称其为“伊沙小屋”），坐下来之后，初次见面免不了先要寒暄一番，我也借此了解到正当红的“陕西第一诗人”是在宝鸡附近虢镇（陕西话念作“鬼镇”）的一家军转民的国营大厂的职工学校当老师，此行是来西安出差，顺便给逸子打个电话。由于他先在逸子家听了该年春天举行的纪念《一行》五周年朗诵会的录音，对我的朗诵印象深刻，称之为“摇滚”。逸子便像主持人似的提议我现场朗诵几首新作。那时候我比现在更加无耻，从抽屉里拿出一个被秦后来描述成又脏又破的小本子，一口气读了半个下午，直到将秦读得激动起来，当场给予高度评价——并不是一声叫好那样简单，他甚至动用了在当时的理论界颇为时髦的后现代理论来做解读，令我吃惊不小：因为“后现代”与他本人的写作似乎关系不大，可见此人有文化。愉快的诗的下午一晃而过，晚饭是在《倾斜》这帮人（还有女孩呢）一听名字眼泪会蹦出来的“伊祥饺子馆”吃的。吃完饭，意犹未尽的他们要去逸子家继续侃诗，我则要去陕西体育馆看潘美辰个人演唱会。他们劝我放弃我却十分坚决，秦说肯定有女孩一起看。现在我可以回答老秦了：真没有！只是那时，我是个比较铁杆的文艺青年罢了。

与老秦的第二次见面是在他的地盘上。当年7月，我是和马非一起去的——以下可以接上我写得十分出色的短篇小说《哨楼》（建议白天读，夜里读吓死你）——我记得在黑暗恐怖的“哨楼”顶上，我与秦纵横天下吃瓜论英雄，将中国诗坛掘地三尺挖了一个底朝天，用老秦的话说：双方都拿出了私藏的联络图，发现是同一张，这就联络上了——不仅是中国，还有世界啊。我记得我说希腊的那两个诺贝尔（塞弗里斯和埃利蒂斯）我就没读出有多好——这是很少的一点不同，更多的是相同，譬如我们将中国的绿林好汉拨拉完了，总觉得还少说了一个，然后同时想了起来，异口同声道：“王家新！”——也是在此行之中，我得以在秦巴子一间小平房（外面的厨房是自盖的）的家中参观了他的工作室：那其实是一间储藏室，只有一平米大，只能进去一个人，仿佛战壕中的猫耳洞——此人就是猫在这个洞中将一组组凶猛的弹药射向了铁板一块的中国诗坛，直至将其打穿，无不令人佩服！他是那个年头中国火力最猛的诗人之一。

别看巴子名字土，人也长得不洋气，但本质上却是个真正的“潮人”，他是陕西作家中第二个“换笔”用电脑写作的——由于第一个是某高校计算机系的教师，并且只能算写手不能算作家，所以他该算第一个。“换笔”带来了生产力的极大解放，他从一个多产的诗人一下子跃升为一个更加多产的全栖作家，诗歌、随笔、小说、评论全面开花，进入他写作生涯的黄金时期，那时候流传着一句话：但凡有汉字的地方就会有秦巴子这个名字。这个时期，我俩的友谊与日俱增，芝麻开花节节高，这位精瘦而结实有如壮年农民般的诗人、作家如此勤奋，但每个月至少会来一次西安，奔三件事而来：伊沙、书店、羊肉泡馍！住就住在我处：要么与我在西外小屋中同榻而眠，要么在我妻子单位的单身宿舍将就一夜，每一次来都是我俩快乐的假日。我在那时写过一首诗，既包含着我对其写作的进一步认识，也洋溢着我们关系的亲密：

> 如何记住一个诗人的名字／譬如：秦巴子／是“秦巴山之子”／还是“妈那个巴子”／并不重要／／重要的是／我的朋友秦巴子／作为诗人　他的写作／离“秦巴山之子”渐远／距“妈那个巴子”愈近
>
> ——《诗人姓名考(FOR QINBAZI)》

1999 年，在蓉城，在某部诗歌年选的编委会上，众编委提名入选诗人，当我说出“秦巴子”这个名字的时候，某个有着一言九鼎之霸气的大佬一言以蔽之：“名字这么土，肯定写不好！”话音未落，我几乎扑了上去，用一根手指直戳其鼻尖，直斥其为“流氓”——“比知识分子还流氓”！在场者吓坏了，以为我要动手，赶紧将我拉出去，劝慰我说：“他是在开玩笑！”后来，换了一个场合，另外两个编委说，他们为我为朋友（不光秦巴子一人）的据理力争而感动！后来编委会还因此修改了编选规矩：只要有一位编委为其据理力争，该诗人就不能落选，其他编委对其诗的看法不会影响他入选……哦，这就是当年的我！这就是我与秦的关系！

余心焦有诗云：生活它逼得紧！在20世纪90年代，什么力量可以延缓和减弱中国最多产的诗人、作家之一的创作势头？残酷冰冷的现实对秦巴子所做的是：他所在的大厂改革，要将职工学校拿掉——也就是要将他的饭碗端走！他虽说稿费不少，但要将“锦上添花”变成“雪中送炭”，心便难以踏实下来。秦巴子跑到西安来找工作，南嫫等热心朋友帮忙搭桥牵线，总算还有一家大众期刊的老总将这位“著名作家”当成“人物”，不但收留了他，还聘他作主编。与此同时，我也被生活逼得跑出去兼职，在《文友》杂志先做策划后做主编。《文友》火起来之后，这边的老板有意将秦收至帐下，派我去当说客，我成功地将秦说服过来——《文友》毕竟是一本泛文学的杂志。所以，在世纪交替的那段时光，我们俩做了同事。在《文友》的《世纪诗典》中收录着由我编选的秦的四首代表作及其点评：

《中药房》——在一个据说是浮躁的年代里，秦巴子做得太稳了，当大厂的支架坍塌使他成为一名“下岗男工”的时候，他才不得不从长年蜗居的小镇走出来，刚得到一个饭碗，又很稳地坐下了。在“新世代”的诗人中，他属于功夫型高手，面对复杂结构与繁复意象，他进得去关键是出得来。

《星空》——纯正地营建意象，而不是小聪明似的玩弄修辞。我所目击的秦巴子是20世纪90年代“后意象诗”的杰出代表之一，在他笔下，我看到一种缘自北岛传统而又直插当下的东西（中途未经古典浪漫主义的软化和“知识分子写作”策略的污染），我视之为中国意象主义诗歌继续前行的正路。

《雕塑家》——非口语的叙述有无可能？——这是自“盘峰论争”以来我一直在考虑的一个“学术问题”。“知识分子”的主流诗人让我感到泄气，感到非口语叙述的无能——这是从叙述的效果上讲的。当我读到秦巴子的《雕塑家》，富含理趣的《雕塑家》让我感到它多出了什么而造就了本质上的背离，“知识分子”成了既无理又无趣的。不信你把×××与秦巴子做个对比。

《散场》——秦巴子还在走，还在向前走！这位青年诗人眼里的一棵常青树一刻也没有忘记寻求对自身的超越与突破，《散场》便是他走向新世纪的一个明证。

当我写下以上最后一节评语时，所谓“新世纪”已经到来了，我毫不怀疑老秦会继续大踏步地朝前走——尽管，他从“鬼镇”进入长安以后，其他文字已经大大减产，但诗是我们诗人的“命根子”，我相信他不敢怠慢——在其第一本诗集《立体交叉》写得精短出彩的自序中，他写道：“还有一个交代，就是在 21 世纪，我还会写下去，如果读者读了这些诗，觉得对这个诗人还可以有所期待，那你们就接着读他的新东西吧。”——我相信，当年老秦写下这句话话时，他肯定毫不怀疑自己会一如既往。

如今，21 世纪的第一个十年结束了，如秦早年的一篇文章中所说：五年一小结，十年一大结。今年的诗坛必将面对林林总总形式多样的十年总结（并且已经开始了）——就在昨天，我们和北京来的诗人朱必圣坐在一家咖啡馆里讨论一部新世纪十年带有总结性的大型诗选的编选，正是在“总结”的话题上，我调侃老秦道：“十年前，总结 90 年代或 20 世纪的时候，老秦怕谁呀！一年 200 首，坚持 15 年，手握 3 000 首诗来参加总结；这十年，老秦只有几十首，咋办?”说完，我笑嘻嘻地望着老秦，意在刺激这位老黄忠，希望今后十年他能够回到 20 世纪八九十年代那种多产而质优的神勇状态！

也是在不久之前，老秦才当面向我坦承，近十年间，他有七八年无诗——在我看来，这属于比较严重的“写作事故”！尤其对秦巴子这位昔日的“劳动模范”而言。近十年中，我的朋友中也不乏一两年或两三年无诗者，但都没有老秦这么“严重”！哦，也许我找到了一件事的根源：我不讳言说，在此七八年间，我们的关系有些疏远，一年甚至见不了两面，从我这边来说，总感觉他躲躲闪闪地不愿见我！朋友们出“写作事故”时似乎都不大愿意见我，让我写出了“你距诗近时离我很近 / 你距诗远时离我很远”的诗句，但是我太满足于写出这种现象了（甚至暗藏着几分对自己“交通通畅”的洋洋自得），我没有“换位思考”地去体谅朋友的状态和心情（对于一个诗人来说还有比这更痛苦的吗）！没有及时地帮助朋友寻找其因早日排除事故！而这是不应该的——尤其是在我事后得知：老秦还在背后帮我排除生活“事故”的遗留问题，我开始反省和自责！

去年以来，老秦主动地回到昔日的诗友们中间和一些诗歌活动中，几次诗会，我与之同屋（更重要的是，我希望与之同屋），多次长谈、漫谈、深谈，甚至彻底不眠——这多像回到了当年，回到我在西外的小屋里……我听他自检其“写作事故”造成的原因：生存是最大的因素，其间他有三年失业（我在当时竟有所不知），还有对诗歌界的失望情绪，让他提不起劲来……我也从旁观者的角度，帮他寻找原因：他这个出身于小镇大厂的作家，以“著名作家”之身份而入花花绿绿的长安城，有没有因面对各种诱惑而把持不住的迷乱与狂欢（我不也有类似的“事故”发生）？一度我曾怀疑是他的另一圈朋友所构成的小气氛对他起到了消极的影响，但是其中也有“劳动模范”如杨争光者啊！所以，这个主客观混杂的原因也许相当复杂，肯定还有写作本身的原因、诗歌内在的因素，我希望老秦能够将其找出来，不回避，正视它！

我在长篇《迷乱》中，是让我的主人公全身退隐太白山中去写作一部长篇小说和一部诗集的办法来完成他灵魂的救赎的，我写得足够真实（并非出自一种轻飘飘的文青情调）——生活中的秦巴子也是这样想、这样做的：他大隐于家，写出了一部名叫《身体课》的长篇，又在黄海等年轻诗友的帮助下，得到了这次出版一本新诗集的机会。他将这部诗集取名为《纪念》，他说要将其献给自己的50岁！这是他的一部大选集、精选集，其分量自不必说，他以往的写作成果也有待我们重新认识仔细评估。而更让我感到欣慰和惊喜的是，他用近期重新写起来的新作告诉我：他不但营造意象的深厚武功全在，并且很注意融合口语诗在此十年间所取得的成果，大有拓展诗路超越自己的架势——而这才是最重要的！

请本书读者体谅我之饶舌，我已经相当克制了！是为序。

2010年1月21～24日

朱剑，别信命

——《陀螺》序

朱剑终于出诗集了！

喊出这一声就如同喊出：朱剑终于告别处男时代！或者朱剑终于生下头一胎！

本书确系诗人朱剑的处男著，行将出版于他36岁本命年。

放眼当代诗坛，36岁出版第一本诗集算是晚的，正如他是晚婚晚育的模范一样（至今未婚未育），他在出诗集这档事上也来了个赶晚不赶早。他的同代诗人、同龄诗人，有名有姓者恐怕都撕毁了独生子女证，出有不止一本诗集，他这才姗姗来迟——以其出道之早、以其诗之优秀，他成了我眼中“70后”诗人中最后一个出诗集的诗人。

我在网上对他说：“你生头胎，我要助产！”——指的就是这篇序。这又是一篇我主动认领来的序言，怀着一腔对自己所熟悉的优秀诗人的责任。

连我都知道，在此十年间，朱剑或远或近至少有过两次“破处”的机会，曾让他激动和等待，但终成水中月、镜中花，无疾而终。他的天时、地利、人和终在他学习、工作、生活了十六年的长安，在长安诗歌节风生水起的今天。我想对朱剑说：这或近或远的两次机会哪怕得逞一次，一本很可能还是叫作《陀螺》的诗集也或早或晚地问世了，变成一件有形的东西流传于坊间，但彼《陀螺》非此《陀螺》，两者不可同日而语！陀螺都能转，型号却各异……这番话一点都没有酸葡萄的味道，只因为我知道朱剑不是看菜下饭（看机会写诗）的诗人，他熬得起，所以才敢说这番话。

而在比十年更早的1999年的某一天，最初的朱剑是这样进入我视野的：我与诗人秦巴子当时都在《文友》编辑部供职，我做主编，他当策划。我们有个娱评文章写得好的大学生作者，名叫崔恕，就在楼后的长安大学就读，经常过来玩。有一天他拿来他的诗让我们看，看有无直通我主持的著名栏目《世纪诗典》的可能，还没到我手里，到老秦那儿就给否了，但他同时带来的他的一位已经毕业的师兄的诗却被老秦看好，推荐给我，我看罢拍案叫好，当即决定选一首做点评编进去——正是后来成为作者头号代表作的《陀螺》一诗。那位作者的手抄稿我至今还记得：字无体，歪歪扭扭，潦潦草草，名字也平凡得不能再平凡：朱剑。如此，朱剑便成为继盛兴之后，第二位通过自由来稿的渠道而直通《世纪诗典》的无名诗人，也是该栏目自己发现的天才诗人。很快朱剑便现身了：口齿不大清楚，普通话不过关，相貌像名字一样平凡（越长越帅是后来的事），不知是否出于紧张的缘故，还有点毛手毛脚。他请我、老秦、小崔吃饭，在一家叫作“红烧肉”的饭馆，吃得我胆疼。那年我来这家吃各式各样的红烧肉，吃一次我胆疼一次，到了秋天，老秦陪我去医院把胆摘了，也就是说我一见到朱剑就丧胆了。记得第二年夏天，杨克版《中国新诗年鉴》在广州举行首发，我与诗人侯马以编委的身份参加了。在某个景点游览时，谈起新近涌现的好新人，我刚对他说出朱剑这个名字，他便一口气背诵出《陀螺》全诗：“陀螺很下贱 / 鞭子抽得越狠 / 它旋得越欢快 / 但我比陀螺还要下贱 / 鞭子抽了我几千年 / 鞭痕比身上血管还多 / 比火焰还要惊心 / 可我说：老虎 / 也有美丽的花纹”——侯马就是在《文友》杂志上读到后就这么十分自然毫无目的一字不落地背了下来，我想，能够被优秀的同行过目成诵几乎是一首诗所能得到的最高褒奖了，更何况当时朱剑籍籍无名全凭该诗自身的力量。

不仔细清点记忆的话，我几乎要忽略一些事件：朱剑（还有崔恕）参与过《唐》的创办，只是外界将我和黄海当成了《唐》的创办者；朱剑是《下半身》最早的几个同仁，只是外界将沈浩波、尹丽川选定为代表性符号——就在一年前，在诗江湖论坛上，一个当年没有赶上趟的据称是“天生的下半身诗人”攻击他为“伪下半身”。朱剑的回复有着典型朱剑式的幽默（其诗中比比皆是）：“说起来你还应该把我叫师伯呢！”——这种诗歌的卡通玩具宣称的所谓“伪”，不就是朱诗没有朝单打一的性取向上走而取得一个明显的“向下”的 LOGO 嘛！如今回头来看，莫说“下半身”未能使朱剑“向下”，十年来所有的事情都不曾改变他，包括他在诗内自觉所做的“把诗写长”以及朝向“百科全书”的努力，均以无效告终。我想，因为他是天然的诗人，所有人为的努力（不论来自主客体）都对他不起作用，他以不变应万变。

诗歌史上总有这样的例子，有些站在第二排的人物，活在当时并不显赫，但其文本更能扛得住时间，令后世读者和研究者有不断地重新发现其价值的惊喜，譬如王维、李商隐；譬如查尔斯·布考斯基、雅克·普雷维尔；譬如冯至、卞之琳；譬如食指、严力——我感觉并且相信朱剑就是这样的人物。如今我们又在一起做“永不落幕的长安诗歌节”，正是基于不要让他总是站在第二排的考虑我努力将其推向第一排——提议他担任秘书长和下一年度的轮值主席。但也有做与不做都无所谓的感觉，因为十年时光已经领教其文本的强大与坚韧！说起这一年来风生水起的长安诗歌节，就必须提到朱剑为此做的一个隐形的贡献。诗歌节刚做起来时，我们还把它当作一条宝贵的经验向外地来的嘉宾推广，希望他们将此火种带回去，星星之火，可以燎原！但很快发现，我们是独此一家，别无分店，连锁不了。除去有的嘉宾直言不讳供认的：本城没有这么整齐的一行人；还有一个先有瓶还是先有酒的关键性问题，我们是先有这不定期“诗聚”的“酒”，才有这“诗歌节”的“瓶”，然后才包装好了“出厂”的。所以，长安诗歌节是有前传、有传统的，这传统也已经延续和积累了十年以上的时间。我之所以要提到朱剑的贡献，是回想起这个传统最薄弱的2003 年，我埋头沉浸于苦役般的长篇小说写作以达成灵魂的自我救赎，主动放弃与旧友的联系试图与上一个阶段迷乱的生活永诀。有一次朱剑打来电话说：“有两三个月没见面了，出来聚一下吧？”——从此以后，我们又聚上了，不像现在这么勤，平均一个月有那么一次。有一次只有我们两个人，我们一口气谈了七小时的诗，翌日我在诗江湖论坛发帖感慨：“一个能够跟我连续谈诗七小时的诗人，得是怎样的诗人？”

是啊！怎样的诗人？

不论有多少人把这个词廉价地贩卖了，不论有多少人多么反感这个词，但我还是要说朱剑是个天才，这是一个延续十二年并且不断加强的感受：十二年前，他一出现在我面前，就已经写得那么好，就是《陀螺》、《磷火》、《清明节》；十二年后，他还是写得这么好，是四两拨千斤的《南京大屠杀》；十二年间，他似乎也没有明显的“进步”，更无突兀的“拐点”，只是好诗的面积像蔓延的水渍一样一点点扩大，终成这部质量优异的诗集——如果将21世纪以来出版的诗集评个“十大”，以我之见本书必占一席。我所谓“天才”当然首先包含“先天性才华”之本义，朱剑确实有着与生俱来的聪明、灵气、幽默感和暗藏的犀利、尖锐，他的“先天性才华”显而易见……另一方面，我对“天才”的认证还包含着我对其连带品质与保护机制的考察，前两天我看见有人发了一条微博说：“天才是一种专注！”——说得多好！原来大家都知道啊！(知道吗？)这就是我所谓“连带品质”：你要真是个天才，必然会衍生出一种可怕的专注。朱剑是我见过的诗人中对诗最为专注的一个（实在不必加“之一”），这是天才连带来的，后天培养不出来。而什么是天才的“保护机制”呢？譬如说，有千里马必有伯乐，所谓“有贵人相助”，如前所述；譬如说，诗人自身的价值观。朱剑在诗外不逞强，不争先，不吹牛，因为没想怎么着，他一门心思都在诗上，他全部价值都在诗上。我好像善于发现“天才”（因我自身就是——知己知彼），曾被人讥讽为：捧谁谁死！——且慢，还有活着的呢！还有活得好好的旺旺的呢！譬如朱剑！那么那些“死”了的，甚至比朱剑在“先天性才华”指数上还高的“天才”们，是我当年看走眼了吗？不是的，现在回头看他们当年的作品，还是那么优秀，只是现在我知道了，是他们的“保护机制”出了问题——上帝把天才带到高空去投生，命令他们朝下跳但是忘了发给他们降落伞了！“抬头婆娘低头汉”——真正厉害的汉子在生活中是低着头的，真正厉害的诗人最懂得在滚滚红尘中全身而退！朱剑的天才的证明还表现在他有良好的平衡感：他读书其实相当多，有过目不忘的本领（他是我所见过能够背诵前辈和同行诗句最多的诗人）、各种文化的信息量相当大，但是你在其诗里看出来了吗？没有，丝毫看不出来。他的诗从感觉到感觉，永远那么纯粹，他只写被他身体吸收后的流进血管的东西——说这是生命与文化之间的平衡能力，不如说这是与生俱来随身携带的平衡感，据此我可以认定倚重文化的诗人一定在先天才华上有所欠缺，一定不是天才诗人！你们跟我急，没用！

随着诗江湖论坛“变成植物人”（某老垃圾语，说得很形象），中国诗歌的“论坛时代”（至少是高潮期）结束了。回首这十年的论坛生涯，朱剑是个自始至终的在场者，发诗的频率略低于我，但放眼江湖，绝对算多、产量算大，十年的诗加起来没有一次雷倒我，但是在此十年之中，我有五次编选诗集的机会（零星推荐忽略不计），这是与在网上和在寄赠的诗刊上浏览完全不同的阅读经验——这是逐行抠字的真正细读和品赏，五次中每一次定完稿都是我向朋友们大夸朱剑之时，因为每一次他都是叫我删不动的极少数诗人之一——这是一个只为精品而生的诗人啊！为精品而生就是与时间俱在！长安诗歌节创办这一年来，似乎是这十年的一个缩影——他那蹩脚的湖南腔普通话读出来的诗依旧雷不倒我，加上关系好他的脾气太好人又真自信，我最敢于当面批评他调笑他，甚至当着外来嘉宾的面，批评的内容亦有其道理——我一直希望他有所突破，或向长，或向杂，或向混沌，但是最后他用这一本近乎完美的《陀螺》报复了我也教育了我——不要以为你的路就是大家都要走的路，所谓“综合性大师写作”、所谓“人生世相的百科全书”，朱剑就是“短诗王”，就是不断铸造金砖，并以金砖筑城的路子——这又有何不可呢？

所以，亲爱的读者，这是中国当代诗坛的“短诗王”、“精品专家”用了十余载的时间写了几千首诗并从中淘洗出金子铸就而成一块金砖，当你们阅读它的时候，当你发现每一页的诗都会令你击节叫好的时候，莫要奇怪，合情合理！

最后的话，说回给朱剑本人：这是你的处男著，它将出版于你本命年春暖花开的季节。你在去年秋天的太白山上出席了你文学生涯的处男会“陕西诗会”（这会令那些声名远不如你成就更差两万五千里的会虫们笑掉虫牙），我在此想对你说的话已经提前写进了当时所做的这一首《虽说性格即命运》中了：

秦巴子的富康／一出发就坏在路上／朱剑马上自责起来／怪其命好像／跟抛头露面有仇／一遇诗会准保有事／想去都去不了／他的意思是其命硬／搅乱了大家的气场／我脱口而出：“别信命！”／虽说性格即命运／但我就是不信命／也不向命运低头／拿眼前这件事说／有什么大不了的／打救援电话／将老秦的富康拖走／改乘西毒何殇的本田／重新出发／反而早到了不是吗

2011年元月

他是长安及时雨

——黄海诗集序

一晃认识黄海都快十五年了，他属马，与我同一属相，是比我小一轮的马，路遥知马力。

他与我还有一个共同点：都是文学少年出身，都是在中学时代就曾发表习作的，并小有影响。这是不一样的，这使我们在谈起文坛中的人事时，都有一种知其底细的感觉，他比其同代人资格更老。我是教育工作者，原本特别反感张爱玲这句得了便宜还卖乖的“出名要趁早”，但我深知“启蒙要趁早”，也越来越意识到“超前教育”确有好处。黄海是文学少年，并且从一开始就全面地写作（并不局限于诗），这对其后来的发展非常重要。关于这位湖北黄石乡村文学少年的经历，他曾对我讲述过一个要人命的细节：他的第一本书，是他父亲卖了家里养的两口猪帮他出的！

我到现在才意识到：十多年前，年少英俊的他来到我面前，请我去为某个小刊办的文学夏令营做讲座——那时的他还是一个初入长安的“西漂”，委身于这家小刊，居无定所，朝不保夕，在网吧里狂写小说是他最大的快乐，写得跟玩似的，篇篇都能发。然后就是一起创办《唐》诗刊以及后来创办唐论坛的壮举，还是黄海主动找的我，我把一个五年前未能实施的策划案拿了出来。别看我这人在写作内部扩张欲侵略性饱和，在行动和活动方面其实非常被动，需要别人点燃第一把火。黄海之于《唐》诗刊，就像周德东之于老《诗典》，欧亚之于《新诗典》，至于将其打造成精品并令其风光无限则是我的擅长。我至今都没有问过黄海，出《唐》的钱是如何弄来的，如果他拿出的是自己吃饭的钱，那就近乎悲壮了。我猜他是蹭了他当时吃饭所在的那家小刊平时印刊的印刷厂。当年只出过两期的《唐》，便成一代名刊；当年只热闹了两年的唐论坛，至今被人怀念，这便是我和黄海联手做事的效率。后来黄海有钱了，不止一次跟我说："《唐》的名气这么大，出得太少了，再出几期！再出几期！"之后便又出了一期，依然是精品。再后来，我们又和其他同仁一起创办了长安诗歌节，看我忙，他两次将《唐》的主编权交给不同的两位同仁，交稿的日期都定下了，但却没有下文，同仁们"忙"啊！当权力来到手上时，聪明人恍然大悟：权力是付出！还是业务上的大考！

在有的人眼里，这世上只有两种人：穷人和富人。在我眼里，这世上也有两种人：给予者和索取者。十五年间，黄海做过穷人，做过富人，却始终是一个给予者，对朋友，对诗人，对诗歌，对文学。他手中只有一枚铜板时，他知道将其掰成两半，一半给出去；他手中有了一枚金币时，他同样知道将其掰成两半，一半给出去——这样的人，生来就把自己的心掰成两半！

自私自利的索取者总有一个自欺欺人的想法：我是天才，你们就该给予我，我诗好我怕谁！还十分阴险邪恶地将给予者划归到活动家的行列中去，自己便心安理得了。但是，这人间哪有什么便宜好占？就算你是天才，又能是多大的天才？故步自封，拒绝成长，天才三年变蠢材，而所谓“诗好”——凭什么好？凭三锥子扎不出一滴血还是铁公鸡一毛不拔？这世上的男人分两种：大男人和小男人；这世上的诗人亦分两种：大诗人与小诗人，难道是小男人最后做成了大诗人不成？开玩笑，你问缪斯女神成不成全！举个不甚恰当的例子：徐志摩——世人只见志摩死后集亿万女人宠爱于一身，可知其生前被高规格的男人所喜，凭什么？其门生卞之琳只说了掷地有声的四个字：“古道热肠！”——黄海真真是当得起这四个字的。所以我说，他是长安及时雨，他身边的朋友早不着！记得有一次我曾为一个细节发感慨：“你老婆很幸福！”——是的，他对待亲人、朋友、诗歌的热爱是一体的，自然而然，毫不做作。但你千万别以为黄海是好好先生一个，我曾与黄海同开一个会，会议主持人让评论家先发言，黄海只听了一个评论家的不说人话，拍屁股就走，回房间睡觉去了，他嫉恶如仇起来，谁的面子都不给。

人是概念动物，喜欢在心里给他人贴上小标签：既然你做了几年小生意，还做得不错，那就远离文学了呗。于是长安诗歌节的众同仁，经历了两轮一惊一乍：先是发现黄海对诗很懂（比绝大部分同仁都懂），文本内外都很懂得；继而发现黄海的诗很好

(比绝大部分同仁都好)，而且这种好不是风格化的带注解的好而是常识的好（其诗能被更广的人群所接受的原因也在于此）。某知识分子诗人写了大半辈子才觉悟到：诗歌是文学（难道此前他以为诗歌是哲学是语言学吗）。看来，他得像我一样教教“基础写作”。我读一个人的诗，能够看出他有无文学意识，他的文学素养如何。黄海的诗正是文学的诗，文学的诗才是有其自身生态系统和环境的诗，首先有“篇”（有“篇”是现代诗最明显的标志，诗盲为什么老是质疑取消分行即是散文的根本原因正在于此），那些搜肠刮肚弄出几个句子的（越警句便越低级），一定是落伍者。请注意，盆景是古人发明出来的“艺术”，现代人喜欢的是真实的大自然。黄海的文名甚至比诗名更大，有一次我读他的散文，心中曾感叹：写下如此散文者，诗写不好才奇怪！今天再看，他的散文明显包藏着一颗诗人之心、一双诗歌之眼！并且作为诗人的存在感，跃然纸上，无处不在。有文学意识和文学素养的人，其诗总是关乎世相人生的五味杂陈，其诗一定会自成一个完整的世界（映照出我们身在其中的现实世界）。

多年以来，黄海给别人出了那么多书，终于要出自己的一本——更重要的是一本诗集，这是一个诗人图穷匕首见的时刻，我在忙乱中写下几句心里话，就算为朋友敲敲边鼓。

不成序。

2012 年 5 月 23 日

吉狄马加《我，雪豹……》小议

一

此刻我谈论吉狄马加，与三年前的感受略有不同。因为三年来我在做《新世纪诗典》——只有当你做了一段编辑（而不仅仅是一般读者）以后，你才能真正了解、认识一位诗人并更有把握地谈论他（她），仅凭大致的印象还是不行的。《新诗典》三年来，吉狄马加有七首高质量的短诗入选被推荐，在入选首数上名列前茅，其《火焰与词语》一诗还当选了《新诗典》三周年推选的“21世纪之初（2000—2014）中文现代诗百优”。毫无疑问，他是中文现代诗最杰出的诗人之一——此话我在更早以前就曾说过（有专论为证），只是现在当我同步追踪亲手触摸过他在新世纪写下的诸多佳篇后，对其整体成就有了一个更加理性和准确的评估。时间进入21世纪后，中文现代诗在网络时代特有的庞杂与喧嚣中确也在实实在在地向前发展，取得了长足的进步和实绩。一位当代诗人（不管他/她年龄几何）如果缺乏新世纪佳作便不值得谈论，读者式的大致印象让我们变得过于宽容，只有一首诗一首诗地细读、甄别、遴选才能够见识一位诗人真正的才华与实力，所以三年后我可以更有把握地说，吉狄马加是一位跨越世纪的现在进行时的杰出诗人，他用不断写出的佳篇刷新和续写着自己的履历，而不是用奖项或荣誉在表面上刷漆。近一年来，当其短诗创作减产时，我还曾心想：是不是工作太忙了？然后，我便读到了这首400余行的长诗《我，雪豹……》。

二

《我，雪豹……》的副标题是“献给乔治·夏勒”——根据作者自注，此人为美国动物学家、博物学家、自然保护主义者和作家，曾被美国《时代周刊》评为世界上三位最杰出的野生动物学研究学者之一，也是被世界所公认的最杰出的雪豹研究专家——我一向认为一首诗从头至尾的任何一个字（包括写作时间和地点）都是正文的一部分，都可能成为我们读解一首诗的钥匙。这个副标题和这条注解让我读来分外亲切，对该诗的阅读兴趣在瞬间大增，原因很简单：由于家父就是动物学家，他一辈子主要的研究对象是中国羚牛（为了这个宝贝他长年在中尼边境考察），兼及白唇鹿等许多珍稀动物。老爷子对文学毫无兴趣（当初极力反对我走上此路），中国当代诗人他几乎一个不知（即使来过我家的著名诗人他见过了也记不住），但他知道多少年长诗人已经忘记多少年轻诗人并不知道的罗洛先生——因为罗洛先生是动物学家兼诗人。我准备给父亲看一看这首长诗，我知道他一定会读得兴味盎然，一定会动用他的专业知识做很多眉批。我在父母均为动物学家的家庭中长大，也了解到他们在我国从事这项事业的艰苦，与西方发达国家形成鲜明对照——我想说什么呢？本诗颇为时髦的取材又一次印证了我对诗人吉狄马加的看法：又土又洋，土到极处，洋到极处，外土内洋，他是将民族性、地域性与人类性、世界性结合得最好的中国当代诗人，我在过去的专论中曾提及他有自己独特的“暗通之道”。

三

如果给“新世纪诗歌”列上几个关键词，“长诗”必占其一。君不见，新世纪后，短诗难出名作，佳作多了，名作少了，这与网络时代诗如汪洋大海有关。反过来，中文现代诗的发展也已经告别了潮流不断更迭的青春期，其中坚力量由中年诗人担纲。这些诗人通过长年的磨砺和积累到了可以写作长诗的阶段，于是自新世纪初迄今，长诗写作，蔚然成风，方兴未艾。作为一个有雄心有抱负的诗人，谁不想写出一两首长诗大作呢？谁不想把自己的十根手指攥成两个拳头打出去呢？吉狄马加向长诗挺进是必然的，从其短诗便可看出他早已具备了这个能力：他是“有话要说”（不是“无话可说”、“无话找诗”）的诗人；他是一个思考者，对这个世界明显有很多要紧话要说；他的抒情与意象熔为一炉的娴熟的表达方式，可以绵延开来，与长诗自然相合；他滔滔不绝的雄辩可以面对人类共同关心的重大问题……于是我们便读到了这首

《我，雪豹……》。我以为，长诗对诗人而言有两种选择：一是集大成者，就是把自己的十根手指攥成两个拳头打出去；二是另起炉灶，在自己主体风格之外重新打造一个另类文本，形成自己创作中的个案或特例。《我，雪豹……》显然属于前者，难能可贵的是这只拳头攥得很紧，出拳很重，干净利落……不要以为集自身之大成是容易的事，北岛《白日梦》就是一个失败的例子。你要把过去几十年自己最好的瞬间状态调动并集中到一首诗里，这几乎是不可能的，只有用现在的好状态才可以做到。吉狄马加做到了，他没有辜负这一次蓄谋已久的重拳出击：一击中的，酣畅淋漓。

四

除了表达形式上的无可挑剔、几近完美，《我，雪豹……》在主题的开掘上亦很成功：在诗中，雪豹不仅仅是某种珍稀动物，还是古老文明的图腾和人类自身的象征。诗中有云："我活在典籍里，是岩石中的蛇 / 我的命是一百匹马的命，是一千头牛的命 / 也是一万个人的命……"——如此，貌似从一个保护珍稀动物的国际时髦题材出发，吉狄马加写出了一阕文明的哀叹、一首人类的悲歌——如此从题材选择到主题开掘的成功范例可被写入教科书，三年前，在中国民族大学举办的那次吉狄马加研讨会上，我记得一位诗人在发言中说马加"特别擅于'接'"，"'接'得特别对"——这个"接"字一定指的是中西文化对接或与国际接轨吧，把诗人说成了一个聪明的文化谋略家。我不以为然，我认为马加在其诗歌构成中所有貌似聪明的策略都有情感和其文化修养的基础，这就不是聪明而是智慧了。《我，雪豹……》集中体现了这种智慧。假如有来生，我相信有小部分诗人下辈子还是诗人，我相信吉狄马加就是这种诗人，到时候他会在另一种现实的环境中在不同于现在的压力之下为我们展现写诗的智慧。我不清楚吉狄马加在青海已经待了几年，他在那里以中国的名义为世界贡献出了一个规模最大的国际诗歌节，那座古老而神奇的高原也一定在感召着他的诗歌写作，我相信这头智慧的雪豹正是高原的馈赠。

2014 年 5 月 5 日

看好李勋阳

20 世纪的时候，有好心人提醒过我：“你自己搞得有声有色风风火火，能否在自己的学生里头培养出一两个诗人来?”我自知无能为力，便随口搪塞道：“诗人是‘培养’不出来的。”很久没人再问我了，因为世纪一跨，我已成为当代中国最富有的文学教师，名下拥有“四大弟子”，他们是：李勋阳、李异、叠水、张紧上房。

与那些教外随我习诗（有的是偷学——有的是偷学完了还要骂我的娘）的“野徒弟”不同，他们都是这个国家死硬的高考招生制度选派到我面前来的法定的学生，是我被迫接受的“关门弟子”。即便如此，我为他们做的其实不多，课讲得再好也是讲给所有人的，就看谁心有灵犀一点通了，最得意的一笔是：除了学法语的张紧上房，其他三人都是我写作课上的作文尖子，我在一堆作文中挑出他们来，让他们在课堂上当众诵读，说明我人不老来眼不花。接踵而来的应该归于缘分，因为不是随便哪个学生都敢站到我这个上完课掉头就走毫无亲和力的老师的面前说“老师，我想请你吃个饭”——这么做的是来自海南岛的李异，他约来了张紧上房和叠水。到了下个月，我再回请他们，之后便形成了每月吃顿饭的默契——师生之约不在饭而在诗。在此前后，他们自己摸到“诗江湖”这个真正的诗歌课堂上来了。

饭局上不见李勋阳，因为他比那三个高一级，平时也不在一块玩，再加上很快就毕业了。在校时我对他人所留下的唯一印象便是：他来办公室问我要过一本签过名的《我的英雄》。一个喜欢跟学生交流的同事比我更清楚地记得他，称其为“怪怂”（西安话“怪人”之意），喜欢提些古怪的问题。能够记得他的还不止这一位，都说其“怪”——我自然不会大惊小怪，在中国的学院里（无论几流都一样），如果一个学生的思维方式还没有完全丧失个性化并有着向所学专业的深层次发展下去的势头，他不被当作“怪怂”才怪呢！刚认识不久他就毕业了，带走了他的“怪”，去到云南丽江的一所学院里做了一名教师，之后我们更多的交流是在“诗江湖”这个“大诗吧”里，真正见面是他借寒暑假回陕西去看商州的父母途经西安来看看我，见面时总是我说得多他听得多，没有太多表达自己的机会。以至于我真正对他有所认识已经到了2007年的夏天，我们一起去香格里拉参加了第10届亚洲诗人大会，加上前后几日在丽江的滞留，算是共度了一段美好的时光，我对他才算有了一个直观而完整的印象——与我过去的印象竟是完全不同：勋阳好玩，勋阳在玩，玩得挺开，甚至于玩得太开了，都私自玩到国境线那边去了——以至于让我从云南回来后在一首赠他的诗中忍不住发出严重的劝告：

当心被边防战士
一枪撂倒
丢了小命
况且如你所说
缅甸那边
也没啥好玩的

除了偶尔做点出格的事，勋阳活得很健康——我所说的健康的生活方式从来都是从写作上考虑的：寒暑假做个貌似时尚小资（他经常大骂时尚小资）的背包客，游遍云南的各处美景（连呼当地一位土司级的代言诗人写得不准），有课的日子除了上课便是一心扑在写作上，写诗也写小说。我在今天的学生面前公开讲，迄今为止，我身为一名教育工作者最大的成果标志便是这“四大弟子”，不是我“培养”了他们，而是我的运气好，赶上了这一小拨人。但这还远远不是最后的总结，到我 60 岁退休的那一天，还说得起这句话（并且是在更大的一个场合）吗？这就得看他们四位在今后的努力了！或者还有后来居上者加入其中？仅凭这功利的一点，没有人比我更关心他们的写作状况了。在我看来，与初露锋芒时悟性与才气更显重要不同，随着他们走入社会开始在庸常的世俗生活中安身立命，生活方式以及随之渐趋稳定的价值观，将在写作之中发挥更加重要甚至是决定性的作用，一句话：写得久比写得好更为重要！一句真实而残酷的话：十年以后（也许更快），有些人都不写了，还何谈好不好呢？今天这么一点有限的好能够在十年后被人记起来吗？别跟自己开玩笑！正是基于这种认识，我在我的“四大弟子”之中，我在我能够关注到的“80后一代”的青年诗人之中，我更看好李勋阳。

因为我已经看出来了，和我一样，他是试图活在文学世界里或者说是将自己的生活文学化的人，活着便是写着，写着便是活着，对世俗生活拿得起放得下，保持着一种十分恰当的若即若离的关系。他像海绵一样吸收着周围的知识和信息，时刻保持着对于文学问题的思考，专注于写——小说写作是对写作日常化状态的确保，诗歌是灵魂和灵性。我在证明了诗与小说可以一举兼得之后，得出了这样一个比喻：文学是草原，诗歌是帐篷，小说是房子。

勋阳有帐篷也有房子，便会更长久地守护住他的草原。

东岳一流

我在《中国往事》中写到的这个细节属实：我原先的家（父母家）距西安交通大学只有几百米远，它便构成了我心目中最早的“大学”印象，即便是在学张铁生“交白卷”学黄帅“反潮流”的“文革”后期，说不上神圣至少也是蛮森严的。照理说，我在1993年初春的一天晚上以“著名青年诗人”的身份受邀到这所“最初的大学”去做一次诗歌讲座应该感到荣幸才对，但全然不是如此。我有自知之明：是带足了诗的炸药准备轰炸这些大学生而去的，我的邪恶目的果然达到了。这些初春时节大都穿一件劣质军大衣的男生们（该校难见女生），一个个被“炸”得面目全非，有一张递上来的字条（被我当众念了出来）一定能够代表他们中绝大多数的想法：“伊沙，此时此刻，如果我手中有一杆标枪的话，我一定会插进你的狗头！”——这些当时深爱着汪国真（文学社员爱海子）的大学生们，除了“轰炸”，我还能给你们什么呢？

我在事后得知：其实此次讲座“很成功”，我的朋友仝晓锋（他当时就在该校工作并对大学生们不知道北岛而捶胸顿足）告诉我，由于我的诗歌讲座，他在同时进行的电影讲座鲜有人听。我记得，请我去做这次“很成功”的诗歌讲座的是交大绿岛诗社的社长、现在已是计算机业成功人士的方兴东，和本篇要谈的东岳，他当时是交大化学与化学工程系化学工程专业的学生，诗社活动的积极分子。

我与东岳的首次见面还要向前追溯一个月。寒假我回父母家住，他怀揣一个不知从哪儿搞到的地址骑一辆破旧的单车穿过交大到我家来找我——我记得这件事让我母亲有欣慰之感：就是她儿子写的这些只能带来危险的东西竟也能够赢得名校学生的登门拜访。从那以后，东岳被我领进了一个主要由大学生校园诗人组成的“圈子”，但我对他在这个“圈子”里的表现印象模糊，一个原因是他很快就毕业了，离开西安回了山东老家，另一个原因是他在这种场合中基本是沉默的，甚至有点木讷。那些年里，在我外语学院的单身小屋里几乎每周都有一晚沙龙式的聚会，其中不乏信誓旦旦准备把诗当作毕生追求的圣徒，不乏头头是道对诗颇有见地的才子，不乏小小年纪但却心系诗坛的消息灵通人士，反倒是像两个既没追求也没主见的呆瓜的马非和东岳幸存到今天。马非还给我留下了一个每回必带一瓶烈酒来不停地招呼大家喝酒的印象，东岳则连这点印象都没有留下。老实交代，当时我并不看好这两个笨人呆瓜，我这个人啊，生性还是喜欢天才的，也常把小才子当成大天才。口不能言，写得又如何呢？当时在这一圈年轻人里，有顺着诗坛主流大势走的（写海子式的乡土抒情诗），第三代口语诗的缅怀者，非非理论亦步亦趋的追随者，孟浪（这个圈子公认的好诗人）惟妙惟肖的模仿者，我当然看得出来，马非和东岳是老老实实地学我，连我的语感都在学，这让我在读他们的诗感到亲切的同时也并不看好他们日后的出路（我连自己的出路都看不到）。这一圈人的文本被一本叫作《倾斜》的自办民刊（出过两期）集中起来留了下来，马非和东岳夹杂其中，并不起眼。

接着便星散了。我只顾单枪匹马冲杀于中国的鸟诗坛，偶尔也会在某一瞬间想起东岳来——我想：他大概已经放弃了吧？既然每天都有人放弃，连其中更有血性和才气都放弃了，他这个原本的沉默者似乎更有放弃的理由。我想：他不过是我从学生时代就开始不断遭遇的N多“青春期爱诗症患者”之一，随着人之走向社会走向世俗生活，此病也会像青春痘般在脸上消失并痊愈，从此变成蔑视诗歌的健全的社会人士。所以，当我在20世纪末的一天，到学校上课时突然接到东岳从山东无棣寄来的一封信和厚厚的一叠手抄诗稿，不免吃了一惊，信中说，他一直在写。我记得我是蹲在外语学院英语楼的男厕所里读他的诗，读完之后差点用它擦了屁股！总体感觉毫无进步！几年过去，我已经变了，尤其是在20世纪90年代中期读到美国大诗人布考斯基的原作之后，已经写得更开并且更具有现场性，但他还在模仿着我的早年——我在他的诗中读到了自己的早年！我不无痛切地感到：这主要是地处偏僻信息闭塞所致——在那个年头，如果你不能够冲杀出来，还意味着你不能够参与诗坛的信息交流，让自己陷于不知人间是何年的不利境地！我实在不知道该对这位朴实无华的青年说些什么，便连信都没有回。

新旧世纪一跨而过。到了 2002 年，东岳从电话中冒了出来，我这才有机会对他谈及对其诗的看法并给了他一个“上网贴诗”的建议（其时我受惠于网络也没几年）。很快，我们便在“唐”、“诗江湖”等论坛上日日相见了。我感觉此时的他就像一个久困于穷乡僻壤的人终于得到一个可供自己展示的舞台般亢奋，展示欲与创作欲相互刺激着，人的状态整个被调动起来。我不能简单粗暴地说，东岳的写作是从这时开始的，而将他过去的坚持一笔勾销，因为那些在黑暗中的日子丝毫不会白费，反倒成为一笔财富。他早年从我这里学会的反复打磨语言的意识和习惯，使他一上网便区别于那些随网络应运而生的充满“在线感”的诗人，当手中握有一把提前磨好的语言快刀，剩下的事情只是砍瓜切菜。果不其然，东岳很快便“出来”了，因为他已经做好了准备。在不见天日的黑暗中待过的“苦主”与应运而生的宠儿们的最大区别在于：一，自足；二，珍惜。我能够感觉得到（尽管未曾求证于本人），这六年来，作为诗人的东岳过得十分幸福，一定是他生命之中最幸福的一段时光，有诗有网相伴的日子让他相当自足，对自己的写作状态倍加珍惜，真下功夫，有目共睹：他是年轻一代中进步最快的也是状态最稳的诗人之一，最实在的收获是：37 岁，他已写出了自己的代表作——并且是杰作！

设问：谁是东岳？

回答：短诗《烟疤》和组诗《法院系列》的作者。

为什么会有烟疤 / 为什么烟疤往往会出现在 / 漂亮女子的身上 / 这家手机店的营业员 / 美丽的营业员 / 在向我介绍手机功能的同时 / 我发现了她右腕处的 / 三个烟疤 / 引发了我的联想：/ 上次是在本市的一家美容美发店 / 最漂亮的那名女服务员 / 在左腕上也烫着两个醒目的烟疤 / 还有上周被我审判过的那名 / 漂亮的女诈骗犯 / 脖子下方锁骨处烫着的圆烟疤 / 我曾不耻下问烟疤的来历 / 她们笑语搪塞不答 / 如今是她 / 梅花似的烟疤 / 并排绽放在洁白的右腕上 / 她最左边的烟疤 / 可能有一个故事 / 第二个烟疤 / 可能有第二个故事 / 第三个烟疤 / 也不例外的可能有第三个故事 / 但也不排除这三个烟疤 / 只有一个故事 / 按照数学的排列组合 / 还应该有其他的情况 / 但最不可能的是这些按在 / 漂亮女人身上的烟疤 / 连一个故事也没有

——《烟疤》

我早年曾写过一首名为《漩涡》的诗，写的是爱人手臂上的牛痘：仿佛漩涡，仿佛生命之海的百慕大——在此提及，我不是说东岳的“烟疤”曾受到过我的“牛痘”的影响——我想说，这种语言发生之前的诗意的发现往往体现出一个诗人的真才华（语言神化论者肯定不同意）——没有这种才华，你就不是一个真正的诗人、天生的诗人。与此相比，语言反而是第二位的，是写作中的。两诗相比，东岳的《烟疤》胜过了我的《漩涡》——我的那首写得太早，里头有太多的少年情怀，是“想象”出来的，不是“目击”到的，东岳则要冷静客观得多，因而也“酷”得多，让疼痛感在不动声色中弥漫开来……我特别得意的一点：早年学我的诗人，即便是像马非、东岳这样原本的“粗人”，到现在都有极细腻的微妙情感和极精致的语言质地，这是很有意思的呀！

有别具匠心的“小作”，也有充满力道的“大作”（如此平衡的写作者不是好诗人是什么？）——我指的是他的《法院系列》——我估计东岳一开始并未想写什么“大作”（他不是那种野心膨胀的“大师癖患者”），一首一首写出来，自然而然便“结”成了。正如我早就指出过的那样：好的长诗（组诗）不是“写”成的，而是“结”成的。与其说他是利用了法官这个职业的特殊性，不如说他是把自己的职业看成了另一半的生活。我记得我的兄弟诗人侯马曾在20世纪90年代写过一个组诗《九三年》，也是想从警察这个点切进冰冷而残酷的现实。《法院系列》与《九三年》在想法上异曲同工，只是规模更大，也更敢于直面现实、紧逼人性——呵呵！偏僻县城里的小法官似乎比首善之区的大警察更有勇气，《法院系列》因此也全面超越了《九三年》。侯马那组失之于心太软，他在个人情愫与残酷现实之间游移不定，但好在十年后的他已经左手握着《他手记》右手握着《进藏手记》。做此对比，我想说明的是：仅凭《法院系列》一大组，东岳就可以跟目前中国一流的诗人一较高下，并且胜多负少，在我眼里，如果列举现代汉诗的长诗经典，《法院系列》必会名列其中，它是真正做到了余华在其小说里没有做到的“正面强攻”，并且用的是诗歌式的“巧取豪夺”。

但我必须指出——正如我早就说过的那样：“没有代表作的诗人是可悲的，徒有代表的诗人也是可鄙的。”与其超强的代表作相比，作为一名诗人的整体写作，东岳还没有那么强大。他还没有成为一名诗艺上的“能工巧匠”——法院题材之外便要自降一格恰好说明了这一点。我希望东岳写得更聪明一些，甚至于更诡异一些，去取自己没有的东西（而不是满足现状制造借口），才会更上一层楼！好在来日方长，诗人年富力强，好在他拥有于人于诗最致命的品行：诚信！

独化于崆峒

回想起来，这恍若一场梦：三年前的酷夏，刚看完世界杯，我和几个朋友自西安启程，坐了七小时无空调的火车，在黑灯瞎火的时刻抵达一个陌生的车站，车站上有个陌生的男人带领另外几个陌生的男人用一辆警车将我等接走了——为此我在当年留下过一首诗《中国最高接待方式（平凉版）》。那个陌生的车站正是平凉，那个陌生的男人正是诗人独化。那场梦在当夜如此这般地延续着：我等被警车拉到一个宾馆下榻，放下行李来到饭桌旁，一边喝酒吃饭，独化一边掏出一个本子，上面写有五十几个问题，全是提给我的，他当场一口气向我问了十几个，跟记者采访似的，问题却提得非常专业，全是诗歌内部的问题……目睹此情此景，最有梦幻感的当属我等一行人最为年长的沈奇老兄，年长意味着他距网络较远，距网络交流的现场较远，对我等与独化这种因长期的网络交流而达成的“天涯若比邻”的关系，既感到陌生、震惊，又感到十分美好！他当场评点说：“像古代诗人的见面!”

那场梦到了翌日还未醒：独化带着我等去爬一座叫作“崆峒”

的仙山，我想试试自己成功减肥后爬山的能力，结果没费多大劲，却爬了个第一名，于是又留下了一首诗《崆峒山小记》，全诗如下：“上去时和下来时的感觉 / 是非常不同的——// 上去的时候 / 那山隐现在浓雾之中 // 下来的时候 / 这山暴露在艳阳之下 // 像是两座山 / 不知哪座更崆峒 // 不论哪一座 / 我都爱着这崆峒 // 因为这是 / 多年以来——// 我用自己的双脚 / 踏上的头一座山……”

后来我等向着大西北的腹地继续前行，离开平凉后去了宁夏泾源，出席“六盘山诗会”，在诗会上遇到《星星》诗刊副主编靳晓静女士，相见甚欢，回去之后我便将此次甘宁行收获的一组新作发给她，包括这首《崆峒山小记》在内的一组诗遂发表在第二年某期的《星星》诗刊上。到了 2008 年年初，被南京一帮混子列为所谓“2007 年庸诗榜”的头名，造成了一起颇为轰动的新闻事件——这已经不是美好的梦了，而是丑恶的现实！多年以来，我早已习惯了同鬼魅打交道，深知其有多么丑恶，也喜欢以恶制恶的斗争形式，但被伤及的好人无辜——鬼魅也正是以对好人的伤及、以对恶人的召唤、以对庸人的蒙蔽来达到他们的险恶目的。所以，这件事伤不了我，还能成全我喜欢热闹之心，但在我心里却对两个好人以及相应的两个事物心怀歉意，那便是靳晓静与《星星》诗刊，我使一个好编辑编辑了一首“庸诗”！还有就是独化与崆峒山，好人与仙山，我招徕鬼魅令其蒙羞！罪过！罪过！

好在独化能够理解这一切，因为这么多年我们都是从网上混过来的——在我看来，这十年间只有在网上混过来的人，才有资格说自己真正地了解诗坛的环境和人心，才不至于太过幼稚和生气。现在我已经想不起当初是如何注意到“诗人独化”这个存在的，好像缺乏一个鲜明的标志，也不是因为某一首或某一组具体的作品……哦，想起来了！我最开始注意到他是因为他与“大部队”写得不甚一样，但又在我能够真心接受的口语诗这个大范畴中——独特，总是容易被人注意到的啊！三年前那次见面前，对于其人我已略知一点：譬如他是我的老友唐欣和叶舟在西北师大时的同门同窗，还和老唐一个宿舍（颇似我与徐江、侯马的关系）。按照老唐的说法，上大学时也不见其写——这似乎有点像我们北师大这拨人中的侯马和宋晓贤，等毕业之后方才动手，也实在算不得完，既然有充裕的时间等着老一代“校园诗人”下岗，就有同样充裕的时间等着新一代“社会诗人”上岗。说起来，这还是让我有如梦似幻的感觉：从前有座山，山上有座庙，庙里有个老和尚在讲故事，讲的什么呢？西北有甘肃，甘肃有平凉，平凉有崆峒山，山下有校园，校园里有个老师在教孩子，除了教孩子还写东西，写的什么呢？俗人理解不了的诗！独化与我同龄高我一届，掐指一算，他大学毕业之后在平凉一中教了 21 年书——噢！这份履历一看就是我们那代人！这个暑假，我回母校参加了毕业 20 年的一个返校活动，令我吃惊的是当年被分去教中学的那些同学绝大多数都没有挪窝——不知道挪窝似乎就是我们那代人的特点——结果呢？现在全成了中学校长或省市级的名师，成为中学语文教学国家级的权威人士。同样不知道挪窝的独化自然也成了一位桃李满天下的名师（所以我等到达时才有警车好坐），如此坐得住的状态成就个诗是松松的！

从去年年底到今年年初的几个月里，我应约编了一本《从今天开始：现代汉诗三十年》的书，独化是入选的诗人之一，在此请随我一起来欣赏他入选该书的两首佳作：

我主持圆通寺一个下午 / 它破败 / 它空无一人 / 我嗅到了我点燃的清香 / 我看到了花木上拂过的冷风

诗题叫人为之一怔："我主持圆通寺……"——难道你是和尚吗？苏童《我的帝王生涯》的叙述口吻。不难看出，此诗写的是寂寞，现实环境中周遭的寂寞（"它破败 / 它空无一人"），写的是寂寞中的执着与坚持（"我嗅到了我点燃的清香"），写的是时间的永恒（"我看到了花木上拂过的冷风"）。在我看来，"我主持圆通寺一个下午"也就是"我"上了一下午课或写了一下午诗的写照，我作为独化双重的同行深深地理解他这份双重的寂寞——"它空无一人"！我不是在去年的《授课》一诗中也曾写过"空洞的教室——没有人听"吗？

我是荷 / 为什么？我来到了这里， / 这儿是永恒的黑暗啊。/ 我是荷。凭此一念， / 我从这荒凉的世界上站立起来了。

“为什么？”——起句发问，富含匠心。从第一首诗便可看出：独化是深受文学的经典教育并颇有经典意识的诗人。网络产生了真正的“网络诗人”：毫无经典意识，亦无文学修养，甚至语文不过关，病句都造得出来，但是老夫聊发少年狂，性情一发遂成诗——那瘸腿的诗还不能轻易否定，因为在另一个极端上，有人除了词句一无所有！所以我说，在网络时代，这种写作内部的讲究是多么可贵！“野”中有“文”，“快”中有“慢”才好。“我来到了这里”——“这里”是哪里？作者没有回答，紧接着来了一句霸道的：“这儿是永恒的黑暗啊。”——等于是回答了：“这里”=黑暗的所在。紧接着又来了一句突兀的：“我是荷”——或许有人会以为作者要玩一把浪漫主义式的直抒胸臆了，作者却在同一行里，只隔着一个句号（而不是动作很大的破折号），来了一句“凭此一念”（好一句“凭此一念”），便拉了出来……再往下，怎么写都有了，作者却没有忘记用“荒凉的世界”对前句中的“这里”、“永恒的黑暗”作个照应。

带点文气，带点古风，但却非常适度，不影响口语的正常表达——将之控制在“说人话”的范畴之内。独化是懂得节制的（这一点十分明显），令我想起乒坛名宿庄则栋写过的一本书《闯与创》：这位20世纪60年代蝉联过三届世界冠军和全国冠军（在其辉煌的运动生涯中曾将当时一半比赛的大小冠军拿走）的名将，人称“小老虎”，是力量与速度的代表，据说当年在国家队训练时挥着铁拍子打……如此一员猛将，在其书中却说出了一个“制动”的理论来，他说惯性使人在每个动作中都有没有必要甚至会带来坏处的延长部分，既拖泥带水毫无必要，也影响到下一个动作的准备，必须有意识地制止这一部分——说得好啊！这从千锤百炼的实战中得出的经验才是最好的“理论”。多年以前，我在进行口语诗的写作时联想到庄氏的“制动”理论：即你在写出一句的时候，要克制依赖惯性冒出的下一句。为什么是口语诗的写作需要注意这些？因为口语诗才会凿开作者的语言之源——语言才会成为一个流程，其他写作是“找词儿”填公式的写作，连考虑这一点的资格都没有。原来，最有力量的人是最知道省力与合理用力的人，这便是庄则栋带给我的启示，我在读独化的诗时又想起了庄氏的理论，因为独化在写诗时懂得“制动”。

总而言之，独化有道、有体。

他让我隐隐地想起了废名——那个在当年绝非前沿与主流但却在时间中被越擦越亮的废不掉的名字——但愿我这粗线条的划分不会给独化本人带来任何误导，但愿独化像废名先生那样最终成为时间的亲人！

说穿了，诗不就是这么一回事嘛：一些分行的话，说在纸上，看谁说得足够好，现在看，十年后看，百年后看，千年后看，一代一代的人看下去……到我们都烧成灰的时候，还有人看，那么，OK！

其中有什么规律吗？有的，但愿你的悟性好。

冥冥中我有一个感觉：在时间的长河面前，我提醒大家要特别小心那些“微言”、“少说”、貌不惊人的诗人，如独化者。

2009 年 8 月

最高的玩

——白立《我是一个被漠视的诗人》序

多年来，我不知拒绝过多少作序的请求，承蒙同行看得起，得罪了也就得罪了——反正我得罪的人多，虱子多了不怕咬！我的原则是：非老友不写——即我必须熟读你的诗，而且了解你的人，知道你的来历和底细。我视临时看诗而作序的行为为堕落，哪怕你没有受贿。所以，当老友秦巴子转告诗人白立的作序之请时，我陷入了犹豫……

白立与我并没有直接的交往，认识虽早，但到目前为止，见面不会超过十次，仅有的这几次见面，要么他是和老秦一块出现，作为“兄弟的兄弟”；要么是在某些诗歌活动中，那是一些酒气熏天话语狂欢的场合，也不曾做过私下更深入的交流。在本省的文学江湖上，白立酒名比诗名更盛，以大玩家、老江湖的形象游走、出没。去年夏天，第二届中国诗歌节在西安举行，在会上我算见识了他的嗜酒如命和超级海量。诗人开会，等于酒神 PK。长安市上酒家眠，李白的魂灵冒着酒气在天上飘荡，成了徒子徒孙们的酒司令，饮者得了将令，非要喝出胜负不可，结果倒了一大片，吐了一河滩。到最后，将各省落败酒神押解回宾馆而屹立不倒神态自若者唯有青海酒神马非和陕西酒神白立，我作为连参加 PK 的资格都没有的一名观众兼裁判，看得挺高兴：马非是我兄弟，白立代表陕西。

能喝加上“兄弟的兄弟”，自然不是我要打破惯例为之作序的理由。在此前后，我受诗人黄海之重托编选《陕西诗选（2000—2010)》一书，本以为这是个以我熟知、激赏的长安诗歌节同仁为主打，其他诗人聊作点缀的一本诗选，却因为我一贯严谨认真的工作作风和来得非常及时的出席“陕西诗会”的机遇，使得本书出乎意料地成了一部真正的“省选”。在阅读所约诗人来稿的过程中，我有几大惊喜：一，陕西诗人整体水平之高超出了我的固有印象；二，宝鸡地区水平之高、队伍之整齐令我惊喜，不愧 80 年代“陕西诗窝子”的称号；三，我平时不甚关注的诗人的水平之高令我惊喜，其中主要代表就是白立！

在电脑上阅稿时还发生了一个“事故”，我将如约发来的诗人作品转帖在一个文档中，起先是按来稿先后在读，我读着某个诗人越往后越好，好得连风格都不一致了！便意识到有问题，到邮箱里一查，哦，原来那是另外一位诗人的诗，与前一个诗人粘贴在一起了，那忽然变好的诗的作者便是白立！

最先吸引我的是《工厂的回忆》一诗，他绝不回避自己“出身”的健康态度吸引了我，同在陕西这个地方对国企大工厂的经验积累帮我作出判断。他写道：“那时我感觉 / 每天走进车间 / 就

像鞋子进了包装盒 / 各种厂训厂规 / 将我的青春牢牢地束紧 / 只有汗水在操作台上 / 不断地溅起浪花 / 工段长经常操着土土的土著话 / 把我大声地训斥 / 使我时常恐慌 / 我听得懂又似乎听不懂 / 但却要一个劲儿地点头”——除了“就像鞋子进了包装盒”一句，似乎并未有足以吸引我的氛围与质感，但是紧接着两句“我想他根本没必要 / 对我这样猖狂 / 看来这不是我待的地方 / 所以后来我发誓 / 一定要离开工厂”——真实！大实话！关键是当年这心里的大实话要在多年以后以诗人的身份将它写出来，这就不容易了，我已认定这是一首好诗了，但是还没完：“好多年以后 / 我曾回去看我那 / 曾经工作过的大工厂 / 和曾经训斥我的工段长 / 我发现我的那些哥们姐们 / 以及我的工段长 / 都早已下岗”——读到此，我的心里有小小的震撼，不是为有人下岗的现实（对此大家早已麻木不仁），而是为诗歌在此处的一次拐弯加跃进：这两个动作一次性完成，难度是很大的，这时候你才会发现全诗不动声色的平易笔调是多么重要。

如果说我在《工厂的回忆》中看到了他对个人历史的坦承和对当下现实的关注，那么在《蚊子的血与死》中，我看到了他在感觉和思维上的个性：“昨夜　我一巴掌打在自己的肩上 / 只为消灭一只可恶的蚊子 / 我沾了一手的血 / 看着自己的血我叹道 / 死是蚊子的死 / 血全是我自己的血……我在想 / 为什么蚊子以血为食 / 它只吸别人的血 / 却一点也没造出自己的血 / 或许它也有血 / 是另一种颜色的血”——我感觉这几句诗和白立长得很像，他那副形象就该写出这样的诗句，他那副“阔家少爷”加“算命先生”的复合形象……写到此，我才意识到我最终敢于为之作序的深层因素：诗如其人抓得住。

他在《夜总会》中写道：“独步女郎一次次狂野地变换腰的扭向 / 台下忘情尖叫的少男少女 / 有点像当年崔健煽情的手势 / 召唤我枯寂多年的理想……我明白 / 走出这喧嚣的地方 / 还得回自己的家睡觉”——真是于我心有戚戚焉！这种感觉一定是在夜总会这种地方“泡”出来的感觉，而不是在纸面上硬写出来的感觉。我说的是体验：这是一种典型的“六八一代”的体验，一个成熟男人的体验，时代是在对自我的书写中被写出来的，而不是站在道德的高处批判点什么。《在古戏台边行走》整体上没有特别的建树，但是一句“以往的风还在继续吹 / 以往的体味也会飘了过来”——惊着我了！这头一句诗盲都能写，但是第二句非有天才和生命的爆发力而不可为，从风里直接吹来了“体味”，太直接了，甚至有点蛮不讲理，而好诗真是需要一点蛮不讲理啊！在《父亲墓前》中，他看似不经意的一笔，却力道十足，富含深意：“我时常在寻思 / 一座座墓碑前 / 狂风暴雨时常地坠落 / 可它为何怎么也惊不醒 / 父亲安然的魂灵”。在《法门寺》中他写道：“看着巨大的佛字 / 我的心肺异常宁静 / 那香火像是悬在空中的虚无 / 是飘摇的虚无 / 像菩提树上的水气 / 渴望被托起 / 我想即使把我托起 / 我也不会上升 / 就像寺内的那个巨石 / 静静地躺在那儿不动 / 听诵经的寂静 / 让世界的杂音消失”——近水楼台先得月，陕西的诗人写过多少首《法门寺》？不光陕西诗人爱写，外地诗人也爱写，最爱写的似乎是台湾诗人，总之我不知读过多少《法门寺》，但是我还是在白立笔下看到了他对习惯性写法和某种文化惯性、思维模式的抵制，或者说至少将这种挣扎与努力的痕迹留在了诗中。不光这一首，他有相当一批诗都是如此，据此我认定这是一个真在动脑子写诗并注重生命体验的诗人。而在《年老的鸟》中他如此写道："我思索着 / 自己可能也曾想象是一只鸟 / 在自己的早年 / 确实有过飞翔的欲望 / 我抬头看见一位老者 / 想象他就是一只年老的鸟 / 翅膀已退化成一只拐杖。"——这显而易见的来自于北岛式朦胧诗的修养和功夫，充分说明白立属于我也在其中的"六八一代"，不光 60 后，还有 50 后，在我编选的那本《陕西诗选（2000—2010）》中的表现相当优异，在我印象中他们既不是那种翻云覆雨搅动诗坛的风云人物，也不是在本省的文学场面上抛头露面左右逢源的会虫，却几十年如一日地坚持，埋头默默写作……陕西出这种人物，这就是陕西人的典型性格：像秦砖汉瓦唐塔一样沉默和坚守！

我在编选《陕西诗选（2000—2010）》时，是在白立诗稿的末尾读到他 2010 年的新作《我是一个被漠视的诗人》："我是一个诗人 / 可我写的诗是什么 / 没人关心，无人知道 / 人们称我为诗人 / 但抛弃我的诗 / 就像抛弃应有的记忆 / 我耗尽了自己的一腔热血 / 写诗，却湮灭在层层的被人遗忘里 / 像阴影，在被狂爱纠缠到窒息 / 我写的诗虽然没多少人知道 / 但却存在着 / 像水蒸气，蒸发着 /

进入轻蔑和喧哗的一片虚空 / 进入清醒的梦幻里 / 没有丝毫生命的意义 / 似乎也没有任何乐趣 / 只有巨大的我生命的尊爱 / 一钱不值 / 像是狗屁。”——到此已经够坦白的了，但还有更坦白的：“即使我最亲密的爱人 / 也不关心 / 甚至不如说 / 比其他人还要漠然视之。”——读到此，我有半晌无语，面对自身敢于“下刀子”的勇气，不需要公共道德的强大支撑和文化注解的勇气才是一个诗人真正的勇敢。我自诩为“中国最勇敢的诗人”，我对勇敢过敏，并以此作为衡量一个诗人段位的关键性的一大因素——据此我认定：白立是位优秀诗人，他的段位超越陕西，他在某些细节上的优秀超越中国当下第一流的诗人。后来见到秦巴子，是在长安兴庆宫公园的小径上，我盛赞白立后问其道：“你真的认识你这位兄弟吗?”

我的意思是：他不仅仅是“喝家”、“玩家”，还是天然的本质的诗人！不过话说回来，正因为是“喝家”、“玩家”，还带有一些“闲人气”、“浪子气”，才比那些典型的体制式小文人写得好。就算是个“玩家”吧，他玩的是诗——这是最高级最幸福最灵魂最有归宿感的玩！

2010 年岁末

东都洛阳的诗人

——小议朱怀金

我总以为：西安和洛阳这类城市是不可以没有诗人的——如果没有，悲莫大焉，奇耻大辱！盖因如此，我才咬定诗歌不放松，做好我这个西安的诗人。与此同时，出自同一情结，我也不可避免地用一种恍若隔世的期待的目光遥望着洛阳的诗人。

朱怀金正是我目光触及的一人。

我们认识很久了，久到上个世纪去，两次见面却等到了这一年间。去年秋天的某日，他忽然从电话里冒将出来，说人已到达西安可以马上见面，我作为一名老西安，遵循自己长期以来所形成的一种招待朋友的习惯性套路，那就是第一顿饭要请对方吃闻名遐迩的“西安第一名吃”羊肉泡馍。我把地点选在了离我家较近的老孙家龙首村分店，于是便如怀金诗中所写：“到老孙家羊肉泡馍馆 / 我们把时间拉长了一个小时 / 一个小时的后面坐着伊沙 / 一瓶太白酒分开　开始弄吧 / 没有客套　胖乎乎的伊沙 / 像个可爱的唐人 // 后来我们又去喝茶 / 后来我们就走了　这次是打的 / 是从后现代跑到了唐 / 还是从唐跑到了后现代 / 我们已经分不清了。”（《长安行 / 龙首村》）——事毕留诗，说明的是“一见如故，相谈甚欢”（我以为这是朋友初见的最高境界），一同见面的尚有现在西安谋事的河南诗人张永伟（他来自平顶山），我后来才了解到：大概是因为初见的缘故，这两位还是跟我客套了些——那便是，这两位的酒还远远没有喝够！“一瓶太白酒分开”还是太少了点！他们也该了解到，跟我客套毫无必要！我虽不善饮也酒量有限，却喜欢真正的喝家和饮者，虽不喜欢酒的滋味却喜欢酒后的状态！好在后会有期——一年之后，又逢金秋时节，应怀金之邀，我和永伟从长安到洛阳，同饮共醉于风景如画的重渡沟，何以解忧？唯有杜康！连善饮的主人都说我“表现得不错”……

那两天里，与怀金同饮同住，返回洛阳市内，又承蒙他的照顾与款待，接触多了，便了解到他更多的底细：岁月弄人，酒色蚀人，令怀金老相，且一副老江湖的派头，其实是一“70 后”！与我共同的一点让我心生亲切之感：他在北京读的大学——北方交大，我离开时他来了，所以我们没有相同的时段却有着同一个空间。我的经验，“老 70 后”（20 世纪 70 年代初出生的人）更接近于我们“小 60 后”（20 世纪 60 年代中后期出生的人），再加上在北京读大学的人也有其相同点，那便是饱读诗书，心怀经典。读怀金的诗，发现他涉及的大师竟有如此之多：荷兰的吕瑟贝尔（引其句：“他是宇宙裙上的一粒面包屑”）、法国的艾吕雅（“艾吕雅轻轻触碰了某个开关 / 墙打开了 / 花园就在眼前”）、俄罗斯的阿赫玛托娃（从《阿赫玛托娃传》到阿赫玛托娃 / 从无到有　诗人 / 我们又存在于谁的记忆之中）、奥地利的里尔克（“这本《里尔克诗选》”，我一脸困惑 / “你花了多少钱?” “是谁在出售自己的发现?” 我们完成了一次淘书的过程 / 感到某种程度的紧张）、英国的拉金（《读完拉金，我走下王城广场》）、加勒比海的沃尔克特（《七层的陌生人——兼致沃尔柯特》）等。对一位优秀的诗人来说，它的文化背景就蕴藏在他的诗中，包括自我修炼的过程。我要说，怀金向我们提供和展示的这些是可靠的和值得信赖的。那么，带着向大师与经典致敬的情怀，何以表现出自己的才华和能力——或者说他的能力究竟体现在哪些方面？这是我更为关注的。

在怀金的笔下，我看见了“……一个灰影。/ 刚刚从土里 / 冒出来的这个人 / 显得飘忽 /……/ 吸引我的是它的 / 眉眼、腰身和步态 / 我确定了‘他’/ 我看到了这个女尼 / 微白的发根”（《在东大街遇托钵僧》），我也就发现了他在庸常生活中发现“诗”的能力，这淋漓尽致地体现出了他诗的才华和一颗天然的诗心。在《对阳台的精神分析》中他写道：“有时候会有一盆花　两张藤椅 / 几碟小菜　来访的友人从怀中抽出一瓶酒 / 让牙齿咬到胃　酒杯碰住额头 / 萝卜和白菜亲如兄弟 / 吐出的话语常常打翻并排的书籍 / 而花盆是干涸的　他的书放在了 / 戈壁　我说：灌吧　灌吧 / 抽烟能通神 / 喝酒可以见鬼。”——最后两句诗一下子从纸面上跳了出来，如果说“抽烟能通神”尚且可以在某句民谚中找到出处，“喝酒可以见鬼”则完全是神来之笔！是做过酒鬼的诗人才能写得出来的（严力将“酒鬼”破结成“酒和鬼相遇之后的一个人”有着异曲同工之妙），据此我认定怀金的酒没有白喝！他出语嚣张乖戾，声称“所有的女人都是我的女人”，但满含真挚：“这不仅仅是因为 / 我了解他们身体的某个部分 / 也不仅仅是因为 / 我是一个女人的丈夫 / 还是一个女孩的父亲 // 我仅仅是　看着她们 / 看着她们的长相神态和走姿 / 就会为她们感动”（《所有的女人都是我的女人》），作为读者的我也被感动了！怀金的才华和能力是确定无疑的。

身为洛阳的诗人，不动用洛阳的资源至少是不聪明的，怀金自然也没有放过，他写牡丹：“牡丹花　谢了 / 像安坐家中的妇人　忽然 / 相约了一起私奔 / 她们太激动了　花瓣飘落 / 散落一路的头饰和罗群 / 她们私奔　奔 // 这些妇人 / 她们要到一个黄金的家里 / 将爱再来一遍。”（《牡丹花谢了》）他写白马寺：“一个小和尚和我们擦肩而过时 / 嘀咕道：不许拉手 / 像一句可疑的经文……十几年后的今天 / 他打来电话　说 / 我是不是那个女尼 / 打了节的席草 / 一直痛到现今。”（《陪女友逛白马寺》）他写龙门石窟：“十万石窟洞开。十万个大地的音孔 / 西风吹送。西风送来沸腾的血浆 / 又骤然无形。静啊！他看到了那只眼 / 聆听者颔首。双手合十。他喊住了一粒沙石的名印 / 那是大地的心胸！”（《卢舍那的黄昏》）……我想说洛阳有怀金这样的诗人是洛阳的福分，我也不谦虚地说，这正如西安有我这样的诗人是西安的福分，我们的存在对各自的城市来说都意味着一种伟大的回应——唐之西东两都并没有在时间之河中沉沦下去，诗之唐、诗之长安与洛阳拒绝沉沦！

与怀金共勉！

钟品《问题成堆》序

尽管，我对那个靠写“校园民谣”出名的俗不可耐的胖子烦透了见不得，但还是想借用其一首歌名来说明我与钟品的关系——睡在我上铺的兄弟。大学上到一半的时候，我们集体性地调整过一次宿舍，我不得不与徐江、侯马暂时分开，来到了一个新的宿舍，睡在钟品同学的下边……

对于兼做小说的我来说，他还是我的人物原型，他在我的中篇《我是种马》中担任过悲壮的“男 1 号”，在我新出版的长篇《黄金在天上》中担任过“男 2 号”的一半——那里头与“男 1 号”一起打架进拘留所，以及终遭失败的苦恋，都是属于他的，而不是属于另一半的本人，我的大学时代远没有他有故事……

钟品的确是一个有故事的人，或者说在生活中就是一个诗人，生为诗人故而写了诗，而不是相反。我在北师大的后两年，由我和他还有蹭住在我们宿舍的流浪歌手张楚——三人构成了一个文艺青年激进派的小氛围，令三人各自的创作大受其益，那正是我的《车过黄河》时期，我视之为一生的财富。

也正是在这两年里，和我一样，钟品也进入了以后现代为文化背景的口语诗写作，我记得那时候，我俩是谈着后现代，写着口语诗。回想起来，我们肯定是受到了当时刚刚跃上主流刊物的“第三代诗人”的影响，也与理论界刚刚引进显得颇为时髦的西方后现代理论有关。在当时的大学校园里，我们自然是超前的、先锋的。仅就我周围的校园诗人而言，徐江、桑克和北大几君是追求经典化学院派的路子，洪烛、中岛和一大堆人是主流新诗作协体，侯马、宋晓贤还没有开始写。我听一位老师转述：当时已经大名鼎鼎的“第三代诗人”老木（他更惹眼的身份是《新诗潮诗集》的主编）看到我的诗说：“伊沙的诗是上路的。”——让我听了心中有底，增强了以急先锋之姿杀入中国诗坛的雄心壮志。与此同时，钟品受到了更加实在的鼓励，其诗作《回故乡之路》被著名诗人、我们的老师任洪渊选中，参加了《北京青年报》和台湾《联合报》、《中国时报》举办的“北京——台北诗人诗歌大展”，太阳风诗社还组织召开了“钟品、桑克作品研讨会”。我还记得当时我手拿那份《北京青年报》时又羡慕又嫉妒的复杂心情，我读着钟品的参展之作，感觉他比同在一版已经成名的杨克、宋琳等“第三代诗人”丝毫不差，比我中学时代到大学前期的诗人偶像顾城要略差一点。作为校园诗人的钟品，有过自己辉煌的当年，一个起点甚高的当年。毕业前正逢乱世，让人感到前程未卜，但偏安一隅埋头苦写凭借过硬的作品携手杀入诗坛的誓约我们哥俩是许下过的。

然后就毕业了。钟品是航天部的委培生，早就签下过卖身契，滚回故乡四川的山沟里去是他难以逃脱的宿命。我们开始靠通信保持联系，我们在那时所写的信拿出来都是感人肺腑的青春美文。我记得有一次我在信中提到我近期的“战绩”——在哪家刊物上发了哪些诗。他回信提及我们的朋友洪烛在遍地开花地猛发，在发表的数量上已经走在了我们的前面，并用孙文的话告诫我：“革命尚未成功，同志仍须努力！”让我真是一刻都不敢懈怠啊！另有一次，我在西外传达室收信时读到一本公家订的《星星诗刊》，上面刊有钟品毕业后的新作《阿尔巴特街的画家》等一组诗，那是真心为他高兴！感觉他比大学时代前进了一步，已经顺利地完成从一个“校园诗人”到“社会诗人”的艰难转型。在此前后，我也利用自己美国《一行》诗刊国内代理人的身份，不断向住在纽约的主编严力推荐年轻诗人的作品，成功推荐的名单中包括钟品。

1992年，从南方吹来的春风，给人们带来了希望，也把一代诗人吹下了海。不要说走入社会没几年的钟品了，多少已经功成名就的诗人都未能幸免。在中国社会发展的这个阶段（现阶段亦是如此），“下海”与“写诗”犹如鱼与熊掌不可兼得，“下海”近乎百分之百地等同于“不写”。山沟里的钟品向着南方去了，嗅着咸腥的气息找到了他游泳的海洋，起先还来过两封信，后来便与我断了联系。对于他的选择我并不感到意外，大学时代他便声称过自己是个享乐主义者，是要追求过好日子的——而待在山沟里写诗，恐怕一辈子跟好日子无缘。与我不同，离开写作，在生存方面，钟品依然聪明，可算人精，挣钱对他来说太容易。到 1997 年我们再次见面时，他已经完成了自己颇带传奇色彩的原始积累阶段，生活的城市已从广州转到北京，安家落户。转年我们又在北京见过一面，然后又是多年不见，再次见面已是 2007 年年初。

我们海阔天空地聊了很多，唯一没有聊到的是，钟品又开始写诗了。我已在一篇文论中谈过博客热带动“下岗诗人”重新写诗的现象，钟品的重写应该归入这个现象之中。我不知道这个现象中的诗人有没有“早知今日、何必当初”之感？但是很显然，写诗如吸毒，你一旦沾过它，一辈子有心瘾，早晚都会回来的，不回来心里难受，不回来活得不好！说得严肃一点，当物质生活的保障基本解决之后，精神生活的需求便提高了，而诗歌无疑是解决这个问题的最佳途径之一——写过的人深知这一点。

为了这篇责无旁贷的序言，我已经认真读过了本书的书稿，重温其早年的作品让我感到亲切，重点是近期的作品。首要的印象是语言：口语，还是口语！说句心里话，对于语言进入不了口语层次（不是过去认识的“风格”）的现在进行时态的诗歌，我是有些歧视的（过去完成时的除外），所以我认为钟品的语言还是“上路的”——这一点非常重要！我从他诗歌的语言上读出的信息相当丰富：一部分还保持着 20 世纪 80 年代中后期“第三代”口语诗的特点（比较散漫的“生活流”），另一部分则已经汲取了口语诗在近二十年来的成果积累（趋于精妙的“有话要说”）——由此可见，口语诗史的“前”、“后”分期已经不是策略（当年提出时就不是策略），而是一个强大的现实。由于中间一段的不在场，钟品有必要对这个发展过程作出一番正确的梳理，对于今后的写作肯定会大有好处。

与当年的情形还有所不同的是，“怎么写”已经不显得那么迫切了，或者说对这个时代的诗人们而言，已经不是问题的全部，而“写什么”显得尤为重要——当然，这个“写什么”指的不是题材的选择，而是你所说出的话的质量！我欣喜地看到钟品在他后期作品中说出了不少颇具人生经验和智慧的很有质量的话，但也感觉到他还可以说得更好——关键在于他必须有这样的意识和自我要求。

钟品好赌，天生具有赌徒性格，大学时代靠赌饭票就饿不死的那种主，我现在想问的是：在这本总结性的诗集出版之后，你打算为诗歌下多少注？这可是一个无法回避的大问题！

我与钟品曾经奋斗过的广东有辞旧迎新之缘。元旦那天，我在佛山祖庙拜谒黄飞鸿，钟品的电话突然打进来，狂赞我刚刚发布的长诗《蓝灯》，说我一诗灭人一年。那时我很想念我的这位会打架的朋友，因为昨晚我刚打过一架，将一个上来寻衅的抹布一样的“80后”小秃驴一脚踢飞——以我之拳脚，并不需要他在场帮忙，但还是那么想了一下：有这小子在多好啊！不过即刻就打消了：若他真在，我们俩肯定得进去蹲10天，一如当年他和张楚那般——一如《黄金在天上》所写的那般！

兄弟，咱们还一块练诗吧！好在这美丽人生正长！

2009 年 1 月

吕约："文"与"野"

一

给女诗人写评论是容易惹嫌的——几年前我就遇到过一次尴尬，给一个多年来帮过我不少忙的女诗人写过一篇小得不能再小的小评论，一位老朋友读到了，劈面问我："什么关系?"

但是，给"诗坛伉俪"之女方写评论却是可以消嫌的，譬如说，给舒婷、王小妮写评论，绝对没事。

因为有张柠的存在，我给吕约写评论的仅有的一点心理障碍也被扫除掉了——但是，这还构不成我真心愿写的理由。

说句真心话：我觉得我欠吕约的!

这貌似暧昧的一句话如何理解呢？曾经，我以中国当代最懂诗的人暨现代汉诗最好的选家（没有"之一"）自居，但是在经手的《世纪诗典》、《现代诗经》、《被遗忘的经典诗歌》三大选本中却未选吕约一行诗。我跳出来看，这不是个笑话吗？确实是个笑话！一个没有吕约的现代汉诗选本绝对是个笑话！我跟她又没有仇(跟我有"仇"的家伙们反倒大多在册)。那么，这个重大忽略是怎么造成的呢?

我将通过本文理清并回答这个问题。

我这方面对人家如此不公道，人家那方面却在出版自己平生的第一部诗集时想到了我，说实话，在接到这个突如其来的邀请时我心中竟有盈盈的感动！我明白，这是一份信任，而在以往，我并没有给予别人一个明显信任我的理由！

大约两周前，在佛山诗会的发言中，张执浩还说呢：“伊沙是有写作计划的……”——确实如此，按照原本制订的计划：我现在已经恢复了中断数月的历史小说《士为知己者死》的写作，正在写着春秋战国“五大刺客”中我最钦佩的聂政的故事，但是为写吕约的评论，杀狗的聂政可以晚几天杀人——我秉承的也是我在这部小说中所倡导的“士为知己者死”的精神。

还有一种写作心理也可以在此一并交代：吕约身边有做专业评论八股文的张柠教授，也让我彻底断了做一篇八股文的念想，以免班门弄斧，惹人嗤笑！这反倒让我轻松上阵，放开去做自己的文章。昨日网上有恨恨者还在嘲笑我这个老是扶不了正的“副教授”，我就在此调戏一下他：能做专业评论八股文者，就能像张柠那样成为正教授——并且是我母校北师大的名教授，只会做我这路散漫文字者，还是老老实实地做上一辈子“副教授”吧！

二

我绝对相信气场的存在：两周前，在佛山，面对一个被名利欲火烧秃了脑袋的“80后”小疯子的无端挑衅，黄飞鸿大师的灵魂顿时附了我体，两记“无影脚”踹将出去！而在新旧世纪更迭交替的广州城，则弥漫着一股“诗歌北伐”的革命气息。我与之上一段缘分就在于起义暴动式的革命行动需要我，我后来与之失缘也在于革命胜利后的排排坐分果果游戏需要将我这个不安定分子排除在外！

哦！2000年6月的广州，充满着新世纪的蠢蠢欲动，《1999年中国新诗年鉴》的首发式，实质上是头一年“盘峰论争”的庆功会——“北伐”成功了！“帝制”推翻了！新的“诗歌中心”建立了！从此以后，这诗坛的江山将是“民间”的天下！至少是可以划江而治的嘛！

在那家星级酒店富丽堂皇的大厅里，在革命的气息之外，有一朵兰花静悄悄地开——我的心中也充斥着革命，注意到她的存在还是因为她就绽放在我身边——我说的正是与我邻座的吕约：美女诗人，毫无疑问。

这一天，吕约的头上还有一抹光环——头条诗人——她的诗在这本正在首发的《1999年中国新诗年鉴》占据着非常显赫的头条位置。这时候，大概很多人的目光都在寻找着她，都在羡慕着我这个近水楼台先得月的座位——坐在我侧后方的新诗年鉴编委侯马就是如此，他和另一位编委沈浩波乘火车从北京赶来，会前就嚷嚷要一睹吕约的芳容，前提是他非常喜欢吕约的诗，明显要比我和沈浩波更喜欢一些。

我占据着这么好的一个位置，却在美女加头条诗人面前没有什么话——当然，我也是一贯如此，当时还不知道：这是B型血的人的通常表现。可以坦白的某种心理是：我对“头条”不以为然，因在前一年的《1998年中国新诗年鉴》中，小说家鲁羊是头条，我是二条，叫我心中颇不服气。这明明是编委A的推人之策，但编委B却向我解释说，头条得上一个没有争议的稳重人物。头条人选要考虑诗外因素，所以我不以为然，而且在这个时候，我已经读过了吕约的诗，感觉还不错，但并不像侯马评价得那么高。

怎么说呢？我觉得她还是写得太“文”了一点，不够“野”。

在此需要解释一下，我这里所说的“文”与“野”都不是古文中的意思，也不是日常口语中对人气质的指认，我之所谓“文”指的是“文本”，我之所谓“野”指的是“生命力”——我习惯用这两大元素的比例构成来探寻一首诗的成败好坏——也就是说，我认为诗歌写作正是由这两大元素来决定最后结果的。

我读吕约被收入《年鉴》的那组诗，感觉太“文”了。读过之后，印象至深的是“修养”，一个修养很好训练有素的青年女诗人在经过多年的历练之后，终于冒头了。但是，我见过中国修养最好的女诗人——她甚至是我的老师（只是不同系）和吕约的老乡——我说的是郑敏先生。二十多年前，正在北师大中文系就读的我跑到英语系的教室里去听她的课，听她讲英美诗歌，她在言语之间所表现出的深厚修养，让我们这代人只能望其项背。我印象至深的是她的英语水平，随口便能逐字逐句地翻译金斯堡的

《嚎叫》，听起来感觉比行世的译文还要好（也许是口语的翻译更接近原文吧）。但恕我直言，恕我对老师大不敬——郑敏先生一辈子写了那么多的诗，却没有一首——用今天“80后”、“90后”的孩子们爱说的话叫：“电”到我或“雷”到我——我说的是震撼：“小感动”或许有，“大震撼”绝对是没有的。因为她老人家只有“文”而没有“野”，“野”的指数基本等于0。顺便说说翟永明，遥想当年，《女人》组诗既“电”到又“雷”到了我，因为它是既“文”又“野”的，“文”“野”交织的。此后的翟永明越变越“文”，与“文”人为伍，为观念所误（现代主义膜拜并神话“文”），“野”很快消失殆尽。

在2000这一年，我心目中最好的中国女诗人是云南的贾薇——这个印象来自于20世纪90年代的中后期，已经有好几年没有变过了，我甚至认为她是20世纪90年代所产生的唯一值得谈论的女诗人，她正是“野”性十足的。大约两个月后，在该年8月举行的衡山诗会上，我的这个印象开始有了改变，因为得到一本《下半身》创刊号，印象至深的是尹丽川，是《再舒服一点》。我比她的“下半身”战友们更早认识尹丽川。那是在1998年夏天，在北京闪光点酒吧，大仙请我喝酒。席间来了个美女，和两个老外一起来，大仙说是他“妹妹”，也没有给我们来个互相介绍。我忘了话题是怎么跑到诗那儿去的，这位“妹妹”提到了两位诗人：海子和伊沙。大仙一指我：“伊沙正坐在你对面！”“妹妹”惊讶得不敢相信……再次见面是在1999年冬的龙脉诗会上，她是临时来玩的，因为认识当夜剃头起事为“第三条道路”的那几位老兄。会后他们一起合出了本《九人诗选》，里头尹丽川的诗像是一个非典型的北大女生写的。如今一转眼已经变样了，一转眼已经跃居到中国诗歌的最前沿，所以，“向下”这个方向的确立对于他们几个是很重要的。对尹丽川的阅读，让我收获了久违的兴奋，这是自贾薇以后再没有过的阅读兴奋（贾薇自己也提供不了新的兴奋点了）。我想用“野性的精灵”言之，是的，充满“野”性，但更是一个精灵，任何灵动的东西在我看来都该归入我所谓的“野”（而不是“文”），灵动于诗诚可贵啊！

我在贾薇与尹丽川的缝隙间初识的吕约，让我觉得太“文”了，属于“淑女写作”的范畴。我那时年轻，比现在更严重地认为，最好的女性诗歌应该是“浪女”、“猛女”所为。

三

我决意将兄弟出卖到底：那一年在广州，在会后的晚饭之后，有个原籍东北的本地诗人组织人马去酒吧畅饮，在一起去酒吧的路上，吕约（张柠在不在我已忘记了）突然提出：家有小孩，必须告退，然后就走了。把我的兄弟侯马闪在了半道上，这个博爱天下女人并以为天下女人也博爱他的大情种，到广州后得知吕约名花有主且是《年鉴》编委会里的同事，已经遭受了一次打击，现在连向对方表达一下对其诗歌的喜爱的机会也没有了，侯马的心拔凉拔凉的……在颓唐的心情下，他给我出了个古怪的主意，我在此就不讲了，总之他确实很颓唐。

时光荏苒。

我再次见到吕约已是四年以后——2004年，我们见过两次，一次是6月北京大场朗诵会——我对那次朗诵会缺乏一个完整的印象，因为在我登台前后都是在舞台后面跟人聊天，没有欣赏其他诗人的朗诵，其中包括吕约。等朗诵完了，在露天啤酒座见到她，得知她已来北京工作，此时的职业身份是《新京报》记者，我们话不多，更没谈及诗。再一次是9月额尔古纳行，向来与奖无缘的我获得了最有创意的一项诗歌奖，竟然领到了两百亩牧场的土地证，当了一把“牧场主”。吕约也去了，仍是话不多，一朵兰花默默地开在秋天的草原，由于太久没有读到她的诗，我连是否在写之类的寒暄话都不敢问，只是用帮她提行李的方式表示了一下友好。

我对当代诗歌的阅读面肯定不算宽：官方刊物我是不读的，书店里的选集我也是不买的，也就是守着一个“诗江湖”，然后守株待兔地等着一些赠阅的刊物（以民刊为主）或书籍（以个人诗集为主）。所以，我不知道吕约这几年是否有诗发表，但我确实没有读到。

家有孩子要养育，夫妻俩还完成了一次从南到北的大迁徙，重新安家落户……我也是有家有口为夫为父之人，可以想象其中的不易。在强大的生活面前，诗何以堪？

2006年11月，我的母校北师大连扒带拽地凑了八个人搞了一项“知名校友作家返校日”活动（其实高考恢复以来真正的毕业生只有我和苏童两个），在饭桌上我见到了久违的张柠教授，席间我们还有张清华还很热烈地聊起了诗，主要是说起了我的几首旧作。我想问问张柠吕约的写作近况，但终于还是没有问出口。

我仍然抱着“诗江湖”之一斑以窥中国当代诗歌之全豹：2007年，巫昂回来了。她过去的写作我就十分看好，觉得她是在“领头羊”尹丽川后面采取跟随跑战术的一个人，随时准备也有能力超越领跑者，就在我等着看一场冲刺大战的时候，这两人莫名其妙地同时慢了下来，竟然跑出体育场拍电影去了……我所看到的情景是：跑道上的领跑者换成了原本不起眼的“无花果”君儿，领跑达两三年之久。现在，巫昂回来了，她要收复失地，如我在网上发帖所言：她用两三组新作就收复了全部的失地，并昂头出现在领跑者的位置上，紧随其后的是君儿、唯色……

还有一个人——斜刺里杀出的吕约！

我是在《诗歌现场》上读到吕约的一组新作的。我总是在上完课回家的公车上，拆我在学校里新收到的邮件，然后挑出值得一看的诗歌读物来读。那一天的阅读快乐来自于吕约，我第一次被她“电”或“雷”到了。除了单纯的阅读之乐，我还为她感到高兴，一个相识很早的故人，一个我印象中的好女人，我希望她的诗写得好。顺便我想提一句，这本刊物编得有点古怪，像是妇联派了个洪常青式的娘子军党代表下来编的：女诗人都编得非常好，锋芒毕露，男诗人都编得十分差，刺全拔光，只许女诗人点灯，不许男诗人放火——读完以后的感受是：在当代中国，妇女地位之高高在诗比男人写得好——这肯定不是我在“诗江湖”所看到原生态的“诗歌现场”。

从那以后，见吕约的诗我必读。

与此同时，我还注意到那次堪称真正的“诗歌事件”：吕约、巫昂这两位福建籍的女诗人被家乡人民当作“福建的光荣”请回去参加鼓浪屿诗歌节，竟然出了意外，这两头来自北方的母狼（已经变了种）报一两声长啸，不为别的，只为诗歌的真理……

巫昂在来电时跟我讲过当时身处的地方文场的那种恶心氛围，让人由不得不长啸两声，她知道我是最能理解的那个人。我能想象巫昂发飙的样子，但是很难想象吕约发飙的样子，只是读到了一篇理论素养颇为深厚并且很有见地的好文章：《写古诗还是写现代诗》。

让我想起他是理论家的妻子。

让我慨叹：当“复古派”的遗老遗少扎起辫子大宣“王道”之时，“表妹”们已经磨好了剪刀！

四

吕约将其第一本诗集命名为《破坏仪式的女人》——这名字来自于诗集中的一首诗《致一个企图破坏仪式的女人》，但在我读来，似有自况意味：写诗的吕约，愿意承认自己是女人，并且是一名破坏者——这也是我读完整部诗集的感受。大概因为自己本身就是一名破坏者，我从来都更相信破坏者而非建设者，我相信破坏者的建设，而不相信建设者一无所成（往往是这样也只能这样）！

不知读完本书的读者中会不会有人有我此时此刻的奢侈感：从1994年至2008年，一位女诗人14年的心血被我一饮而尽！原来，她年年有诗，一首首步步为营地向前推进，又像是一盘下得十分细密的好棋！

我以为，吕约是从一名“童话诗人”开始的，她的童话色彩一直保留到现在，只是这童话不再纯真愈加荒诞罢了。交流太少，我不知她是否喜欢过顾城，应该喜欢过的吧？我记得巫昂就喜欢过顾城，我在几年前写过的一篇关于巫昂的评论中写过这么个意思：我信任喜欢过顾城的人，因为顾城能够帮助一个诗人在他（她）的早期写作中建立起一个最基本的也是很纯正的诗感。

读完全书，我觉得我在八九年前用那把自造的衡量“文”、“野”比例的尺子是适用的，看她一路走来的这14年的道路，是一个“野”的指数逐渐增高并不断在“文”中突围的过程，即便如此，我还要说：这样的突围应该持续下去、持续一生。

在“文”与“野”之间，不同的诗人所需要强调的方面是不同的：有一次尹丽川当面说我说她写诗业余，让我不知道该承认还是该否认，好像我的原话不是这么说的，如果我原话真是这么说的，那我可是太讨厌了！我真正的意思是她不够敬业——这还是一个大态度的问题，现在用我的这套理论说，就比较内在比较准确了：她应该重视“文”，重视文本——首先是语言，让自己落在纸面上的每个字不至于随着活泼的心思和野性的精灵飘走，还要抵御时间的风暴，尹丽川要是和翟永明来个中和平均就好了——当然，这是不可能的……

我以为，最好的诗人一定是在“文”、“野”之间找到了黄金分割点和平衡感的人——无论男女老少！无论古今中外！

下面，让我们共赏几首吕约的好诗——

> 欢爱时闭上的眼睛 / 在仇恨中睁开了 / 再也不肯闭上 / 盯着爱情没有看见的东西 // 欢爱时的高声咒骂 / 变成了真正的诅咒 / 去死吧，去死吧 / 直到死像鹦鹉一样应和 / 喊着爱情没有宽恕的名字
>
> ——《欢爱时闭上的眼睛》

杰作！一首真正的杰作真是每一行（甚至于转行之间）都有我说的“野”，你（作者）心跳我（读者）也心跳！用鲍勃·迪伦著名的歌词句式开句严肃的玩笑：得“欢爱”多少次，才能成为真正的女人？得在“欢爱”中“咒骂”多少次，才能写出这样的一首杰作？反正舒婷、王小妮、翟永明们是写不出来的，这也充分说明，从 20 世纪 90 年代开始，在中国的诗歌内部发生过一次真正的大革命，它外在激起的喧嚣与纷嚷反倒遮蔽了它内在的实质。朱文在其短篇小说《我爱美元》结尾处直接喊出了这样一个意思：中国的老作家写不好，是因为没搞过或搞得太少——此言差矣！照

我说，是没搞爽——此言还是差矣！应该说，是搞爽了也没用，因为“文”与“野”的关系是阻隔的，还没打通！活明白是一回事，写通了又是一回事——此为“双难”。“革命前”的诗人与“革命后”的诗人的差距正是在此“双难”上，男女均是如此，只是女诗人少，一目了然。

> 庚午年，掉了第一颗牙 / 我没哭 // 辛丑年，乌鸦在祖坟叫了 / 我没哭 // 癸未年，杀到一半的猪笑了 / 我没哭 // 丁亥年，鬼子进村 / 我没哭 // 乙卯年，广场死人 / 我没哭 // 辛酉年，克隆人进攻 / 我没哭 // 丙辰年，儿子做变性手术 / 我没哭 // 甲申年，大王忽然咳了一声：“……辛苦了” / 我哭了
>
> ——《我是一个坚强的人》

又见杰作！面对杰作，如果理解不够到位的话，那也是白瞎了杰作。譬如这首，见此单一工整的形式，有些人又会理解成写作的结果（被现代主义理论武装起来的“第三代人”把“写作”倒是看得蛮神圣的，甚至于神话“写作”），也就是归于我所谓的“文”，但写东西的人就会知道，如果仅仅是靠“写作”，靠“文”，这首熔个人、国家、民族于一炉并交织着史实、想象的小史诗绝不会写得这么灵动和诡异！最终起作用的还是“野”！

在以上两首较为刺激的“胜负手”的极端之作后，我想以其更

具“平常心”的一首日常之作来结束本文——因为在我看来，一个优秀的诗人，仅有前者还是不够的（前者的诞生会有偶然性），后者往往更能见出一个诗人的综合实力（阅读诗集当然是更为有效的办法）。

2009 年 1 月

卷三

饿死诗人，开始写作

——诗集《饿死诗人》跋

“饿死诗人”的时代正在到来。

这时代给我们压力，“压”掉的更多是坏的东西。遗老遗少们在感叹和怀恋……

从来就没有过一个文学主宰的时代。凭什么非要有一个文学主宰的时代?

有人讲的“汉诗”是否真的存在?“汉诗”和“纯诗”正在成为一种借口和企图。

我在写作中对“胎记”的敏感，竭力保留在对自己种性中劣根的清除。“人之初，性本善”，我在诗中作“恶”多端。

意象和隐喻内在的技巧规律，使我同胞中绝大多数同行找到了终生偷懒的办法。这种把玩，与在古诗中把玩风花雪月异曲同工。

到处是穿长袍马褂的“现代派”和哭错坟的主儿。口语被用来讲经。

把语言折腾成“绝词”，不是才能的表现。把一首诗写得“像诗”是失败的。“诗”和“诗的”是两码事。

没脾气的人，被认为是“纯粹的诗人”。“心平气和”成为一种风度——太监风度！

喜欢维持秩序的人，是既得利益者。他们怕“乱”。

我看到邪念丛生，冠冕堂皇，想当“大屎（师）”是最致命的邪念。

大师永远是过去时的。一座墓碑上面写着“致此为生”。

在细节上作永久性停顿再节外生枝，是我们祖传的毛病，根深蒂固。

中国人真是“嘴上说的与手上写的不一致”的那种人吗？

必须抛弃鸡零狗碎的玩意！让诗歌进入说人话的年头。压力不是坏事。

站在原地思考诗歌的“终极意义”是无聊的，到尽可能远的地方去。到极端上去。

诗歌进入后现代，也仍然是和灵魂相关的东西。

诗歌是智力的，也是体力的。

在今天，诗歌和艺术是自我解放的最佳方式。

无法像人一样生活，但可以像人一样写作。

如果叛逆是气质上的东西，我对之迷恋终生。我不知道反对谁，只知道反对。

举头望天不代表你就能飞起来，锅碗瓢盆也不是真正的“平民意识”。

所谓“真实”需要对真实的想象力。口语不是口水和故作姿态。

从“形而下”到“形而上”是一个过程。

我已“自在”，您认为我在“反讽”，我认为我在“反反讽”。

我不是在“改写”着什么，我是在“写”。

“玩”从来都是严肃意义上的，是写作的至高境地。有人永远不懂。

后现代首先是一种精神，一种人生状态。无章可循，无法可法，它排除不“在”的人，所以有人害怕。

有就是有，无就是无。不存在“有多少”。

在写作中“淫乐”，玩得高兴，别无替代。

我不为风格写作，风格在血液里。

割舍掉这个时代正在发生着的一切是愚蠢的。在这最后的居留地，逃绝没有好下场。您又能“隐”到哪儿去?

“写什么”仍是重要的，因为对你所看重的“写”来说，很多事无关紧要，都是皮毛。

甭扯“世间一切皆诗”，在最容易产生诗歌的地方——无诗。

把瓷器打磨光滑的活计，耗费了多少中国诗人的生命。让石头保持石头的粗粝或回到石头以前。

把诗歌搅“活”。

走向后现代之路同样是“追求真理”之路，但它可能不是有人说的那个“理儿”。

后现代已不“先锋”。进入不了后现代就是进入不了当代。

到语言发生的地方去。把意义还原为一次事件。

我写我现在进行时的史诗——野史之诗。

一首具体的说人话的诗。

我不为“人民”写作，但我不拒绝阅读。

我没有耐性去等某些人的观念跟上来。我相信我的诗同样会对他们产生效果。起码是生理上的效果。我不拒绝误读。

诗人和国王并举的时代是糟糕的时代。

多么来劲！诗歌与人们“柏拉图”了很久之后，正欲“施暴”！

“饿死诗人”的时代正在到来。真正的诗人“饿”而“不死”！

也许，“后”不“后现代”是次要的，我只想满足我自己也给你一个刺激！

1993 年

诗集《我的英雄》自序

现在我手边放着我在过去几年中出版的几册诗集：《饿死诗人》是1988—1993年诗选；《一行乘三》是1993—1994年诗选；《我终于理解了你的拒绝》是1995—1998年诗选；《野种之歌》以及私自印制的《伊沙这个鬼》，则是1988—1998年的一个大选。此刻，与其说我是爱着这些诞生于不同年代装帧各异版本不一的书籍里的诗，还不如说我是单纯爱着这代表纪年的阿拉伯数字的更迭与变化——它增长着！此刻我刚刚在电脑里编成的《我的英雄》，是1999—2002年——属于诗歌的时间又一次被我用诗集的方式延至眼前，至脚下。

自我踏入此道开始，诗集的出版已经变做一种天赐的奢侈。但也并非是出于对每一次良机的珍视，使我尽量不去重复出版那种“大选”、“全编”式的东西，我喜欢在自己新作中不断增长的踏实而美妙的感觉！至少到目前，我的兴趣点远远不在倾尽所有地去谋求一个终极意义的定论性评价——一份提前虚拟的“悼词”上，而是在我不断增长的写作现场。因而一部诗集的出版对我来说更为重要的意义在于：让这一段过去，我将继续。而我经年日积月累的写作状态和与此相应的写作成果，也总是能够不负到手的每一次机会。现在是全新的《我的英雄》，距上一部诗集已相隔四年时间，我在对得起读者之前首先对得住自己。

在整理和编定本书的过程中，回忆是不可避免随时会发生的事情。列为本书“卷一”的“三少女”部分，是我 1999 年的诗选——记得我在 2000 年春初用电脑初学打字时，就是用打出前一年的诗选来作为一种练习，如此练习让我兴味盎然并且殊为有效。初次上网是在这年冬天，我在网上陆续贴出了自己 1999—2000 两年的诗选后，自 2001 年 1 月至今，我以每月月底一贴的方式，以平均每月 20 多首短诗的数量坚持了 22 个月（尚不包括我三个长诗《唐》、《天花乱坠》、《燥》的写作）——这便是我个人的电脑和网络时代，远远超出我手写和纸刊时代数量最多的 1992 年。大概没有诗人如我一样会理直气壮地将电脑的使用以及上网作为自己写作阶段的一个标识，我是深得其益非得如此。我自知我是这样的写作者，需要一个有形的现场，让表现欲和创造力结为一对孪生兄弟。我需要一个舞台。

这回忆也不可避免地指向我过去四年的生活，那种感受是十分复杂而微妙的：在我无意对这段生活作出任何结论时，却又不得不去面对与此相关的诗歌。这当然不是我本心想要的一种生活，是一己贪欲、虚荣和人性中的诸种弱点把自己带入荒诞不经、万劫不复之中。人总有越不过去的时候，我在此间经历的是曾让一位著名前辈魂断荒岛的乌托邦。有人若是以为正是这样特殊的生活经历成全了我最近两年的写作高峰，那就大错特错了。什么使我在无数心猿意马心慌意乱的瞬间保持住面对写作的镇定呢？我想说是意志，意志在更多的时候真是比才华更重要的东西。如此说来，我很职业。

而在另一方面，作为一名写作者，我似乎每天都在感受幸福：网络使你过去的成就变成可视的东西，所谓“影响”具体为你创造的诗歌方式和语言被更多的人越来越普遍地消费着，而你的新成果又再度陷于新一轮的争议之中，最简单的方法是用你的过去作为抨击你现在的标准和理由。如果我不是一个准备终身服役的现役军人，而是一个到工会提前领取一生“悼词”性结论的年轻的下岗工，那么“十年来中国最具争议性的诗人”的荣耀，我也将无福享用。

现在好了，我可以考虑下一部诗集的写作了，它的可操作性在于那不过是你日常写作的进一步延伸。四年是奥运会或世界杯的轮回，写作再不是竞技的，我也可以对己发问：人生能有几届？《我的英雄》一诗中写到了迟暮的马拉多纳，天然存在不绝如缕的反对派可以幸灾乐祸地认定我是自吹而致自讽了。而我近乎冲动地要以此作为本书书名的最大动力，来自于对这些诗的暗指——的的确确，它们一直是我的英雄。

2002年11月9日

重开诗的盛宴

——《被遗忘的经典诗歌》序

1

这是两册（上、下）编了七年才终获出版的书，这是一篇三年多以前就已基本写好的序言。

“被遗忘的经典”——当今时代，当文学整体性地被人遗忘，当诗歌更深地被人遗忘甚或遗弃，我们在此强调的已经不是“遗忘”，而是“经典”……

也许，只有“经典”才能抗拒“遗忘”。

2

七年以前我应准备出任《文友》杂志主编的周德东的盛情邀约，以策划身份介入这本杂志的工作。记得我是在西北农大招待所开的第一次策划会上提出开辟两个页码的诗歌的想法，由于某种不言自明的理由，当时说出这个想法时可真是硬着头皮啊！未想竟顺利地获得了通过——这首先应该归功于周德东的开明和对诗人的尊重，当然也应归功于我这一想法的新颖与独特，面对一个广阔的诗歌时空来选并在每首诗的后面配以非常性感的“主持人语”是我在当时就想到了的，这在该项选题被顺利批准的过程中起到了决定性的作用。

现在回想起来，当代诗歌能够在一本期发量十五万份左右以市场为其首要追求的杂志上堂而皇之并且是风风火火地走过了整整三年，这个开始是多么重要！

3

在以善变和一年一折腾著称的那家杂志社，一个栏目能够坚持三年实属不易，更何况是一个诗歌栏目？在此我只有感谢这个名曰《世纪诗典》的栏目的读者们，他们高涨的热情和不懈的关爱是它得以存在的最大前提，三年之中在每月读者反馈的意见表上它竟回回名列“您最喜爱的栏目”的前茅，围绕这一栏目的来信和来稿竟也是最多的，这是连我自己有时也不敢相信的事。

所以，与其说是这个栏目培养了一批读者，不如说是读者们和我共同创造了这个栏目。

4

我也无法忘记那些与《文友》杂志一起参与了这个进程的媒体们。最早加入进来的是陕西文艺广播电台，当李倩小姐将《诗典》作品通过配乐朗诵转化为有声的形式奉献给广大听众时，很多次坐在收音机旁的我并不像外表看起来那样无动于衷。邓娟小姐的热情促成了《诗典》与四川教育网的合作，尽管时光短暂却意义非凡。那是在网络大潮的初澜，我后来也没有看见到过比她为《世纪诗典》所做的更为精美更有品位的诗歌网页了。当得知《世纪诗典》将随《文友》“堕落”为《男友》而不得不宣告终结时，是诗人徐江的挺身而出使得《诗典》在他主持的《读者俱乐部》杂志上找到了一个生存下去的家（为此他放弃了由他本人制作多期的一个诗页）。诗人沈浩波在Book321网站上为《诗典》制作了网页。《读者俱乐部》令《诗典》又活了半年多，我的老友蒋涛在北京创办了一份名曰《体贴》的全彩内衣杂志，杂志出了两期，《诗典》便又在其上“活”了两期，将《诗典》请进《体贴》，蒋涛说得名正言顺：“诗歌就是体贴——一种深层体贴。”所以最后，《诗典》是真正醉卧花丛，“死”在了模特们的石榴裙下……

5

我现在已经想不起来，我是从何时开始萌生将这个杂志栏目结集成书用于出版的想法的，大概是在第一年结束时我得知第二年还能够接着往下做的时候，最早好像也是来自读者来信中的某些热情的提醒。不是我不敢想啊！因为即使我已把这项工作进行得相当出色，可还是有一种随时都会中断的危机感。这年头，作诗心虚啊！

所以这个想法并没有分散我的精力，我以为那最终该是一个瓜熟蒂落的结果。甚至在某年花城出版社对《文友》的两大栏目做了《时尚杀手》、《靓女美文》这两部销路甚好的书后，我也没有为《世纪诗典》尚未成书而着急，我知道它终有好运。

机会倒是适时出现了——三年多以前，我的一位前诗人并早已成为著名书商的朋友提出要做，在稿子交给他将近两年之后，我身为一个男人对另外一个男人的全部信任在秋夜里一个电话的瞬间全都崩溃了……

身为诗人，我有责任也有义务为诗而扛点什么，并承受压力。感谢诗人胡子博，他在漓江出版社提供给我编选《现代诗经》的机会——此书的编成与出版，大大缓解了我的心头压力，真是长出一口恶气啊！我甚至觉得《世纪诗典》最终不能成书出版，也是可以的……

真正的好运就在这时出现了。书自有命，好书自有好命，很早便在《收获》上发表过小说的姚鸿文是本城屈指可数的城市小说家，他在今年露面已是太白文艺出版社的一名编辑，说正在做一套叫作《被遗忘的经典》的文学丛书，想请我来编上、下两册的诗歌卷。

书自有命，在一家以李白的名字命名的出版社里，又合了“大风起兮云飞扬，安得猛士兮归故乡……”

6

重新开始的复印与整理工作由妻子受累完成，翻着厚厚一摞复印稿，我的脑际飘过的是一本本极富动感的《文友》。

我的本职工作是在一所学院教书，长年专带写作课，《世纪诗典》几乎成了我这几年来的一份讲义，一份最受学生欢迎的讲义。

三年中只颁发过一届的“文友文学奖”至今仍然令人难忘，我到精神病院为诗人食指送奖的事曾被传为佳话，我要说的是没有《诗典》的存在，这唯一的一次颁奖也不可能颁给诗人。

在那三年中，不论是在电话里还是在见面时，入选的诗人都要向我提及稿费问题，因为他们在此享受到了中国诗人可以享受到的最高稿费——迄今为止也是最高的，身为策划和后来的主编，我说《世纪诗典》是中国诗歌的“黄金之页”从来就不是虚指。

还有那个在信中宣称要为《诗典》的取消（传闻中的）而自绝的朋友；还有那个为了见一见我这个《诗典》的创办者和主持人而从河南三门峡徒步走到西安的朋友；还有那个为了《诗典》的最终出版还在向他认识的每一个老板“大做思想工作”的朋友……

在此我想说的是，《世纪诗典》绝不单纯是从杂志中的一个栏目到一部诗选的成书过程——在此我幸福地经历了太多。

7

我在《文友》工作的时候，每天要收到多少诗稿我已经记不清了。只记得要读完这些诗稿常常需要用掉半个上午的时间，在自由来稿中选出符合《世纪诗典》标准的诗无异于大海捞针。在那三年之中，我在自由来稿中也只选出了盛兴、朱剑和轩辕轼轲三人，工作的成效几近于零。另外一个对于当时的我来说完全的无名者是张志，他的诗我是从一本非正式出版的诗集上发现的。如果没有对以上四人的发现，那么我就仅仅只是一个总结者，而真正的编选家首先应该是一个发现者。

今天，当他们四人都已成为名诗人之后，我起码可以对自己说，在那三年中我确实没有占着茅坑而不拉屎。

8

在我看来，真正可以堪称经典的诗集都是具有发现性的：老木编选的《新诗潮诗集》（北京大学五四文学社印行）为我们描画出了“朦胧诗群”的准确轮廓；唐晓渡、王家新编选的《中国当代实验诗选》（春风文艺出版社出版）从诗人个体的角度，徐敬亚、孟浪等人编选的《1986—1988 中国现代主义诗群大观》（同济大学出版社出版）从流派、社团的角度为我们描画出了“第三代诗人”的准确轮廓。

我不讳言地说我从一开始就是自觉的：力图使《世纪诗典》具有如上诗集的经典性，我把“发现”的视角放在了理论界在当时尚未界定过的“第三代后”——也就是后来被我命名为“新世代”的这代人，十年来没有获得清晰描画的这代人的问题应该在《诗典》的工作中被解决掉，我想我已经做到了，今天已经无人敢于将他们视作可有可无的“诗坛新人”了吧？除非无知者大无畏。

大概是诗神看我专注于“发现”的心诚，它借“盘峰论争”后诗坛的空气变化催生了“70后诗人群”的成长，我在《诗典》中对标志在商业符号下的这代人的轮廓描画起码是出自诗歌内部的专业发现。就算我捡了一个并不便宜的便宜吧。

连成书出版的一再拖延也在厚我：当三个月前，本书责编之一姚鸿文找到我之后，我便很快找到了我的三位学生——也是优秀“80后诗人”的李异、叠水、张紧上房，请他们每人都给我提供一份“80后诗人群”的初选名单，我决定在此基础上（并加上我平素在网上读诗的印象积累）筛选出我所认为的“80后诗人群”——现在，他们已被勾勒出来了。

因为做到了以上三点，我就敢于将《被遗忘的经典·诗歌卷》——这部被扩大了的和更新过的《世纪诗典》与我心目中如上几部经典诗集摆放在一起，我深知它担当得起并能超乎其上。

9

对于我的“主持人语”（在本书中易称为“编者点评”），诗人、诗评家沈奇最早提醒我：这是现代诗话。我知道沈兄的话是为了唤醒我自己对这种诗话写作的足够重视。诗人盛兴的称赞则带有明显的感情色彩和夸大成分，他说我的评点比原诗还要经典。因为盛兴是看着《诗典》写诗，最终又成为《诗典》发现的天才。

也许诗人崔恕的话符合我自己现在想要说的，他说：“对于诗，伊沙是真正有话要说的人。”

诗人杨然以“渊博”说我，我只希望这“渊博”是有效的，并且已经生发了效能。

总之，一部有所不同的诗集就要出版了，它与一般单纯由作品集成的形式不同，也与由学者撰写的大辞典的形式不同，总之，中国的现代诗将以这种一个在场者现场解说的崭新形式呈现在大家面前。

他的语言充满性感，他的编选熔铸着时间。

10

在网上看到有人说像我这样的“极端分子”不适合编书之类的话，仅仅在这一年的时间里，他们已经看到了我所编选的《现代诗经》，那么现在我还要请这些人看看这部《被遗忘的经典·诗歌卷》。

如果因为我本人作诗的方式和做人的方式（所谓“极端分子”）我就该是一个天生的“受伤者”的话，那么我可以认命。但如果你认为一个天生的“受伤者”，在他获得一点小小的权力的时候就一定是一个疯狂的“报复者”，那么我可以告诉那些提供了伤害的人，别担心，你至少是把我想错了，我不报复。你以为我是谁？

放弃报复，替天行道。

11

终于有一本可以在书店里找到的书能够帮你了解中国内地新诗自新时期以来（它的现代诗部分）的伟大风貌和它在世纪之交

时的现场活力，这其实是你在基础教育的教科书中对“五四”新文化运动以来的新诗阅读的一个很好的延续。

我希望伴我一起走过来的《文友》的老读者们在《文友》“堕落”成《男友》的失望中能够和我在这部书中重聚，让我们重开诗的盛宴。

我希望《读者俱乐部》、陕西文艺广播电台、四川教育网、Book321、《体贴》——所有《世纪诗典》的既有读者都能够躬逢其盛。

还有多年以来，不断在网上问我本书何时出版的朋友，因为你们的惦记、念叨与传诵，本书在未出之时俨然成为一部“名著”！

有如此之多的老朋友，是我的福分，也是本书出版的最大理由。

当然我也希望在此次盛宴上我又认识了更多的新朋友！比我能够想象的还要多！

每一次的相识都不算太迟。

我殷切地期待着。

12

我可以秘密地告诉你——

在这里，我已敲出了中国现代诗的骨髓！

2004年9月13日于长安

小说集《谁痛谁知道》后记

本书是一部我的中短篇小说精选集，收入其中的15篇作品有8篇是此前从未入集的“新作”，另外7篇曾选入过我的另外一部集子《俗人理解不了的幸福》（青海人民出版社1999年版）。它们是本书责编戎爱军女士在我总共30万字的中短篇小说中精挑细选出来的，作为作者我认为选得十分恰当——我认为本书完全能够体现我中短篇小说的写作水平。

从时间上说，书中的作品写作于1996—2001这六年之间——这也是我在小说写作方面倾力于中短篇的时期，老实讲，其实这是挺“虚”的六年，远远没有写满，甚至它可以再被分成两个阶段：1996年3月至1997年10月是第一个阶段；2000年5月至2001年8月是第二个阶段。实际上也只有三年多一点的时间，其间我还完成了一部12万字的“小长篇”《江山美人》（太白文艺出版社1998年版）。

每每自己想起或跟人谈起我的小说写作，我都有些发自内心的反省：与诗相比，我写得太少了，我是一个多产的诗人，却是一个薄产的小说家。与诗相比，我持续不断写作小说的时间太短了，这是十几年与三年（后来有增）的对比。还有创作实绩上的对比，世俗成功上的对比……我可以找到一个外在的借口说，是谋生占去了我的时间（小说写作确实需要大量的时间）——但这也只能是个借口，因为任何存在于写作外部的都不该成为影响写作的真正理由。

想当初，从接触上来说，我是先写小说后写诗歌的；从学艺时期的自我练习来说，小说也是与诗歌交替进行的，但等到真正开始写作的时候，小说却没有跟上诗歌锐意前行的脚步。迟到的小说终于开始，却无法拥有与诗歌写作同样的心态和状态，硬要说出来，我觉得我在写小说时比写诗时多出了一样要命的东西——那是什么呢？胆怯！令我难为情的是，这多出来的一份胆怯还不是出于写作本身，反而是，即使在小说方面我也从来没有怀疑过自己的才华和能力，甚至认为自己依然是出众和超群的——那么，我到底胆怯什么呢？那时候，我在诗歌坛子上已算是“混”出来了，被封为“代表人物”什么的。我这一路“杀”过来的经验告诉我，求得这个坛子的承认是比写出好诗更难的事情，我多少有点后怕了，这种后怕影响到了我的小说，我知道小说界是更加坛子化的一个场域，且不像诗歌，还有在民间自生这一说，我得再这么打拼上一回么？还有多少写作之外的无谓消耗在前面等着我？如果失败是不是就有点不值？于是患得患失造成的胆怯便在暗中滋生了，所以我在开始写作小说时并不像写诗那样能够“豁得出去”……

另一方面，我在随笔写作方面以机会主义者的面目偷袭得手后，便对小说的前景开始想入非非，在小说写作中养成了一种“看菜吃饭”的心理，总好像在期待着某种突然降临的成功，期望着某种更大的鼓励，希望在不断的鼓励中写下去……心不纯，便难持久，所以便出现了如上写写断断的现象。

搁下了，手又痒，心不死——我在“奔四”的年龄中，发现自己是真爱文学的一个人，也还是当年初恋般的一份爱——诗与小说俱爱，即便在不写小说的日子，也总在惦记琢磨着这事儿，也愈发琢磨透了这事儿，所以说回来就回来，回来直扑“大长篇”，人也一下子变得果敢起来。2003 年，我完成了 36 万字的《迷乱》（待出）；2004 年到眼下为止，又一部 30 万字以上的长篇已临近于初稿的完成……我心里明白，这次回来将是最终的，因为心态与状态跟从前相比已是完全不同，“决绝”二字一旦入心，对我来说，那便是九头牛也拉不走的坐功啊！

近来，我总是感慨自己算是一个幸运的人，在不算太老（太小也不行）的年龄段，获得了一次顿悟，能对自己的写作重新梳理并规划一番，该继续的继续，该开始的开始，该结束的结束，从此不再“看菜吃饭”……因对文学的心诚，便也欣喜地发现：连过去做得不够的地方也像是冥冥之中恰到好处的安排，长篇小说才是小说作家最终决胜的战场——不必讨论，这既是世俗的又是文学的铁律，而我这 30 万字的中短篇（甚至“奔四”的年龄），正是不多不少的准备……

我还在想：也许正是因为我这两次出逃的“小说逃兵”的最终归来，正是因为我在过去的两年中于长篇上已经跨出的这一两步，我才有了用一部新的集子来总结一下中短篇的机会。也许，将来我还会回到中短篇上来，等长篇写作告一阶段或是等我老了，现在就是这些了——而这个自信是一直就有的：我觉得我的中短篇也需要被再发现和再认识。

最后，我想感谢为我提供了这次宝贵机会的人——戎爱军女士以及宁夏人民出版社。感谢为我做序的老朋友唐欣、徐江，多年以来他们不仅鼓励着我的诗歌写作，也怀着最大的欣赏鼓励着我的小说。感谢始终不弃的读者们，我在网上看到你们随口道出本书中一些篇目的名字时是多么欣喜！在生活中听到你们复述出我所提供的“好的故事”时是多么幸福！正是在你们的身上我才确信了我的小说魅力，也正是你们的难以忘怀才使我有了今天的归来，在此我所能承诺的是：写小说的伊沙已经告别了胆怯、迟疑和懒惰！

2004 年 10 月 27 日

将编选絮语归入档案

——《被一代——中国诗歌十年档案（2000—2010）》序

“按照咱中国人的生物钟，逢五一小结，逢十一大结，诗歌界也不例外，显而易见：2010年必将成为新世纪第一个十年的‘总结年’，形形色色、林林总总旨在总结的形式一定不少，我们以为：花样再多，出书仍然是其中最传统最严肃最长效最靠谱的一种形式——近期，朱必圣和我接受了北京读图时代公司的聘请，着手编选一部名为《被一代——中国诗歌十年档案（2000—2010）》的大型诗歌选集，就是想编出一部具有专业水准和历史价值的‘总结之书’，为中国诗歌的继续发展作出我们的一点贡献。我们两人将摒弃诗坛的任何门户之见、个人恩怨，在诗言诗，就诗论诗，唯质取诗，公平公正，竭尽所能地将本书编成一部具有经典意义的选本、一部用鲜活的作品写就的新世纪十年的诗歌史。”——本书缘起，被写在向我们认定的重要诗人所发的特别约稿函的第一段。

常言道：“不怕贼偷，就怕贼惦记。”——本书正是被我“惦记”出来的：近年我一直想编一部“新世纪诗选”……我不是职业的“编选家”，为什么会有如此想法呢？因为在此之前，我以《世纪诗典》（《文友》等刊连载版）为蓝本扩编成的两部诗集《现代诗经》（漓江版）、《被遗忘的经典诗歌》上、下卷（太白文艺版），已经基本淘尽了20世纪现代汉诗的精华。加之以上三部诗集在业内和读者中反响不错，我就想把这件事做下去，一直做下去，形成一个“可持续发展”……编什么呢？“新世纪”这块新鲜出炉的大蛋糕就摆在面前！这时候，恰巧蒋一谈、朱必圣二君也有了同样的想法，我们一拍即合。

一月长安，寒风凛冽，必圣兄专程从北京赶来会我，令我感动！我们坐在温暖的咖啡馆里畅想着这部诗集，一个下午一晃而过，到了晚饭以后，在同一个地点，长安诸诗友也加入我们的讨论之中，提出了许多建设性的意见和建议，气氛好不热烈，直至夜半方才散去……此情此景，恍若昨日，如在眼前！此时此刻，书已编成，当时的万般想法大多已体现在书稿之中……这是令我们两位编选者倍感欣慰的！

一部“新世纪诗选”要有“新世纪”的编法：第一，要向诗坛公开征稿；第二，要向新世纪十年的重要诗人特别约稿，在其手中取诗并事先取得他们的授权——我对以往背靠背文摘式的编法有点厌烦了，那来自于民刊、网络的江湖编法，虽然体现的是中国诗歌的特殊行情，但显然已经不适应正式出版的规范要求。尽管，其第一项结果近乎“悲壮”：雪片般飞来的投稿中只有一份入选本书——但也是值得的、必须的！哪怕零收获，也必须要公开！

在特别约稿函发出的第一时间首位来稿的诗人是失声的阿翔，他最渴望在本书中发出先声！

食指先生的稿来得不早不晚，居于中期，我随手回他一句话："老郭，您稿一到，我心里就踏实了！"

在所有来稿中，各项资料准备得最为精细的是"省长诗人"吉狄马加，授权书是手写的——我想这不仅是他有秘书的缘故。

西川兄赶在截稿期前五天来了稿，信中说他"心里一直记着这事"，说"想来你们的书会颇为壮观"……我很高兴！外界不是认为我们是"对头"嘛！

为了尽善尽美地编好本书，两位编者约稿之宽已经到了好诗的边线，姿态之低已经过了做人的底线，但令人遗憾的是，还是有诗人报之以令人难懂的沉默——我，实在是没有时间和精力去揣度这种沉默，而更愿将之笼统地理解为拒绝：默拒！

还有诗人，在收到特别约稿函的第一时间便热情回信，慨然允诺，答应给诗。到了截稿期，诗却不见影。忘了？忘了就忘了！就算你真忙，这事儿也敢忘？我们不会催，特别约稿函，只会发一次。我将此理解为：你与本书缘分未到。

我们在特别约稿函中郑重写道："本书是一部大型诗歌选集……有充分的空间容纳新世纪十年所有优秀诗人及其优秀作品。我们的编选口号是：'不漏掉一个好诗人和一首好诗！'——我们认为：您以过去十年间在诗歌写作上的杰出表现，成为本书理所当然的入选作者，在此我们向您郑重发出这封约稿函。""在此，请您以对个人及诗歌史负责的态度，接受我们最诚挚的约稿，将新世纪以来您所创作出的最优秀的诗篇交付本书。”——好一个“态度”！我们十分欣慰地发现，对待本书的态度与该诗人在此新世纪十年间的表现成正比——表现越是优异总结便越是认真！据此我们认定：新世纪十年最优秀的中国诗人已经尽入本书！

这真是一项比我们想象中还要浩繁艰巨的工作：必圣兄在自由来稿中大海捞针，我将约来的诗稿前前后后读了三遍之多！在此10个月中，在随来随读之外，我还专门辟出一个月来集中阅读同行的诗作——这成了我个人创作产量最低的一个月。亏吗？我赚了！

有些诗似乎不用选，时间已经将它们选出来了——它们是珍藏在我记忆中的行业意义上的“准名作”（我们习惯于把在读者中流行的称之为“名作”）：《家》（食指）、《鱼钩》（严力）、《负10》（严力）、《月光白得很》（王小妮）、《人民》（杨克）、《朗诵者》（秦巴子）、《我一生都会和一个问号打架》（中岛）、《章子怡漂亮不漂亮》（李伟）、《9·11心理报告》（伊沙）、《春天的乳房劫》（伊沙）、《柯索》（徐江）、《像杜拉斯一样生活》（安琪）、《诗骨》（南人）、《烟疤》（东岳）、《陀螺》（朱剑）、《饮酒诗》（沈浩波）、《怀孕的女鬼》（王有尾）、《一个农民在天上飞》（高歌）、《两不相欠》（莫小邪）、《人全食》（西毒何殇）……它们在过去十年间已经在诗坛产生了初步的影响，为新世纪十年现代汉诗的发展起到了推动作用，请允许我在此向它们的作者致敬！也希望通过本书，这份名单能够得以加长，有更多的好诗得以抵达更广泛的读者，假以时日，成为诗歌史上真正的“名篇”！

在这个时代，读诗是多么奢侈！读到好诗是多么幸福！我愿与读者一起分享选诗时那些美妙的瞬间——

“只有秋阳，因为秋阳 / 有老人的心肠，像父辈的目光……”（食指《秋阳》）——好一个“秋阳”！好一个“老人的心肠”！好一个新世纪的老食指！真乃大师手笔！

严力之《负10》胜过一部“文革”题材的长篇小说，如其自己所说：“诗是文字矿藏中的铀！”

李琦《一个人一生总该大错一次》：真诗人才会有这样的好感觉！

澳门的姚风让我再一次领教其好，实在想不到他竟然那么“老”！

印象中，这十年，曾宏没怎么写，一细读才知他不但写着，而且写得更好！

秦巴子：归来者的传奇！其实他离开得并不长，其心从未离开。

吉狄马加：他证明了，越是民族的，越是世界的。还带来了新的启发：有效的“大”，是需要的。

唐欣：他的名气，与其实力太不相符！中国诗坛被忽略被遮蔽最深的诗人！

香港的黄灿然，好得令我吃了一惊！又一位被低估了的诗人！很明显，专业素养正在中年诗人那里发挥着越来越多的决定性的作用。

“我信有天使在我的屋顶上飞翔”（徐江《科索》）：此句不是科索的，而是徐江的。我想将此佳句作为本书扉页上的题词！

“欢爱时闭上的眼睛 / 在仇恨中睁开了”、“欢爱时的高声咒骂 / 变成了真正的诅咒”：吕约！她因其诗应该获得更多的荣誉！

宋雨：去年我应邀为某诗奖做评委，在隐名编号的情况下无知无觉地投了她一票，使其当选为该诗奖的新锐奖，在我看来她比最终获得大奖的作品好过不知多少倍，诗坛的秩序是乱的：偏居于新疆的她其实是中国目前最优秀的抒情诗人：“这些曾经载歌载舞的 / 高鼻梁，眼睛深潭一样的人 / 他们的唇线分明并且性感……”

“雪的癌症”（沈浩波《墙根之雪》）：绝佳之意象，敌过千言万语，沈诗有别才，不限于被诗坛符号化的那些。

了乏：不是所有表现当下现实的诗人都能像他那样写出中国的质感和人情世故。我不看题材看成色。

西毒何殇：小而冷，少年老成，十年来进步最快的诗人，终成最有实力的80后男诗人。

发小寻：最有实力的80后女诗人，她的未来不可限量！

刘二曼：不论是《红旗袍》还是《干休所的小战士》，都是不可多得的佳作，她的感觉太好了：这一方面来自个人的天赋，另一方面是她的起点高——站在口语诗（当然是“后口语”）近十年成就的平台上，她的生命被打开了，表达起来驾轻就熟！

女诗人的表现令人惊艳！真是“妇女能顶半边天”！还必须指

出一点：这一半比另一半更加整齐，几乎个个儿都那么好！由于本书事先确定了以年龄为序的编法，我们为难了一下女诗人，在此向她们说声抱歉！但我个人还是固执己见：诗歌界不是娱乐圈，女诗人不是女明星，不该怕暴露芳龄，越职业越资深越优异的女诗人似乎越不在意这个。

除了美丽的女诗人，本书中另一处别样的美景来自美丽岛。感谢黄粱兄的热情帮助，使我们向台湾中青年诗人群发去了特别约稿函，并得到广泛的积极响应！我们希望通过本书，让大陆的读者对海峡对岸中青年的诗人们有一个基本的了解：台湾现代诗，早已不是余光中、郑愁予那个时代了——读读陈黎、陈克华、鸿鸿们的诗，你会对此有所认识。

一部诗选，如果仅仅只是一些“著名诗人”的集合，那么它是假好而非真好，是外行也可以编成的假好。真好必须有所发现——这发现不仅是面对新人，还要面对新发现的“老人”，将他们从时间的深渊中“搜救”出来、“打捞”起来，如还非（生于1951年），如唐突（生于1954年），他们以朦胧诗人的年龄迟至网络时代才新人一般冒出头来，如果通过本书的展示，能有更多的读者爱其诗而知其名，作为编者才会体会到最大的快乐！

食指是我们开编之前就已确立的年龄上限，他作为中国大陆现代诗的拓荒者也意味着本书对所选之诗现代性的要求，是一部现代诗的大选集，我们希望年龄的下限能够延伸至“90后”，但在编选中并未放松要求：在认真阅读了几个小荷才露尖尖角的“90

后”诗人之后，余幼幼成了唯一的宝贵的收获。

如果我们以十年作为一代人的标志，那么，从食指到余幼幼，从“40后”至“90后”，中国诗人六世同堂，齐聚《被一代》，共在新世纪的天空下……这是近百年中国新诗史上前所未有的奇观！是近三十年来持续不断的稳定写作所带来的可喜局面！

在本书编选期间，在“总结年”的滚滚热浪中，我应邀出席了“2010衡山诗会”——在此次旨在总结中国诗歌新世纪十年成就的民间盛会上，我在主题发言中指出：“目前正在走向百年的现代汉诗，从纵向上比较至少达到了初唐般的成就，我相信在我的有生之年会看到它将迈向盛唐的高度，从横向上比较它目前已经达到了一般国际水平或世界中上水平，我相信在我的有生之年会看到它会达到世界最高水平。”——在此我想告诉大家的是，当时我正是带着为编选本书而饱读诗稿的自信而发此言的——我是有根有据的！现在书已编定，我更坚定了这一看法。不管有人将我归入“乐天派”也好，将此戏称为“盛世说”也好，具有讽刺意味的是，这如何成了“总结年”唯一的“说”？

这是一块砖——我希望它是一块金砖！

去吧，带着中国诗人们的体温，去寻找你命定的读者！

2010年10月

《当你老了：世界名诗100首新译》编译者序

我并不是一个狂热的译诗读者，不论是学生时代，还是做了诗人以后，都不是。

但是现在，我却成了一名狂热的外国诗的翻译者，甚至是最狂热的那一个！在过去自2011年10月到2012年10月整整一年的时间里，我和妻子老G合作翻译了整整80位外国大师500余首长短诗作，劳动量之大，脑体力付出之大，令我现在回想起来有点后怕！

这两者之间竟是怎样的一种关系？——是悖论吗？不，是必然！

我为什么对阅读译诗狂热不起来？因为读不顺，读不爽，多少外国大师的诗作是以二流三流不入流的中文呈现的！作为诗人，作为一名对语言超级敏感的口语诗人，我既难以心悦诚服地拥抱这类译文，又不会被“外国大师”这个强大的文化符号所吓倒，但也不能因此而不读外国诗，于是便只能采取一种不远不近若即若离的态度，甚至还形成了一套阅读译作的完整经验，譬如，得意忘言……

但是，如今，当我的翻译横向拓展到更大的一个面上后发现，连“得意”都不可能如愿，因为多少意思被译错了。过去我老以为译诗界存在的问题只是读不顺读不爽——属于“达”和“雅”上的缺陷，现在才知道有多少地方我所读到的不是原作者的意思——译者压根儿就没把它译准——属于“信”的问题！

如果“信、达、雅”三方面都不能得到保障，你读到的是什么？是翻译家等而下之的创作（他干脆以诗人的身份直接去创作好了）？还署着外国大师的名字！

你想了解翻译界的状况，你就亲自动手做翻译；你想了解具体某个翻译家的真实水平，你就一定要跟他（她）翻译同一位诗人的同一个文本……这一年里，当我每天都能发现这些翻译家的问题时，我也就同时发现了自己的水平和能力，于是便越译越起劲，越译越亢奋，带着对大师真相强烈的好奇心，每译一首诗便是揭开一个谜……后来便“出事儿”了，到了这时候有些人才知道我对译诗界水平的悲叹绝非危言耸听！

你曾经阅读过一本有136处明显错误的译诗集，你曾经阅读过一本四分之三的意思都被译错的译诗集，没准儿还曾为之击节叫好顶礼膜拜，朋友，你说是这世界忽悠了你还是你忽悠了自己？

译诗界的海龟神话破灭了，本土译家借此机会就可以被大赦了吗？当代译者水准如斯，那些五四资历的翻译大家就是靠谱的么？我曾每译一首便发现其中一位的一个错误！你所看到“事故”绝非孤立存在的个案，是普遍而有代表性的，十分典型。我进而发现，这不仅仅是水平、才能、态度所造成的，还有翻译上的糊涂思想和理念，“再创作”被放大的错误的理解，其实是来自中国外语院校的专业教育，来自五四这代人的不成熟。

——必须重译！

——必须用求实的科学精神来重译！

——必须用专业的艺术眼光来重译！

——必须用成熟的现代汉语来重译！

——必须用出众的诗歌才华来重译！

本书正是重译的结晶：80 位诗人，100 首诗歌，横跨四大洲，穿越五世纪，中国读者普遍所熟悉的外国名诗基本上都在其中。

横向地广译，对于译者来说，是巨大的考验：我们是译成了“千人一面”还是我们是翻译艺术的“千面人”？我们等待着读者所做的评判。

译完这 80 位外国大师，我曾多次在私下对诗友说：“大师真不是白给的，没有一个徒有虚名！”——此话说明，那曾经笼罩在我们心头的狐疑……

编译完这本书，我最大的感受是：今天的太阳是新的，世界，前所未有的真实！

2013 年 1 月 12 日

御鼎诗歌奖·21世纪中国诗歌“十年成就奖”受奖词

一堆胖女人笨拙而性感的舞蹈 / 一个孩子在祈祷 这里是环礁岛 / 而在千年岛　一只船载着火把 / 正驶离岸　在土著们的咒骂声中 / 一个黑人吹响了千年海螺 / 在巴勒尼群岛的海滩 / 天空中有阴云密布　景色苍茫 / 一只海鸟在飞 / 第一缕曙光照耀着基里巴斯 / 但阳光没有　被云层阻隔 / 新千年的第一缕阳光西移 / 照在新西兰查塔姆群岛的 / 奥喀罗湾　一个白发老头 / 领着孩子高声赞颂 / 毛利人正用欲飞之姿 / 装扮成鸟 / 呼唤太阳升起 / 而太阳正在升起 / 新千年太阳的初吻 / 轻落在地球的额际

请大伙先读一首诗，诗题为《地球的额际》。

我之所以要在本篇“受奖词”的开头，将我的这首诗端出来，是想让大伙随我回到整整十年前——回到1999年12月31日的“千禧之夜”……

那天晚饭以后我便坐在电视机前，起先还有妻儿陪伴，后来他们都睡去了，我独自一人坐在沙发上，对着电视机，看地球上各个时区的人们依次欢呼雀跃地跨入新世纪和新千年。整个晚上，酒量不大的我喝掉了一大瓶长城干红，手边放着一个用于记录灵感的小本和一支笔，多次盹着又醒过来……我有一个宏大的构思，想用诗来见证世界各国人民跨越世纪和千年的景象，从而写出人类的历史和命运——现在看来，这是一个注定要流产的构思，我想得太大了啊！最终的结果是我只写了两首短诗，《地球的额际》便是其中的一首，并且是第一首——自然也成了我在21世纪所写下的第一首诗。

请大伙随我跳至2009年12月31日：晚饭是一个家庭请我们家和另外一家——每年这个时间都要吃这家的请，因为这一家的夫妻俩当年是我老婆牵的红线，这一天还是他们的结婚纪念日。饭后还要去K歌，我便提前告退了，回家去陪独自留守在家的父亲。我和父亲坐在客厅里看着电视，等待着2010年的到来，由于我前几天曾飞到哈尔滨出席“天问·中国新诗新年峰会”与一帮好友夜夜狂欢欠了觉，所以瞌睡特别多，呵欠连天的，到网上遛了一圈也不管用，勉强等到新年钟声敲响，我便连滚带爬地去卧室睡觉，走到卧室门口时，听到落在书房的手机有短信信号传来，但是我已经瞌睡得顾不得去看了……半夜中朦朦胧胧听到妻儿归来，听到儿子抱怨“听了一晚上三流歌”，我便翻身滚入更深的睡眠中去了。

新年元旦的早晨，我的手机依旧闹了，妻从书房取来说是有一个新短信，让我自己看，我想就是昨晚睡前发来的那条吧，打开一看，惊喜交加！全文如下：

伊沙兄，祝贺您在赶路主办的“御鼎诗歌奖·新世纪十年成就奖”评奖中得票最多，荣获赶路迄今为止诗歌最高荣誉奖，特此喜报并致以新年祝福和问候。

2010 年 1 月 1 日 00：23　由：任意好

我睡不着了，干脆起床！

在紧随其后发来的另外一条短信中，意好告诉我：今天赶路论坛要发布这一重大消息！所以整个白天，我便一直在等，一边批阅学生的作文卷，一边等。等到下午 17:18:53，一个班的学生卷子正好批完，赶路论坛上发出了“赶路 2010 年第 1 号公告”：

赶路诗友们，新年好：

诗人伊沙在“御鼎诗歌奖·十年成就奖”评选中，经过赶路评委激烈的争论及评选，以“在‘民间’颠覆‘体制’，以‘俗身’击溃‘大师’，用质感取代意象……开创了‘伊时代’、影响了一代人”等巨大成就得到绝大多数评委的认可，成为新世纪第一个十年的“御鼎诗歌奖·十年成就奖”得主。该奖为“赶路”有史以来设立的最高诗歌荣誉奖项，相信也是中国迄今为止最高的荣誉奖项。

根据赶路和佛山市御鼎贸易有限公司商议，决定给杰出诗人伊沙颁发奖金20 000元（或奖金10 000元，以赶路名义推出诗集一册——由获奖者自行选择），并授予伊沙“御鼎诗人”荣誉称号。

特此，公告。

赶路论坛　《赶路诗刊》“御鼎诗歌奖”评委会

2010年1月1日

“公告”下面还附有“评奖过程”——竟是诸评委的QQ发言记录，太酷了！将评奖记录公之于众，在以往的评奖中前所未见！闻所未闻！本来，我在此欣然等待的一天里，已经在心中想好了一句话——是我获此“民间十年大奖”后最想说的一句话，我准备等消息发布之时再用跟帖的方式说出来：“意好！你帮我一把出了十年中憋在肚子里的怨气和恶气！”——但是，当我仔细阅读了这个“评奖过程”之后，我心中的这句话让位给了最后发出来的那句话：“哦，这可是十年大奖啊！我此刻的心情没有狂喜，有的只是读了评委们严肃讨论后的一份肃然，请全体评委接受我至高的敬意（与是否推选我个人无关）！”——这是我的心里话！大伙有所不知，八个评委中不止一人与我有隙，但是在此行使神圣权力的关键时刻，他们都能够从诗出发，以诗为上！即便是没有推选我的，我也能够看出他们是严肃认真的，最后的选择是出自本心和各自的艺术原则——这便确保了这次评奖的真实性、学术性和含金量。

伊沙获奖了！

在中国诗坛上，伊沙获奖，必成新闻！不获则已，一获惊人！

在我这个亲身体验者看来，伊沙能获奖，必有“强人”出，为诗来做主——这里所谓“强人”是指具有卓尔不群的艺术鉴赏力和强力意志的人、敢为天下先甚至敢与习惯势力作对的带有霸气的硬人！1999 年的中岛正是这样的人，所以我才能在当年获得首届《诗参考》“十年成就奖”（1990—1999）——这是 20 世纪 90 年代中国诗坛所颁发的仅有的一项“十年成就奖”；2004 年的谭克修正是这样的人，所以我才能在当年获得首届“明天·额尔古纳”中国诗歌双年展“双年诗人奖”（2003—2004），并获得轰动一时的两百亩牧场的巨奖；2009 年的任意好正是这样的人，所以我才能够在此刻成为“御鼎诗歌奖”21 世纪中国诗歌“十年成就奖”（2000—2009）得主，对意好我早有诗云：“我乃长安的诗人 / 诗在岭南遇知音 / 打破着我的宿命（《无题（65）》）。”

中国诗坛，官民两道，每年要颁出多少项诗歌奖？其中有多少都颁给了乖乖巧巧的平庸诗人？我在寸金未得的优秀诗人面前不敢说自己甚少获奖，我在诗不如我的“得奖专业户”面前自是心中不服，我之与奖无缘他人比我还要敏感，前阵诗人哨兵在为《红岩》杂志组稿打来电话时还在为我鸣不平！——所以，我有

“怨气”也属正常，至于说“恶气”——南京某小组评出的2007年度“庸诗榜冠军”得主有资格这样说！不但不给奖，还要用“反奖”来恶搞你！富含人性的玩笑不是这么开的：美国电影“金酸莓奖”给的往往是奥斯卡得主，所以“庸诗榜冠军”应该在中国诗坛那些新老“得奖专业户”中产生才对，搞我便是“心藏小恶泄私愤”了！

所以，在此我还是想把那句心里话说出来：“意好！你帮我一把出了十年中憋在肚子里的怨气和恶气！”

二十年的潜心写作，换来了两个“十年成就奖”——小奖不得，专得大奖，这就是我的命？这个命可是够好的！从此以后，夫复何求？

很久没有写过“受奖词”了，都不知该如何写了！所以，我在开写之前，百度出了一串“受奖词”，绝大多数都为中国诗人所写（谁说诗歌不繁荣？）——我的那个妈呀！读罢竟然恶心欲吐！作家阿城当年到北师大作讲座时说：“作家的创作谈尤其不可信！”我说中国诗人的“受奖词”实在没法看：“草根”一得奖就宣扬“王道”，人一得奖就变成B！我也荡出了自己的一篇“受奖词”，读罢我安能不自恋？回想起当时宣读的情景：那是2004年的某个秋夜，在灯光照彻的额尔古纳市政府大礼堂的舞台上，当一位先我领奖的老“得奖专业户”致辞说“我获得过一些重要的文学奖、诗歌奖……”之后，我上台领奖，然后致辞，在致辞的尾声道：“在今后继续为不得奖的命运而写作……”——“受奖词”都是事先拟好的，我没有针对任何人，客观反映出的是不同的“境界”！当时，台上那个重量级的胖子声若洪钟掷地有声地这么说，当着“得奖专业户”和“评奖专业户”的面——今日之我，老去五岁，瘦掉四十斤，我还是那个可爱的胖子吗？我想说，是的，没变！

在本篇“受奖词”开始所描述的两个公历除夕之间，是我的十年，在此期间，我在诗歌写作上所做的和取得的一切——这项颁发自中国先锋诗歌前沿阵地上的“民间大奖”已经很好地为我总结了，对于未来的十年，我不展望，也没有太过明确的写作规划，因为对我来说，新的十年的新诗，就在新的一年，就在新的一月，就在本月月底……

2010年1月3日

中国当代诗歌奖获奖感言

自“中国当代诗歌奖（2000—2010）”揭晓之日到现在——两日来，我一直处于高兴、亢奋、幸福之中，难以自拔，也不想拔——直到今天下午，我到学校去开教师例会，顺便取回一堆邮件，在寄赠的一本文学杂志上读到一个追思会的发言记录，才知道本省女诗人小宛已经去世一周年了。一年前，她在贫病交加中孤独死去，我却全然不知。这是一个在我十八年前兼职办杂志的一段难忘经历中闪亮过的女诗人，颇有才情、美如贵妇、心比天高，自诩“我是上帝的情人”——在我长篇小说《狂欢》中有着以其为原型的人物。

这个迟到的噩耗一下子让我漂浮起来的双脚落回到地面上。在这个料峭的春天，又有诗人不幸离世，年轻得令人心痛！在我们人类寄居的这个正在失控的星球上，天灾人祸层出不穷，有人在经历死亡，有人在经历灾难，有人在经历战乱……这真是一个被装得太满的春天，而在这时，我在我的祖国在母语内部在自己长期从事的行业中赢得了一项大奖——我不能矫情地说，因有不幸发生我就不该高兴，但我也确实无法完全做到心无旁骛，沾沾自喜，忘乎所以，麻木不仁！最起码，就像在诗中一再展现的那样，我是敏感的，知道自己是幸运儿！不是宠儿但是幸运儿！并心怀感恩！

当越来越多的人看见诗的真相时，我反倒惶恐不安了！唯一明智的抉择是自重、是珍惜、是创造、是责任、是博爱！在昨晚，长安诗歌节第51场的现场，一向偏爱我的老哥们秦巴子以“大诗人”过誉我，当时我嘟囔了两句话：一，生逢和平年代是不利的；二，“诗人”是一个课题，“大诗人”是另外一个课题。

可以在此告慰投我珍贵一票的同行、读者、评委的是：面对这个课题，我的态度一定不是推诿和退缩！

2011年3月30日

《手稿》现代汉诗新世纪十年成就奖受奖词

各位来宾、各位朋友：

晚上好！

首先，请允许我感谢《手稿》杂志将此殊荣授予本人：这是由一本纯正的文学刊物所颁发的一项干净的诗歌大奖！请允许我借此机会向《手稿》办刊人黄海先生表达我的谢忱与敬意：你是“长安及时雨”，“润物细无声”。

其次，我想说，我为能够与我相交多年的朋友、诗友、战友秦巴子先生共同分享这项荣誉而感到高兴。不久前，我在《新世纪诗典》推荐语中说他长得貌似秦俑，其实，这也是我的自况：我也越长越像秦俑啦！二十年来，我们以秦俑之姿坚守于地下，长安——这座诗的城池不曾沦陷，永不失守！

此时此刻，我还想与诸位分享一下我的心情：我小时候，既是一个文学少年，又是一个体育少年，这使我在成长为文学青年、文学中年或者是诗人、作家以后，竞争心和竞技意识偏重，所以，一看到别人获奖我就着急上火，心中颇不服气，而一旦我自己获奖，又觉得不好意思，甚至会有做贼心虚之感——这说明：我写了28年诗，总算懂得文学的本质：文学终究不是竞技，写作不是为了得奖。近年，我奖得的多起来，尤其是一连拿了三项“十年奖”，有点貌似我过去嘲讽过的“得奖专业户”了，所以很有必要提醒自己一下：这仅仅是明眼人、有心人对你的执着和坚持的一份肯定，绝无胜利可言！

最后，我想感谢朋友们的光临，感谢你们的捧场，感谢你们的聆听，请享受这个美好的夜晚吧：享受诗的声音、享受诗友相聚的时光！

谢谢！

2011年5月12日

《秦岭文学》2011年度诗歌奖受奖词

各位文朋诗友：

上午好！

首先请允许我感谢《秦岭文学》将2011年度诗歌奖授予我。我并非“得奖专业户”，更没有“拿奖拿到手软”，所以今天很高兴，更高兴于它奖励的是我自己相当看重的长诗作品《蓝灯》。谢谢你们！

秦岭，对我来说，就像我家后院的山。为什么会有这种感觉呢？因为我的父母都是陕西省动物研究所的研究员，秦岭是他们毕生的工作基地，他们可以说是踏遍了这座青山，所以，秦岭对我来说是神圣而又亲切的，以之命名的文学杂志让我觉得很有分量，充满好感。记得20世纪90年代中期，我刚开始小说创作的时候，它就曾发表过我的一个中篇和一个短篇，在此一并致谢！

我的长诗写作同样开始于20世纪90年代中期，从那以后，几乎从未中断，每年都有一首冲一冲。到2002年创作的《唐》总算开花结果，整整十年过去，《唐》的影响已经可以比肩我的短诗

“老三篇”了。2008 年创作的《蓝灯》是继《唐》之后第二个产生较大影响的长诗作品，它一发表，便受到业内同行的广泛赞誉，陈超、陈仲义、秦巴子、徐江等重量级评论家、诗人都为它写有专论，在此我也要感谢他们！我相信假以时日，它的影响还会不断扩大，日渐深远——这也是我对发表它、奖励它的《秦岭文学》唯一可行的回报了！在此，请允许我将《蓝灯》的单行本作为礼物送给编辑部。

最后，我想说：秦岭——华夏的龙脊——它就在那里，毫无疑问，它比我们在座的每个人更长久、更不朽，但是我们可以望着它写作。我今年四十六岁了，作为一个血统上的南方人忽然意识到我在中国北方秦岭北麓关中平原长安城中写作，是一种天赐，因此我便是负有天命的了，现在意识到，真的还不晚。

谢谢大家！

2012 年 4 月 14 日

水城文学沙龙首届年度文学大奖获奖感言

欣闻水城文学沙龙首届年度文学大奖将2012年度诗歌翻译奖授予我和老G，我格外惊喜。在我三十年的文学生涯中，虽然已经获得过一些奖项，但这是我的翻译工作首次获奖，并且是和妻子一起分享。

自2011年10月至2012年10月的一年中，我们翻译了布考斯基、特朗斯特罗姆、阿赫玛托娃、泰戈尔等整整80位外国大师500余首长短诗作，并在微博即时发布，一时围观者众，造成较大影响。广东惠州、虎门两地诗友还为我们的译作举办了两场精致的朗诵会。

我想，水城文学沙龙的7位同仁决定将此奖授予我们的直接原因正是看到了我们的上述劳动成果，真是“人在做，天在看”，令我们感到莫大的安慰！而可以告慰朋友们的是：上述劳动成果将在今年陆续出版，将被更多的诗道同行和读者朋友享受到！而我们的翻译工作还将继续下去！

在我和老G眼中，我们有两件因完美的合作而诞生的共同的作品：一个是我们的儿子吴雨伦（他足以令我们感到骄傲）；一个是我们的诗歌翻译——于是我们将翻译当作我们可爱的女儿！

很遗憾不能到会领奖，但这丝毫无损于该奖在我们心中的分量，谢谢大家！

2013 年 1 月 11 日

第三届“葵”现代诗歌成就大奖获奖感言

我在陪友领奖的高速公路尽头，获悉自己获奖，到了宝鸡刚下车，王有尾拿着手机说：“‘葵’奖结果出来了，祝贺获奖！”

晚饭是宝鸡最有特色的辣子火锅，席间朋友们举杯祝贺。饭后，他们移地儿再喝，我先回宾馆接受一个预约好了的电话采访，是关于《新世纪诗典》的，这些《新诗典》诗人自然支持我的“敬业”。等他们酒气熏天回到宾馆时，捧回了一个上面刻有“第三届葵现代诗歌成就大奖——伊沙”字样的大西瓜。我哈哈大乐，举过头顶，权当奖杯。没有刀，我们野蛮地将其砸开分食，名不虚传的大荔西瓜，我多年以来吃到的最甜的西瓜，充满了小时候的味道！

宝鸡第二夜，我还是从王有尾口中得知了我的分数：59分——起初还挺高兴，遥遥领先不说，这个分数比两个并列第二名的分数总和还多，能不高兴吗？但仔细想想，却又高兴不起来，甚至还添了一点小恶心。我最保守地粗略预计的最低分数也要比这个高出10分。我对现实的最低预计比现实本身低了10分，这对一个自诩为成熟的中年人来说，不失为一次打击。作为诗人和人，我不理解这10分的诗感与人性（是诗感吗?）是怎么没的!

把这种背靠背地利用权力实施报复（全是恩将仇报!）的恶心进一步扩大，就是我在新世纪第一个十年间的被评奖遭遇，在当年的诗江湖论坛上，每当那些常规的年度奖揭晓之日便是爱我的朋友为我鸣冤叫屈之时，久而久之我便有了某种怨妇的心理和乖戾的言行，偶尔为数不多的几次获奖也像是在出气。可是这个世上毕竟有明眼人，到了新世纪第一个10年总结之时，我一口气连拿三项10年大奖（几乎垄断同类奖项），我的心一下子放平了，我被激发起来的得奖焦虑就此终止。

这三年，我考虑更多的是如何给别人颁奖，满脑子颁奖思维，以至于这次“葵”评奖，我投完我的一张票（徐江微博说是第一个投的），才注意到自己的名字也在候选人名单上。老实说，我起初真不想获此奖，老G甚至动员我退出。也许，有一点刺激性和吸引力的只是被30余位我几乎全都认可的优秀同行（有《新诗典》为证）公正票选，其评委人数之众，在我知道的奖项中高居首位。

在此期间，有一件事刺激了我的得奖欲：一位久无佳作甚或从无佳作的可疑诗人得了某项“大奖”，原本就是“得奖专业户”，现在不过是“锦上添花”……我见多了同行聊起该诗人时不约而同扮出的一副莫名其妙的表情，明明是在说：好在哪里？好在哪里？此人获奖传递出的绝对是负能量：实力不重要，势力最重要，资源最重要……有鉴于此，我想获奖了，因为我毕竟对“葵”奖有感情，我愿意为其增光添彩，我深知我的每一次获奖都在鼓舞实干家！

扪心自问，我以为我当得起此项大奖，老实说也有一副志在必得当仁不让的心理——或许正是怀着此种心理，某天高云淡之夜我潜水进入“葵论坛”，对着评委名单预估出自以为是的“最低分”，然后便是平静地等待最终结果的产生……

现在游戏结束了。

我当然看重我所得到的这59分——感谢它的赐予者，我不知道你们是谁，但是诗神知道并将托梦给我，谢谢你们！我从来不会说“感谢所有评委”这种傻逼话，凭什么？前年在重庆，当代诗歌奖（2000—2010）创作奖头名颁给我时，我就在发言中这么说过，我听到某评委在台下哭笑不得地说：“伊沙就是伊沙。”——哦，伊沙要不是伊沙了他也想不明白啊。我在那次评奖中，仅得了四张评委票，为何会有第五个人站出来暗示我？那个奖几乎全仗读者票我才会站在那个位置上。

不怕得罪各位，我热爱实话实说：与这宝贵的59分相比，我更为看重大诗人徐江执笔的授奖词：它无一字是虚言，每一字都值得我写的一本书！

感谢徐爷，我向来看重杜甫的评价。

三天两夜的宝鸡之行结束后，黄海驱车送我直奔咸阳国际机场，我乘飞机飞回了母校，在诺贝尔文学奖得主莫言教授坐镇的

“走向世界的中国文学”高端论坛上，发言者不可避免地要盛赞老莫提及诺奖，我也开诚布公地谈及自己对文学奖项的看法：“千万别因莫言获奖了，咱们又搞组团走向世界的大帮哄，文学不是奥运战略，不是马拉松赛的奔跑方阵，这是每个人独自在跑，并且不是在同一条跑道，而是各在各的跑道上进行一生的长跑……”每人8分钟的发言被我得意忘形地讲满了30分钟（在场以硕士生、博士生为主的听众们最为快乐的30分钟），主持人孟繁华教授忍无可忍终止了我的发言……

我没有来得及说出的话更为精彩：最后是最二最糊涂最虚无的那位爷赢得了这场万古大战——李白！

2013年5月15日

第三届红岩文学奖诗歌奖获奖感言

今天学校一天有课，报喜的电话响起时我正在教研室的沙发上睡午觉，听得迷迷瞪瞪的，下午带着忽然获奖的喜悦上完了两节研究生的课，回到家中我给编辑打了一个电话，这才搞清楚我是因为发表在《红岩》杂志上的长诗《蓝灯》从而获得了两年一届的《红岩》文学奖诗歌奖，这下心里才真正踏实了。

我到底算是获奖多还是获奖少的诗人？有人认为我获奖颇多，甚至于“拿奖拿到手软”，因为十多年来，我几乎每年都能拿到一两项民间诗歌奖；有人又认为我获奖很少，因为很少能拿到跟官方沾边的奖，省级以上的刊物奖，从上一个《山花》2000年度诗歌奖到这一次的第三届《红岩》文学奖诗歌奖，迄今为止的文学生涯中，也就这两项，早年得过一串刊物举办的大赛奖应该不作数。

坦率地说，对于一个毁誉参半的先锋诗人来说，我能够常常将“毁”看作“誉”，自然不会把“誉”当饭吃，我的荣誉感无须靠获奖来巩固，但我还是感到莫大的欣慰，它让我更加坚定自己的信念：人在写，天在看，人间自有公道在！我自认为《蓝灯》是我自《唐》以来最出色的长诗，它的高度和创造性甚至在《唐》之上，今天，《红岩》文学奖的评委们给了它一个极具专业眼光的公正评价，在此请允许我向他们（尽管我并不知道他们是谁）致敬和致谢！

感谢我心目中中文世界里最具世界眼光和专业水准的文学大刊——《红岩》！

我正走在“奔五”的路上，人也变得越来越唯心。我真诚地相信这是“父亲之城”（我父亲是重庆人）对我的一份偏爱和命中注定的缘分。两年前，我终于到达之前从未到过的“父亲之城”，写下的这首《在重庆》似乎更能代表我此时此刻的心情：

车子沿着马路 / 向前疾驰 / 右边是嘉陵江 / 左边是扬子江 / 像一对生锈的翅膀 / 却让我飞起来 / 在朝天门码头 / 上空

2013 年 12 月 27 日

中国桂冠诗人奖获奖感言

1996年11月某日，我从西安乘火车抵苏州，抵达时已是晚上，我在火车站附近的小宾馆住了一夜，第二天一早便去了长途汽车站，坐上头一班去往浙江湖州的汽车，出席《诗歌报月刊》在那里举办的首届“金秋诗会”……这便是我头一次的苏州行——你不能说我没到过苏州，但跟没到过差不多。当年，我在那家小宾馆的房间里打开电视机看苏州台的节目时，我肯定盘算过以后专门来玩一趟，但我一定不会想到我与苏州的第二次握手会远在18年后的今天，我也一定想不到是来领奖，并且是来领取中国桂冠诗人奖。

不论是在当年还是在一个多月前，我都不会认为自己会与“桂冠诗人”四个字发生关系，这源自我的世界文学史知识和自我认识。华兹华斯的时代就不提了，在我心目中，“桂冠诗人”是属于罗伯特·弗罗斯特那种各方都能接受的诗人，可以在肯尼迪的就职典礼上朗诵其诗的那种，而我打一开始就属于艾伦·金斯堡，甚至属于查尔斯·布考斯基，不要说被推选为“桂冠诗人”了，就是得个一般性的奖都很困难。如此说来，后来的命运比我自己设想得要好很多：18 年来，我毕竟得过不少奖（近年来甚至还有越得越多的趋势），今天还获得了带有“桂冠诗人”四个字的重要奖项——第三届“美丽岛”中国桂冠诗歌奖中国桂冠诗人奖。

我深知，与其感谢命运，不如感谢环境、感谢同行，我们所处的环境是不是有所改善？我不敢断言，但我们的同行之中确实大有明眼人在——这是事实。今年是我儿子的高考年——可怜天下父母心，我从去年下半年开始便尽量不出远门，但这顶“桂冠”我一定要来亲自领取，一则这是同行给我诗歌写作的莫大荣誉，我不敢有丝毫怠慢；二则是我听说侯马、徐江也一同获奖了———所大学的一间男生宿舍出了三位诗人（并且是中国诗坛的一线诗人），本已殊为难得，但想让他们一同站上领奖台，那便难上加难，因为在我国我族内部有一种普遍的文化心理：好事不能都让你们占了；因为诗坛如江湖，所以，我们哥仨能够一齐获奖，更是本届大奖评委会不同凡响的明证！所以，我说什么都要来到今天的现场，让此佳话成为真实的风景。

我要向诗人祁国先生，诗人何拜伦先生，诗人、诗评家唐欣先生领衔的评委会当面致谢——在此，请允许我说一声：“谢谢！”

2014 年 4 月 28 日于锦溪

首届王维诗歌奖受奖词

什么情况？刚在江南古镇锦溪领回第三届“美丽岛”中国桂冠诗歌奖桂冠诗人奖，将要去山城重庆领取第三届红岩文学奖诗歌奖，又从天而降了首届王维诗歌奖——一个月内连领三奖的好事在我三十一年的文学生涯中前所未有，已经赶上我素不欣赏的“得奖专业户”的节奏，叫我情何以堪？

好在我四十有八，是个明白人儿，不至于忘乎所以，本末倒置。论坛时代，我就在“诗江湖”上公开说过：“奖是朋友给的，得给敌人看的，也包括俗人。”——对于一名真正的诗人来说，获奖从来都是手段而非目的，荣誉从来都是身外之物，在懂诗知你的朋友中，不需要任何世俗成功的证明。有句从华人娱乐圈传过来的恶俗不堪的话，什么“拿奖拿到手软”，一些诗人也学会了，我的体会怎么是：越拿奖手越沉，肩头压力越重！

今天，在终南山的道观中，在我领取这项首设的王维诗歌奖之际，请允许我在诸位诗友面前，如此消化这些荣誉：这不过是一些懂诗而公正的同行，目睹某些奖项对我长期的不公，替天行道，在我本命年生日前后，集中送来的温暖。当《新世纪诗典》年度大奖得遇良缘，确立了它的永久颁发地——四川江油，该项大奖也借此升格为“李白诗歌奖”，朋友们考虑到作为创设者的我永不可能获得这项诱人的大奖，而将首届王维诗歌奖的殊荣授予我，作为一种安慰。

你懂的，近年提倡短发言，为奖而说的话到此便可以打住了，但因此奖牵涉到一个如雷贯耳的伟大名字：王维——我实在不敢敷衍了事，请诸位再允许我啰嗦几句。

任何以先贤名字命名的奖项，都将使其获奖者承受必要的苛责：主要是精神向度，成就反正够不上。我自己不是也公开嘲笑过获得鲁迅文学奖的众多御用作家、诗人，说他们之获奖“能把老爷子气得活过来破口大骂”吗？首届王维诗歌奖刚在网上揭晓，便有人提到了拙作《揍王维》，如果我的理解没错，这就是一种质疑，就像有人曾质疑一个多次骂过鲁迅的诗人获得了鲁迅文学奖。请大家欣赏这首写于1994年的《揍王维》：

> 这一架打得毫无理由 / 可我怎么那么想揍他 / 酒吧里喝生啤酒的男子 / 一个初次见面的生人 / 我揍他的理由仅仅是 / 他的名片告诉我他的名字 // 小子叫“王维”

对于自己的诗，我还是一贯的态度：读去吧，不解释。这是我最早一次在诗中涉及这个伟大的名字，最近一次是在2010年写的

《辋川》里：

> 高速公路路牌上／刚一出现此地名／便见有人／头戴斗笠脚穿草鞋／横穿而过／便听有人／声泪俱下一声高呼：／“王——维！”

前后两诗相距 16 年，这中间还有我的长诗《唐》中与王维大师在天之灵所做的一系列精神对话与诗意对接。

还是那句话：不解释。

让我倍感欣慰的是：大师在天之灵恩准了我来冒领以其英名冠以的巨大荣誉，说明是懂我的。当代诗坛记得我是“本土后现代主义”、“身体写作”、“后口语诗歌”的首倡者与实践者，可还记得我也是“智性”与“智慧”最早的吹鼓手？1994 年，《饿死诗人》出版后，我曾说过：“我要走向智慧”、“智慧是重要的”……这些话还曾饱受一位拾非非主义牙慧的青年评论家的嘲笑，他希望我从“人”的角色中全面退出，成为冷血之“物”，以机器人般冰冷而机械的语言写诗，成为“先锋”之极……我岂能被他领沟里？在我心目中，在唐诗“四大天王”中，王维代表智慧一极，他是“东方智慧”的完美化身，是人类诗歌上第一位“智性诗人”、“纯诗诗人”、“诗人中的诗人”，我心中的庙堂始终有这尊“诗佛”的灵位。

在座者几乎都是陕西诗人，老乡们，请放眼看看四周这终南鼎秀，没有王维大师的金句点化，我们故园的山川何以有如此的通灵之气？

最后，是必须要说的感恩之词：感谢陕西百业传媒集团，感谢《手稿》丛刊编委会，感谢待我厚矣的诗人黄海先生——你让我的家人因你而发出如此的一句慨叹："帮助你的人永远都在帮助你！"

感谢今天到场的每一位诗友，"诗佛"在上，保佑我们！

2014 年 5 月 9 日

长诗《梦》（第一卷）自序

三年来，在日常性短诗的写作之外，我一直在写《梦》。

为什么会写《梦》？

这要上溯到2007年冬。当时，我在写完致沈浩波的小长诗《有朋到长安来》之后，感到口语诗的惯常写法已经用尽，已经起腻，已经生疑。在1999年盘峰论争中占得舆论上风的名为“民间写作”的口语诗，2000年以来通过网络发扬光大再度跃居当代诗潮主流（1986年“两报大战”后曾占据过一次，终止于海子之死），但经过七八年的过度使用和消费，已经渐露疲态和破绽（“梨花体”是一起最外化的标志事件）。我清醒地意识到必须有一次来自口语诗内部的变革，我也深知这个变革只能由我率先实施——因为，比我老的口语诗人（所谓“第三代”）都是非自觉的，他们相互抄袭流传在外的一句乖巧“名言”便是最好证明：“我不是口语诗人，我是汉语诗人。”我同代的口语诗人（所谓“中间代”）因受制于进入口语诗内部的深度有限，不可能发现这些弊端；更小的一代（所谓“70后”、“80后”）正大肆消费得忘乎所以。

是的，只能由我率先来做。

2007年年末，我写了不分行的《网语真言》。2008年年初，写了现代箴言体的《铀》，甚至写了半是润色半是创作的《赝品：疑似仓央嘉措情歌》——分别从网络和民歌取材来拓宽口语诗。2008年3月至2009年12月，我写了总共227首《无题》诗，最终结集为《无题诗集》（《赶路诗刊》印行）——这一部《无题》诗，明显针对的是口语诗所存在的指向过于明确、已经相当意义化的弊端，同时我在语言上自觉地吸纳了意象诗的诸多长处，让流动的口语来承载鲜活的意象并令二者融为一体……这是我一人实施的口语诗变革的第一项集中成果，或许，这样的变革早就在不知不觉中开始了，因为有《唐》在先。

《无题诗集》写作后期，我已经在酝酿下一部，当时有两大灵感：其一是“对话体”，纯由对话构成诗篇，纠正口语诗对叙述的过度依赖；其二是“《梦》系列”，以写实的态度记录下自己做过的梦，针对口语诗对现实的过度依赖——结果，前者因得不到足够具体的小灵感的支持而难以为继，写了五六首便作罢；后者则一发而不可收，一扇巨大的门被推开了，走进去是一个与全部现实世界等量齐观甚至有过之而无不及的梦幻世界……三年写下来，已经写了将近三百首。

这便是现在摆放在大家面前的这部《梦》（第一卷）。

既然标明“第一卷”，显然它还没有完；既然一发而不可收，我干吗强行收它？

很显然，这是一首绝对的“大诗”，因为梦是人类最高的诗意存在，是最内在最深处的抒情，人梦相合等于诗，抓住了我岂能轻易撒手？

事实上，我已经做了决定，将《梦》终生写下去，一直写到我不再做梦或无法再写——如此终生写作的“大诗”在我另有《行》，我会一直将它写到我再也无法出行。

人到中年，诗途过半，需要有一次终生性的决断，需要有一次写作上的大行动，需要有一首真正的大诗，需要来一次一掷千金的豪赌——很明显，我赌的是《梦》。

三年来，我随写随发，这些《梦》全部都在网上发布过，其中相当一部分被选刊于纸媒，收获了不少激赏和赞许，也遭到了一些质疑与异议——尽管与以往相比，已经温柔了许多，但因为其中的一些出自欣赏我日常短诗写作的朋友，让我不能不认真对待，在此对以下几大疑问稍加说明：

其一，这些《梦》是真的吗？——对此疑问，我在诗中已做了形象化的说明。在此，我们反过来想一下：如果是假的，即虚构的，我的目的何在呢？我原本的目的就是想借助梦（潜意识）来对抗现实，克服写作中的思维惯性（意识）——我造假的话不是无功而返吗？

其二，创作主体还在吗？——没有人这么明确地提出来，我是从有些人满腹狐疑的闪烁其词中替他们总结出来的。既然灵感和构思全都交付给了写作原型——梦，那写作的主体——人干什么呢？我的回答是：写！写出这些梦！从事你的文学创作！主体从未缺席！如果将主体的存在理解为操控一切，那只能导致按图索骥的机械的僵化的写作；如果用做功量来衡量一首诗的好坏（有些人所谓“诗的难度”其实指的就是这个）——用苦劳来代替功劳，那是低级、庸俗而又愚蠢的。

其三，这是在逃避现实吗？——我知道，现实是口语诗人（当然还有新老现实主义诗人）的“神”——一旦成了“神”，便有大问题，这本来是常识——文学不该沦为表现现实的工具。但因为有段时期，另一类诗太脱离当下现实，现实的作用与地位便被口语诗人们在矫枉过正中夸大和抬高了。看看我的《梦》里有没有你们说的现实——那是毫无疑问的，只不过不再是机械地反映，而是拆解、重组，甚至颠覆。诗不是现实的奴隶。梦，既然是人做的，人又是现实的，那么《梦》又怎么可能脱离现实？

其四，是否会沦为自闭的私人写作？——我想不会的，这与梦有关——梦并非一间封闭的铁屋子，而是楼顶上月光朗照下的露台，有梦的夜晚，人仿佛睡在露天，梦如月光，包罗万象，普照大地！也与人有关——作为一个外向、扩张、侵略性的人，我朝内收一收，总是好的……

……

好了，我已经说得太多了！朋友们知道，我虽然话多，却是一个不大自我解说和自我辩护的诗人，甚至宁可对反对者采取恶语相加的简单粗暴的态度，如此解说与辩护或许可以帮读过《梦》

的人答疑解惑，但对初读者便是强加负担。

总之，《梦》（第一卷）只是一个开始，本书只是《梦》大厦的一块基石，我会一首一首写下去，一卷一卷出下去，但愿好梦多多，付出睡眠质量不高的代价我也在所不惜……无梦的人生，没有滋味；无《梦》之写作，飞不起来。

它将成为我此生的一部多乐章的狂想曲；它将成为我此生的一部最有深度的精神自传；它将成为现代诗发展到21世纪的强大表现力的佐证……在此宏大的目标之外，我还有一个小小的朴素的愿望：有朝一日，它会成为心理学家手中有价值的个案，他们会发现这些梦竟然如此逼真，值得研究……

2013年4月8日

《听伊沙讲课》自序

这是一本意外中收获的书。

它不是写成的，而是“说”成的。

它的源起可以概括为：一名职业教师在其二十年的教学生涯中，有幸得遇一名“最佳学生”，这位学生听了他整整四年的多门课，记录下四十万言的听课笔记，形成了本书初稿。

这位“最佳学生”名叫韩敬源，系西安外国语大学汉语专业2001级学生，来自云南石林。他在2001—2005四年间听了我讲授的“基础写作”、“现代文学”、“文学创作与批评”、“新闻写作”等四门课程（听了不止一遍）。我还记得那个时候的他：纯朴的帅哥，班里的团支书，“基础写作”课上站起来朗读作文的尖子，有着云南人特有的大舌头……我的朋友、诗人唐欣对其有过精妙传神的口头描述：就像《孽债》（根据叶辛同名小说改编的电视剧）里那个孩子长大了。我还记得，当他所在年级法定的课程结束以后，他和另外几个同学追到其他班来听我课的情景，别的同学总是提着条凳来，而他总能在第一排找到一个靠墙的空座位，在我讲课的过程中，他总是不断地发出嘎嘎的笑声，每每令低年级初听我课的同学感到莫名其妙，那笑声鼓舞我把课讲得更好……

我何德何能，得遇如此“最佳学生”？

说实话，在本书形成之前，我真不知道自己算不算一名好老师。二十年来，我在本职教学上所花的心血和工夫，远不及我在业余时间的文学创作——在认识中，我将前者当作职业，将后者当作事业，似乎也分得太清了。比起那些以校为家，把上课当享受，把学生当亲人的同行（我的同事中就有），我自愧不如，凭什么得遇如此厚待？

我终于还是释然了。

是“最佳学生”韩敬源同学成长的轨迹令我释然：十年过去，如今的他已成为云南丽江师范高等专科学校的一名优秀教师，并且成为中国80后诗人中最有才华与实力的一位——从结果方能看清来路：是人家自己有需要，对文化对知识有饥饿感！是一位注定要有所作为的青年诗人行于自己命运的轨迹，我不过是碰巧成了这个轨迹上的一个点而已。我受教于北京师范大学（受过系统的师范教育），又在西安外国语大学教了21年书，对于“教学”二字多少还是有所体会——在更多时候，是“学”决定了“教”。我永远记得在20世纪90年代的一天，我在西外校园中路遇当时的校长，他劈面便说：“小吴啊，你也不能老顾着自己往前奔，你在学生里头也给咱们培养几个诗人嘛！”当时，我听了心里其实挺高兴（外语权威出身的校长毕竟还是认为一所学校出了诗人是光荣的事)，但也只能有些无奈而又实事求是地回答：“诗人是培养不出来的。”——话音未落，世纪更迭，新世纪伊始，西外创设了汉语专业，面向全国招收本科生，有志于文学创作的孩子便被招来了，韩敬源便是他们中的一个突出代表。正是由于这个汉语专业的创设，西外成了新世纪以来出产诗人最多的高校，当然，毋庸讳言，我在其中也发挥自己应有的作用……九年前，韩敬源毕业的夏天，我在一首赠他的诗中写道：

择幽僻之径远行
在山中埋伏好自己的一生

由于韩敬源的女朋友是陕西人（也是他的同班同学），他毕业后老回陕西，我们也常见面。九年前，他告诉我，他在学校里带的课与我相似，他是拿着他当年听我课时记下的笔记，当作讲义，走上教学岗位的，效果好极了，他的课大受欢迎。五年前，他从中整理出五万字，发到中国先锋诗人风云际会的“诗江湖论坛”上，受到大家交口称赞，热心的女诗人安琪还把它拿到《诗歌月刊》发表了，变成了我当年的一项教学成果。也是在那个时候，我所在的学校放话说要启动一笔基金来资助教师的教学与科研成果出版，让我萌生了将此听课笔记出成一本书的想法，并写信告诉了韩敬源，但终无下文，那笔基金貌似打水漂了——不，只不过那块石头没有被投掷到我的潭子里（似乎永远都投不到）。此番无果打消了我的奢望，却没有阻止韩敬源的顽强，他继续做着整理工作，经过前后五次的整理，将此四十万言精选出十八万字，于去年在新浪微博逐日发出，历68天发完，引起众人围观，每日围观者达数十万众，有些日子甚至突破百万，并引起广泛的热议与好评，对中国高等教育现状不满者从中读到了他们想要的东西……著名出版家、诗人、我著作长期的出版人沈浩波当场拍板，决定将此听课笔记出版成书。

我的人生没有意外，所遇贵人全都符合逻辑。

当出版机会突然来到面前时，我却变得慎重起来，决定亲自动手从头到尾润色一遍，一入手才知道：光靠润色不行，于是又变成了一场写作。我每改定一课，就在新浪微博和网易微博发布一次，造成了新一轮的围观——但此时这部书稿的性质已经悄然改变，从“听课笔记”变成了“讲义”；从2001—2005年我四门课程的听课实录变成了熔铸我21年授课精华的一本“大书”，关于写作、文学与人生……

经历了长达半年的“写作”过程，当面前摆放着这样一部书稿，我可以放心地对自己说了：“你，是一名好老师！”

在过去的21年间，在我“基础写作”的导言课上，我都会对一年级的新生讲出这番固定不变的话：“现在，你们来到了一所二流甚至是三流的大学，但在这里也会遇到一流甚至超一流的老师（譬如在下就是），我希望你们通过自身的努力，日后成为一流甚至超一流的人才。”

在私下里我也常常用这四个字来激励自己："庙小神大"。

此时此刻，让我感到幸运和幸福的是，我将带着这样一部"讲义"，走完我今后12年的教学生涯，我将以"讲得更加精彩出色"当作自己唯一的追求。

为了让这部"讲义"变成一本大家爱不释手的出版物，我特别邀请了我的另外一位高足、优秀的青年诗人、才华横溢的插图画家李异为本书插画，只有曾经在场的他能够将我课堂的美好氛围传递给我亲爱的读者。

这是我们师生三人送给世界的礼物，尤其是要送给那些对中国的高等教育不抱希望的人们。

也请大家允许我保留一点私心：本书终于脱稿的这一年，适逢我儿子吴雨伦同学的高考年，我知道他十年寒窗苦读的一大动力就是为了逃离做我的学生——现在结果出来了，他考上了我和我妻子共同的母校北京师范大学——与父母结为校友，真是一个美好的佳话。请允许我将本书作为一份特殊的礼物送给他，我希望有一天他会恍然大悟：没有做过伊沙的学生，听过父亲的课，也算人生的遗憾。

2014年7月13日

《新世纪诗典（第一季）》编选者序

去年3月下旬，青年诗人、网易UGC中心主管欧亚忽然来电，说想请我在网易开一个每日推荐一首当代诗歌的微博专栏，我当即脱口而出："《新世纪诗典》。"

我之所以会如此之快地作出反应，是因为我曾考虑过目前什么样的诗集是大家最需要的问题，结论是：《新世纪诗典》。

而我于1998—2001年在《文友》等刊开辟的《世纪诗典》栏目，显然是欧亚聘请我的依据。于是我马上想到做一个与此影响颇大的著名专栏，具有连续性的微博新专栏。

《新世纪诗典》便有两种读法两个意思：一，新世纪—诗典，即21世纪以来现代汉语诗人所创作的当代经典诗歌；二，新一世纪诗典，《文友》版《世纪诗典》算老《诗典》，现在算《新诗典》。

我确定4月5日开栏，是想纪念1976年的天安门事件——那也算是一场诗歌运动。

转眼一年过去，奇迹就在眼前。

有人惊讶于我一天都没有空过，我也惊讶！

有诗人惊叹同行作品如此之好，在我的记忆中中国诗坛还从未有过“同行相重”的局面，现在有了！

有人说这是对中国诗坛“重新洗牌”，有人说“旧秩序已经被打破”——我承认这是事实！

有人惊叹中国当代诗歌抵达了如此的高度，我想这也在情理之中，新世纪的十余年是中国新诗走向百年的最后十余年，是到开花结果的时候了，只是此前还没有一个精心修剪过的花圃供你大饱眼福！

在过去的一年里，我们除了每日坚持不懈地推出这365首优秀诗篇外，还以《新诗典》为平台，在北京、广州做了两台精致的朗诵会，评出了年度大奖和十大新闻。《新诗典》这个平台的建立，让持续十年的论坛时代结束之后可能的真空期没有出现，让中国当代诗歌在网上找到了继续存在的第一现场，让最有活力的优秀诗人在此找到了一个话语场。

《新世纪诗典》对中国当代诗歌的贡献既实实在在，又意义深远。

好在这奇迹还在继续，第二季已经惊喜不断地开始。

值此《新世纪诗典》（第一季）结集出版之际，谨向策划欧亚、责编张玉、我的天然助手老G，向所有入选的优秀诗人们，向高贵的诗歌爱好者们，致以深深的谢忱！

2012年5月14日长安

《新世纪诗典（第二季）》编选者序

在此北半球乍暖还寒的冷春里，我的心中却是暖意融融。

对我个人而言，这是一个收获的春天：一部长篇小说，一卷长诗，一本英译诗选，五本译诗集将接连问世……

当然——还有手头这部即将交给出版方的沉甸甸的编著《新世纪诗典》（第二季）。

真快啊，《新世纪诗典》已经两周年了。

在过去的一年里，我又一日不空地连续推荐了 365 首诗，其中 137 位是新增作者。网易微博推荐现场比第一年更加热闹，甚至火爆，好评如潮，妙语连珠……被推荐诗人的到场率和访客人数明显比第一年有所增加，尤其是在《新世纪诗典》（第一季）纸质书出版以后——该书的出版和热销，使微博这种新进传媒与书籍这种传统媒介形成了完美的对接——这也是《新诗典》在当前诗歌传播方面脱颖而出的技术保障。

它的品质保障便是：选诗！《新世纪诗典》（第一季）一出版便跃居经典诗集的行列中，新世纪以来屈指可数的经典诗集《现代诗经》、《被遗忘的经典诗歌》均脱胎于《文友》版《世纪诗典》，也是出自我的一手选诗。如果说旧世纪的经典诗集（“白皮书”、“红皮书”）主要仰仗第一手地下资料的取得，那么新世纪的经典，则完全要靠编选者的精挑细选，其诗观、诗感、立场、背景、素养、视野、胸怀、人格等将起决定性作用。

当此《新诗典》蒸蒸日上的盛期，我也不妨把一句冷静话撂在这儿：如果有一天，它开始走衰，那一定是以上两大保障出了问题。

我以为好事不会长久，于是在两年前接受网易聘请来做《新诗典》时，我以文友版老《诗典》的亲身经验给自己制订了一个不公开的时间表：一年为下；两年为中；三年为上——从诗的容量来说，《新诗典》一年便等于老《诗典》三年，所以，最初的最低目标，已经在一年前实现了；中期目标，就在眼前，今告实现；现在步入第三年，正朝着最高目标挺进……

但是，正如俗话所说，“计划没有变化快”——是两年来的大好局面，让我的想法产生了变化：本来想的是做一本当代的《唐诗三百首》，现在想的是做一套当代的《全唐诗》，尽管一北一南已有人斥巨资做了两大套学院版的“百年大典”，我还是有信心做出一套经得住时间考验的真正的当代《全唐诗》，可以说信心反而更足了！

这中间还发生了什么？我记得第二年开始时，我想的是如何不比第一年质量下降，一年下来，我明白了：质量不会下降，就这么一路推下去，质量也不会下降！——中文现代诗发展状况之好，整体成就之高，比我2010年在衡山发表“初唐说”时所评估的更为乐观，那么我在此就将它修正为“中唐说”——是的，我们正走在通往“盛唐”的路上——正因为洞悉于此，我才愿将《新诗典》进行到底。

在过去的一年里，除了扎扎实实精选并推荐了这365首诗外，相关活动也在进行中，《新诗典》系列朗诵会又在西安、北京、惠州等地举办了四场（总共累积到六场），评出了第二届年度大奖并已颁发。在中国诗坛，只有《新诗典》大奖的评选将读者的意见作为主要依据，只有《新诗典》朗诵会具有朗诵作品的严格把关和严谨的现场点评，在网上也只有《新诗典》的五场朗诵会是可以看到全程视频的……毫无疑问，从内到外，从作品到传播，《新诗典》在各方面都走在了中文诗歌的最前沿，充当着21世纪第二个十年的开路先锋，也是中文诗歌最受关注的大平台和最有含金量的话语场。

我不是一个人在战斗，这也绝非我一人之功。

多少热情的朋友在暗中相助：书籍出版方不遗余力的支持，不愿透露姓名人士赞助大奖奖金，多位诗人主动动用个人资源来承办朗诵会，在《新诗典》网易微博现场由一群热心诗人组成了一支“抬轿子”的队伍，每天抬着《新诗典》向前走……没有他们，我的心劲不会与日增高，没有他们，《新诗典》不会是眼下这么一个极富魅力的强大存在！对于他们，我除了一腔谢意，也唯有奉献更多。

第一本书出来后，我把它带进了我的课堂，作为教材，逐首讲读，效果奇佳。第二本——即本书出来后，我希望有更多的老师将它带进课堂——就从我们自身做起吧，从《新诗典》诗人中的大中学教师做起，向你们的学生光明正大地讲读这些优秀的中文现代诗——这些诗歌能够使他们成长得更健康，生活得更美好！

从自身做起，从小事做起，因为在诗上，小事即大业——这正是《新诗典》带给我们的启示。

2013 年 4 月 12 日长安

《新世纪诗典（第三季）》编选者序

又是一年过去。

每一季结集时所做的序，都是我的“工作总结”或“工作汇报”，是否美文倒在其次。

众所周知，《新诗典》的工作核心是每日的推荐。此处有 365 首诗，说明又是一日未断——此为《新诗典》最为重要的技术保障。年度新增作者 128 人——比例如此之高的“新鲜血液”不断注入，保障了《新诗典》肌体的活力。为什么它会成为中文现代诗人最想跃上的第一平台？靠的不是“推举新人”的空洞口号，而是实实在在的发现与推动——《新诗典》的开放性有目共睹。

活动方面：系列朗诵会又在西安、江油举办了两场（总共累计八场）。在此我向大家公开坦白：由网易读书频道亲自举办的活动到第三场为止，后来的五场全都来自于热情的《新诗典》诗人们动用了各自掌握的资源。所有出席过《新诗典》系列朗诵会的诗人们都感受到了做一个诗人的幸福：它是中国诗坛唯一有作品质量管制和现场专业点评的朗诵会，其严肃性绝无仅有。我们又评出并颁发了第三届年度大奖——正如我在《新世纪诗典（第二季)》的“编选者序”中所言：“在中国诗坛，只有《新世纪诗典》大奖的评选将读者的意见作为主要依据。”在第三届评奖中，我们对于竞赛奖（金、银、铜、入围奖）的评奖规则做了更进一步的完善——全部数据化而有据可查，公开透明。中国没有前定的权威诗歌奖，权威不权威，要看怎么评以及评出的是谁——以此为标准，连颁三届的《新诗典》大奖大有成为“中文现代诗第一奖”之势，雄踞于名目繁多的众奖之林。

三年来，做《新诗典》的亲身经历每每令我想起儿时冬天滚雪球的游戏：一开始是一个人在捏雪团，一个人在雪地上开始滚，后来不断有人加入进来帮你滚，加入的小伙伴越来越多；再后来，这个雪球自己从山坡上滚下去，在山脚下变成一个巨大的雪球，高过了我们的身体，令我等小伙伴们无不张口结舌目瞪口呆……这一季里，《新诗典》的“衍生现象”集中爆发：诗人湘莲子以转发加二次点评的方式在新浪微博开辟了《新诗典》的第二现场，令网上读者量骤然增加了不止一倍，更充分地利用了微博的传播力；诗人李异以其天才的绘画才能为《新诗典》作品配图，令其徒增形式美感，既吸引了一般读者的眼球，也令原诗作者兴味盎然更觉荣耀；奥地利诗人、翻译家维马丁即时将《新诗典》推荐作品译成英、德两种外语，在国外报刊发表，令《新诗典》升格为直通世界的国际机场；诗人游连斌每日回放《世纪诗典》（老《诗典》）作品，令新老《诗典》上下衔接，令新旧世纪连成一体，令

《新诗典》这扇窗口得以全面展示中文现代诗整体风貌和演进过程；诗人蒋涛召集的“新诗典互动”，平均每天20余人面对同一个元素写诗，已经一日不断地坚持了670余日，与《新诗典》存在的意义相似：这是一个“诗歌大国”早该有之的日常景象；诗人沈浩波堪称《新诗典》的“幕后英雄”，他所作出的重大贡献绝不仅仅在书籍出版方面；诗人王有尾承担了烦琐的微博数据统计工作——由我之外的他人来承担这一工作，保障了岁末评奖的客观公正；诗人西娃为系列朗诵会操心，找资源找回了自己的家乡——四川江油去，一定是感动了李白在天之灵，竟为《新诗典》年度大奖找到了一个再好不过的永久颁发地，也让我们的大奖借此升格为“李白诗歌奖”……

我一介教书匠，无权无钱无势，加之《新诗典》并非实体的机构，我从未指派过上述诗人做任何一件事，全都是他们自发而起主动而为，自然而然形成了《新诗典》的义工团队，为诗人服务，为诗歌出力。我想说，在过去的一季里，这是《新诗典》在内部建设上的最大收获。这支义工团队，令我底气更足，十年大计，可以图矣。

有谁记得，我在《新诗典》开办之初曾经放言：“《新诗典》不要绝对的好，只要相对的好。”——当初为什么要说此话？我是在对自己做出心理暗示：切莫理想主义好高骛远而变得操作艰难。所以，三年来，我一直在盯着所能见到的同类选本，它们哪怕一丁点的好处我也会主动加以吸收，它们的坏处我都会反向改造成

《新诗典》的好——盖因如此，《新诗典》的好都是有形的看得见的。这一年来，我重点研究过一本年选：它的名义上的编选机构前后有变，执编者始终为同一人，所以前后并无不同，入选作品须是公开出版物上发表过的（所选刊物的面很窄），多年下来，形成了一个固定的作者群，40来人——我也算老江湖了，知道这些作者与编选者交情甚笃，这种特符合国情的游戏规则我倒还能够接受，但有一瞬间，我茅塞顿开，恍然大悟：以“关系学”言之，还是太表面而不够专业了，这是从社会身份到所属阶层到艺术立场到诗歌趣味的全方位的惺惺相惜，如此说来，编选者是非常严肃的，是十分忠实于自己的，这便更加可怕，因为这样的选本不过是一部分“场面人”的庸作集合，完全不能反映当代中文现代诗的真相，是“诗坛选”，而非“诗歌选”，更非“佳作选”！我在这一瞬间所受到的刺激是：这些长年把持诗坛资源的人在搞“主义真”，偶获平台的我在最大限度地力求“多元”、“全面”，其结果是这个时代的经典选本被我一人承包了（从《世纪诗典》到《新世纪诗典》），但是也为一些从人到诗八面玲珑的“万人迷”锦上添花，就中文现代诗继续向前的发展而言，这无异于助纣为虐，所以说，公道之心并不一定会产生公平的结果，甚至会起到坏的作用，经过一番反思，我为《新诗典》写下了十六个字：

民间立场，独立品质，先锋走向，现代纯诗。

以上十六字无一字无考虑无一字不具有针对性，你可以从尺度上有放宽的理解，但无法从方向上提出半点质疑，除非你是伪诗人。

三年了，如果说《新诗典》第一季重点在“全面总结”，第二季重点在“挖掘真相”，那么第三季重点则是“确立方向”——以先锋为己任，引领中文现代诗前行。

2014 年 4 月 5 日

《向仓央嘉措致敬》编选者序

伊沙洪烛，文学发小，中学相知，大学相识，友谊绵延至今。毕业廿年有余，各行黑白两道，却遥相呼应、相互砥砺、作品迭出，遂成当年少年文坛硕果仅存者、同辈诗人中著作出版最多者，现在为着一个共同目标又合兵一处，合编一书。

这个共同目标便是藏族最伟大的诗人、中华民族最伟大的诗人之一名叫仓央嘉措者。伊沙是最早以诗篇向仓央嘉措致敬的当代汉语诗人，经其精心润色之《仓央嘉措情歌》真版点燃了当代诗人内部的“仓央热”。洪烛近年来呕心沥血，埋头创作两巨册长诗《仓央嘉措心史》，出版后还被排为诗剧上演，在海内外引起强烈反响。两位诗人怀着对仓央嘉措共同的热爱、尊敬和推崇，联手编选了这部诗集《向仓央嘉措致敬——当代诗人笔下的仓央嘉措》。

他们自 2013 年 12 月至 2014 年 2 月，通过互联网向海内外所有用中文写作的当代诗人发出公开征稿，三个月内，共收到应征诗稿 210 件，内含抒情、意象、口语等多种风格的现代诗，还有散文诗、古体诗、汉赋等数百首之多，他们从中精选出质量上乘的

100首佳作（以创作先后为序），构成本书之主体。

为将本书编得更加圆满而厚重，伊沙又专门对《仓央嘉措情歌》真版做了第三次润色，并将全文附录于后，与主体献诗相得益彰。

为将本书出成一本美丽之书，编选者特别邀请天津诗人、画家李伟先生创作精美插图。

书海茫茫，本书存在的必要性在于：仓央嘉措绝对是一位值得当代诗人们向其致敬的伟大诗人——如此伟大的诗人在世界文学史上还有多少？即便是最客观冷静的答案也一定会是令人感奋的——为此，本书编选者将保留“向××致敬”的形式创意，静候今后的出版契机。

感谢所有响应者，祝贺全体入选者！

是为序。

2014年3月16日

后记：梦（454）

余丛来函约稿
想出我一本
散文随笔集
我能否拿出
一本全新的集子
我也不知道
但却一口答应了
答应之后
我暗自思忖
如果新文章不够
我就拿旧的凑
这天晚上
我的老编马非
一张老脸

闯进我的梦

教训我道：

“你要这么干

你好不容易

积攒起来的读者

就跑光了！”

2014 年 9 月